imaginist

白先勇作品

为了人与书的相遇

一个人的「文艺复兴」

文藝復興

白先勇 著

广西师范大学出版社
·桂林·

图书在版编目（CIP）数据

一个人的“文艺复兴”/白先勇著；刘俊编选．
—桂林：广西师范大学出版社，2019.1（2023.1 重印）
（白先勇作品集）

ISBN 978-7-5598-1367-1

Ⅰ．①一… Ⅱ．①白… ②刘… Ⅲ．①中国文学－当代文学－
作品综合集 Ⅳ．① I217.2

中国版本图书馆 CIP 数据核字 (2018) 第 255366 号

广西师范大学出版社出版发行

广西桂林市五里店路9号 邮政编码：541004
网址：www.bbtpress.com

出 版 人：黄轩庄
责任编辑：孟志成
特约编辑：武 霖 田南山
制　　作：陈基胜 马志方

全国新华书店经销
发行热线：010-64284815
山东韵杰文化科技有限公司

开本：850mm×1168mm 1/32
印张：13 字数：218千字 图片：5幅
2019年1月第1版 2023年1月第2次印刷
定价：58.00元

台北求学时期留影

一九六〇年创办《现代文学》时合影：第一排左起陈若曦、欧阳子、刘绍铭、白先勇、张先绪，第二排左起戴天、方蔚华、林耀福、李欧梵、叶维廉、王文兴、陈次云

一九八八年大陆版《游园惊梦》广州首演

二〇〇六年青春版《牡丹亭》在美国上演谢幕

二〇一七年《白先勇细说红楼梦》新书北京发布会暨国家大剧院八十寿庆留影

牡丹因缘

我与广西师范大学出版社

白先勇

我与广西师范大学出版社因《牡丹亭》而开始结缘。二〇〇四年由我领队制作的昆曲连台大戏三本青春版《牡丹亭》在台北首演一炮而红，我们在演出的同时由台湾远流出版社出版了《姹紫嫣红牡丹亭》，此书由我策划，收编了我们改编的二十七折青春版《牡丹亭》剧本，并有学者专家的阐释文章。书中汇辑多幅历来饰演《牡丹亭》名角影像，尤为珍贵。此书出版，在台湾反应甚佳，第一版一售而罄。同年青春版《牡丹亭》赴大陆巡演，到苏州、杭州、北京、上海等地。我们觉得《姹紫嫣红牡丹亭》应该出大陆版。远流找到合作对象：广西师范大学出版社。这也可以说是一种特殊机缘，天作之合。我原籍广西桂林，由自己家乡的出版社来出版第一本有关青春版《牡丹亭》的书，特别有意义。出版后，刚巧五月全国书市在桂林召开，这是出版界的一个盛会，广西师范大学出版社的负责人之一刘瑞琳女士邀请我到桂林，为《姹紫嫣红牡丹亭》开新书发布会，我当然高兴，因为又可以乘机返乡一趟。发布会的场面多少出我意料之外，一下子来了五六十家媒体，记者发问非常热烈，《姹紫嫣红牡丹亭》的知名度也就从此散开了。

我觉得这本书的出版有多重意义：首先这是大陆出版第一本有关青春版《牡丹亭》的书，对这出戏起了先头宣传部队的作用。这部书最大的特色是用繁体字直排，这样书本身便蕴涵着一种古籍雅意。而这部书的装帧又特别精美，设计大方，图片悦目，难怪二〇〇五年这部书夺得了南方报业集团举办的首届华语图书传媒大奖。这是一份十分难得的殊荣。早些年大陆有些出版社出版古籍采用繁体字直排，这些年比较少见，而广西师范大学出版社出版《姹紫嫣红牡丹亭》竟用了繁体直排，而又获得大奖，我认为有其深远的文化意义。我很佩服出版社领导人的眼光。

接着广西师范大学出版社出版我的一本选集《青春·念想》，我跟出版社以及出版社的同仁们关系就更加密切了。因为这些年昆剧青春版《牡丹亭》经常到北京演出，我亲自领军到北京就有五次，每次演出我们都需要各界的支援，广西师范大学出版社驻北京的同仁在这方面，上下一体，对我们可说是做到仁尽义至，从联络媒体宣传到人员协助，无一不全力以赴，当然，演出时，出版社的同仁们一直是我们最热烈的啦啦队。出版社同仁给予我如此坚定的精神支持与鼓励，我想他们一定也认同我们推广昆曲是在兴灭继绝抢救我们的文化瑰宝，他们努力出版，一样在从事文化大业。其实我们的追求殊途同归，所以能够彼此欣赏。二〇〇六年适逢广西师范大学出版社成立二十周年社庆，在桂林总部盛大举行。为了替出版社庆祝，我们特地把青春版《牡丹亭》送到桂林，在广西师范大学校园连演三天，那真是盛况空前，每晚演出场里挤得水泄不通。前一年我在广西师大演讲，曾经许愿，有机会我一定要把我制作的《牡丹亭》带到桂林，让广西师大的同学及乡亲们看到这出戏。第二年，我们真的做到了，而且还替出版社热闹了一番。我跟出版社结的可说是“牡丹缘”。

中国出版业竞争激烈，广西师范大学出版社能够脱颖而出，名列前茅，诚非易事。国外如美国的哈佛、哥伦比亚，英国的牛津、剑桥，这几家名校的出版社在英美以及全世界的学术文化界举足轻重，广西师范大学出版社的影响不仅普及全国并能跨越海外。广西师大出版社能够建立如此优良声誉，绝非偶然，我还没看见他们出版过一本浅俗媚众的读物。

家乡能产生如此高层次的文化亮点，我深引以为傲。当总编辑刘瑞琳来跟我商洽出版我的作品集，我欣然同意，并感到义不容辞。刘瑞琳女士刚刚被《中国新闻周刊》选为“十年影响力人物”。在此，我特别要向她致谢，同时也要感谢为这套书花费大量精力的执行编辑刘哲双及曹凌志。

二〇一〇年八月十二日

我是有这个大愿，希望二十一世纪我们
中华民族像欧洲那样迎来“文艺复兴”。

我们的古文化有几千年，有那么辉煌的传统，
如果要再把它复兴起来，当然是非常艰巨的
一个工程，但是不能不做，非做不可。

目录

（代序）白先勇：一个人的"文艺复兴"

刘俊

"文艺复兴"是发生在十四至十六世纪欧洲众多国家的一场重大而又深刻的思想、文化变革运动，这场运动之所以叫"文艺复兴"，是因为其突出的特点在于自觉地以希腊、罗马古典时代的文艺为引领，力图以古典为师，走出中世纪封建神权的思想束缚，开创一个新的文艺时代。"文艺复兴"尽管以复古为号召，但其目的却并不是真的要回到古典，而是在复古的旗帜下，展开反封建的新文化创造。

发生在十四至十六世纪的西方"文艺复兴"运动，到了二十世纪的中国，则成为"五四"新文化运动依凭的重要思想来源。从西方的"文艺复兴"，到中国的"五四运动"，尽管时空背景不同、文化诉求各异，但两者之间的内在相似性还是非常明显的，那就是这两个"运动"的精神实质都体现为：其一，反抗"旧"思想的束缚；其二，着手"新"文化的创造。

“文艺复兴”运动和“五四”新文化运动在精神实质上的这种相似性，导致了“五四”新文化运动被西方人理解为是“中国的文艺复兴”（The Chinese Renaissance）[1]。然而，仔细比对中国的“五四”新文化运动与西方的“文艺复兴”运动，就会发现，虽然它们两者之间在反叛的精神气质和“破旧立新”的追求上不约而同，但它们采取的具体方式 / 行走路径却各有所宗：当“文艺复兴”运动在古典文化中寻找自己的复兴之路时，“五四”新文化运动却表现出对“西化”的向往[2]，和“对传统重新估价以创造一种新文化”[3]。也就是说，西方的“文艺复兴”运动是在对古典文化的复兴中融入新时代的创造；而中国的“五四”新文化运动则是在对传统文化的破坏中开创新文化。这样的一种“同途殊归”，就使得中国的“五四”新文化运动与西方的“文艺复兴”运动，其实是神合而貌离。

对于“文艺复兴”（西方）和“中国的文艺复兴”（“五四”）两者之间的这种差异性，白先勇早就察觉到了。在如何看待

---

1 周策纵在《五四运动史》（*The May Fourth Movement : Intellectual Revolution in Modern China*）中，就提到“五四”新文化运动由于胡适等人的英文著述，令西方人以为是“中国的文艺复兴”。见周策纵：《五四运动史》，岳麓书社，1999 年 8 月版，第 4 页。

2 冯友兰：《中国现代民族运动之总动向》，《社会学界》第 9 卷，1936 年。转引自周策纵《五四运动史》，岳麓书社，1999 年 8 月版，第 5 页。

3 周策纵：《认知 · 评估 · 再充——香港再版自序》，收入周策纵《五四运动史》，岳麓书社，1999 年 8 月版，第 12 页。

“五四”新文化运动这一问题上，白先勇一向持一种清醒的辩证态度：他充分肯定“五四”新文化运动具有批判性的精神特质，却对其否定传统的许多极端思想 / 观念 / 态度 / 做法不以为然——也就是说，作为一个当代作家，他对“五四”新文化运动的继承，更多的是其批判性的精神特质，而不是其中许多具体的倡议和做法。并且，由于继承了“五四”新文化运动的批判精神，白先勇对其本身也抱有一种批判的态度！对于激烈地否定传统文化、主张“全盘西化”的做法，白先勇就很不以为然——这使得他与一般“五四”新文化运动的继承者（大多认同在对传统文化的破坏中开创新文化）有所不同，而更像一个真正奉行“文艺复兴”精神（在对古典文化的复兴中融入新时代的创造）的东方实践者。

白先勇在《〈现代文学〉创立的时代背景及其精神风貌》一文中，非常明确地表达了他对“五四”新文化运动的理解和态度：

> 那时我们都是台湾大学外文系的学生，虽然傅斯年校长已经不在了，可是傅校长却把从前北京大学的自由风气带到了台大。我们都知道傅校长是“五四运动”的学生领袖，他办过当时鼎鼎有名的《新潮》杂志。我们也知道文学院里我们的几位老师台静农先生、黎烈文先生跟“五四”时代的一些

名作家关系密切。当胡适之先生第一次返台，公开演讲时，人山人海的盛况，我深深记在脑里。“五四”运动对我们来说，仍旧有其莫大的吸引力。“五四”打破传统禁忌的怀疑精神、创新求变的改革锐气，对我们一直是一种鼓励，而我们的逻辑教授殷海光先生本人就是这种“五四”精神的具体表现。……

“五四运动”给予我们创新求变的激励，……我们跟“五四”那一代有截然不同之处，我们没有“五四”打倒传统的狂热，因为中国传统文化的阻力到了我们那个时代早已荡然。……我们对待中国传统文化毕竟要比“五四时代”冷静理性得多。将传统融入现代，以现代检视传统……。[1]

很显然，白先勇对“五四”打破传统禁忌的怀疑精神、创新求变的改革锐气是完全赞同、充分肯定的，而他对“‘五四’打倒传统的狂热”，却表明了“截然不同”的态度，他要追求的，是冷静理性地“将传统融入现代，以现代检视传统”——这样的追求，与“文艺复兴”运动从古典传统中获得新时代的创造之诉求，正一脉相承！

秉持这样的“文艺复兴”观，白先勇在几十年的文学 / 文化

1　白先勇：《〈现代文学〉创立的时代背景及其精神风貌》，收入白先勇《第六只手指》，华汉文化事业公司，1988 年 12 月版，第 105—108 页。

创作生涯中，以自己的实际行动和个人影响力，在中国乃至全世界的华人社会展开、践行他自己一个人的“文艺复兴”！

白先勇一个人的“文艺复兴”，具体形态主要表现为：

一、通过文学创作和创办文学刊物，躬行自己的“文艺复兴”理念。

在许多文学史中，白先勇都被定位为是个“现代派”/现代主义作家，然而，如果细究白先勇的文学创作，则不难发现，在白先勇小说“现代派”形貌的背后，内蕴着的其实是中国古典文学传统的内核。就以白先勇最具代表性的小说《游园惊梦》为例，这篇作品因其深刻的存在主义思想、突出的意识流手法运用，被视为是二十世纪中国“现代派”小说的杰出典范。然而，在这篇小说给人留下深刻的“现代派”印象的同时，支撑起这篇小说的内在“结构”，却是中国古典文学传统：从作品题目的借用，到《牡丹亭》文辞和角色的代入；从“人生如梦”哲理的呈现，到《红楼梦》“以戏点题”手法的引进；从人物命名极富象征意味，到古典场景的现代“还原”……可以说，《游园惊梦》的“外貌”虽然具有“现代派”的特征，可它内里灵动着的却是中国古典文学传统的精魂——也就是说，白先勇固然是在进行着“现代派”小说的创作，可他却在“现代派”小说的创作中，让中国古典文学传统得以“现代派”式的“复活”。

创作如此，办刊亦然。众所周知，白先勇与他的同班同学在二十世纪六十年代创办了《现代文学》杂志，这份杂志以“现代”命名，当然具有鲜明的“现代派”（现代主义）色彩，然而，如果望文生义，以为这份杂志只囿于“现代”（现代派／现代主义）一端，那就看走眼了。事实上《现代文学》杂志在介绍西方“现代派”（现代主义）文学、鼓励和培植具有“现代风”的青年作家、移译并倡扬以“新批评”等现代文学理论评析作品等方面表现突出之外，它还对中国古典文学给予了格外的关注——在前五十一期的刊物中，共发表了八十二篇中国古典文学的研究论文，论述范围上自先秦，下至明清，涉及内容包括诗、词、曲、赋、小说、散文等各种文类。这种兼容中西、涵盖古今的办刊风格，并非一种不自觉的摸索，而是一种有意识的追求：在《现代文学》的办刊宗旨中，原就包含了“尽力接受欧美的现代主义”和“重新估量中国的古代艺术”这两个目标，从《现代文学》的发展历史看，这两个目标都得到了较好的实现（参见刘俊《悲悯情怀——白先勇评传》、《复合互渗的世界华文文学》）。《现代文学》在长期的出刊过程中，虽然数度变换主编，但发行人一直是白先勇，因此《现代文学》这种“在古典的发现中追求现代的创新”办刊宗旨，无疑体现着他的“文艺复兴”理念。

二、通过倡导教育改革和呼吁文化反思，阐述自己的“文艺复兴”主张。

对于二十世纪中国人对自己的文化／艺术常常采取鄙视和弃绝的做法，白先勇很不以为然。他虽然出身外文系，但对中国古典文学／文化的沉迷，并不亚于对西洋语言和外国文学的关注。早在中学时代，他就在课外另找老师专门补习中国古典文学；考入台湾大学外文系后，他也常去中文系旁听课程——对中国传统文学／文化的热爱和推崇，白先勇几十年如一日，自幼至今，从未改变。因着对中国传统文学／文化的深刻了解和衷心热爱，他对二十世纪中国教育的“西化”倾向非常担忧和痛心。他曾多次在文章中，对这种丢弃自己文化传统而尽心倾力“西化”的教育体制表达不满。一九七六年，白先勇在与胡菊人的对谈中，就对中国的中学、大学所教艺术课程甚少中国传统艺术知识感到难以理解：“为什么先画西洋画，奇怪！‘五四’到现在，为什么一开始就学西方，为什么不画我们的山水呢！这是我们最优良的传统，全世界的山水画是我们的最好，……中学里，都唱西洋歌，为什么不去学古琴、古筝、琵琶，为什么不唱京戏，我们自己的东西为什么不要，而要学人家的东西？”“恢复我们自己的嘛……从戏剧、音乐、国画，对中国文化认同。……培养很完全的中国人，成就个中国人嘛！”因此白先勇强烈呼吁“文化复兴，第一改革课程”[1]！

1 胡菊人：《与白先勇论小说艺术——胡菊人白先勇谈话录》，收入白先勇《蓦然回首》，尔雅出版社，1978年9月版，第160—162页。

除了通过对课程改革的倡导传达自己的“文艺复兴”主张之外，白先勇还对二十世纪自“五四”以来中国社会的诸多文化行为，进行了反思。在《世纪末的文化观察》一文中，白先勇认为“从一九一九年‘五四’运动到‘文革’，差不多半个世纪以来，中国人对自己文化的破坏那么彻底，世界上好像没有哪个民族对自己的传统文化那么痛恨，好像必要去之而后快”，对于这种“文化断根”的做法，他深感痛心！与法国、日本等国对待传统文化小心保护、万分珍惜的做法相比，白先勇指出“中国人对文化的保存、非常轻率、忽略”，对此，他提出“我们要重新发掘、重新亲近我们的文化传统……我们要重新发现自己文化的源头，然后把它衔接上世界性的文化……我们必须慢慢整理自己的文化传统……把现代文化引进来，融合进传统文化中”[1]。在《眉眼盈盈处——二十一世纪上海、香港、台北承担融合中西文化的重要任务》一文中，白先勇以上海博物馆为例，认为将古文化经过现代包装，可以体现另外一种美——一种以中国古文化为底子的现代美。正是在这个意义上，他认为上海、香港和台北这三座城市，应该在二十一世纪中国文化复兴的过程中起到重要

1 白先勇：《世纪末的文化观察》，该文发表于1999年，后收入《树犹如此》，联合文学出版社有限公司，2002年2月版，第175—181页。

作用[1]。由此可见，重新发现／亲近传统，慢慢整理传统，以传统为基底将现代文化引进传统，进而重建／再建传统，是白先勇立足传统进行“文艺复兴”的基本思路和实现路径。

三、通过发扬和推广昆曲艺术，落实自己的“文艺复兴”理想。

白先勇对中国“文艺复兴”的思考原则和行动方向，不但确立早，而且持续久。早年的文学创作、主导办刊，后来的倡导教育改革、呼吁文化反思，都曾是他“文艺复兴”思考和行动的着力点。随着对“文艺复兴”思考和实践的深入，他逐渐发现了一个更具历史蕴涵和现实意味、也更能实现他“文艺复兴”理想的着力点：中国传统文化／艺术中的瑰宝——昆曲。

白先勇少年时代即与昆曲“结缘”[2]，从看／听／惊艳昆曲，到在作品中引入昆曲，再到制作／推广昆曲，他与昆曲的“缘”越结越深；而他与昆曲的深厚情缘，正与他对中国“文艺复兴”的思考原则与行动方向相一致。一九八二年，他首次将昆曲片段搬上了舞台——这次镶嵌在舞台剧（话剧）《游园惊梦》

1 白先勇：《眉眼盈盈处——二十一世纪上海、香港、台北承担融合中西文化的重要任务》，收入《树犹如此》，联合文学出版社有限公司，2002 年 2 月版，第 272—274 页。

2 参见白先勇：《我的昆曲之旅——兼忆一九八七年在南京观赏张继青〈三梦〉》，收入白先勇《树犹如此》，联合文学出版社有限公司，2002 年 2 月版，第 64 页。

（根据白先勇同名小说改编）中的昆曲制作，开启了后来白先勇昆曲制作的漫长过程：一九八三年，他在台湾制作了一台两折的昆曲《牡丹亭》；一九九二年，他在台湾第二次制作昆曲《牡丹亭》；二〇〇二年，他开始制作青春版《牡丹亭》，二〇〇四年正式首演。经由这次昆曲制作，白先勇希冀在五个方面达成他的"文艺复兴"预期：（一）让昆曲这个中国文化后花园中"精品中的精品"在当代绚丽绽放；（二）让昆曲这个传统的"百戏之祖"获得现代生命，提出了昆曲新美学思想；（三）让昆曲在当代后继有人，昆曲艺术得以薪火相传；（四）让昆曲走入当代青年人的情感和审美世界，并从中获得文化自信；（五）让昆曲走向世界，展示中国文化惊人的艺术魅力。

应当说，白先勇经由昆曲实现"文艺复兴"理想的期待基本达成：青春版昆曲《牡丹亭》（还不包括后来的《玉簪记》、《白罗衫》等）至今已演出三百多场，海内外观众达几十万人次，在华人社会形成"昆曲热"，在美国、英国、希腊、新加坡等多个国家引起轰动；在此过程中，昆曲的"美"得到系统挖掘、全面展示和广泛传播，在严格遵循昆曲表演格式传统规范的基础上，进行舞美、灯光、服装、音乐、音效等方面的现代创新，以符合时代的发展，并在昆曲抽象、写意、抒情、诗化基本原则的基础上，形成一种昆曲新美学，那就是："尊重古典但并不步步因循古典，'利用现代'但不'滥用现代'”、“古典为体，现代为用”、将“现代元素以不露痕迹的方式融入古典的大架构中”，使昆曲“既有古典美又有现代感”[1]。

除了在昆曲“本体”上进行“文艺复兴”的倡导和实践之外，白先勇还在昆曲的“延长线”上放大他的“文艺复兴”举措。他通过努力促成传统“拜师”仪式，让老艺术家们身上的昆曲“绝活”，能传承给年轻艺人以使之得以延续乃至光大；为了“培养”青年一代昆曲观众，他不但让昆曲“进校园”，在海内外几十所高校巡演，而且还主导昆曲“进课堂”，在北京大学、台湾大学、香港中文大学、苏州大学实施昆曲传承计划——昆曲“进校园”和“进课堂”，可以说真正实现了昆曲进青年人“心”，入青年人“脑”，动青年人“情”；而昆曲面向世界“走出去”并在国际上产生文化轰动效应，则与昆曲在青年人那里入心、入脑、动情一道，在中国人心目中重建起久已欠缺的文化自信——而这一切，都是源于白先勇式的“文艺复兴”理想：以中国传统文化为根，延续传统并在传统文化的基础上，引进新思想新观念对之加以改进，以再造传统文化！

四、通过规范并确立文学经典文本，细化自己的“文艺复兴”观念。

1 白先勇：《昆曲的美学价值》，收入白先勇总策划《云心水心玉簪记——琴曲书画昆曲新美学》，人民文学出版社，2011 年 2 月版，第 147 页。

中国古典小说名著《红楼梦》在中国可谓家喻户晓，可是对于《红楼梦》的作者、版本（连带牵涉到如何看待后四十回）等问题，学术界/红学界至今还在争论不休，莫衷一是。对于《红楼梦》的版本问题，白先勇在《白先勇细说红楼梦》中这样写道：

> 《红楼梦》的版本问题极其复杂，是门大学问。要之，在众多版本中，可分两大类：即带有脂砚斋、畸笏叟等人评语的手抄本，止于前八十回，简称脂本；另一大类，一百二十回全本，最先由程伟元与高鹗整理出来印刻成书，世称程高本，第一版成于乾隆五十六年（一七九一），即程甲本，翌年（一七九二）又改版重印程乙本。程甲本一问世，几十年间广为流传，直至一九二七年，胡适用新式标点标注、由上海亚东图书馆印行的程乙本出版，才取代程甲本，获得《红楼梦》“标准版”的地位。[1]

然而，“程乙本”的“标准版”地位在二十世纪八十年代遭到了挑战。一九八二年新出现的“庚辰本”（这一新版“庚辰本”与传统八十回版的“庚辰本”不同，它也是一百二十

1　白先勇：《白先勇细说红楼梦》，广西师范大学出版社，2017年4月版，第9—10页。

回本，前八十回以“庚辰本”为底本，后四十回则截取自程高本)，却挟体制之力，以“横扫千军”之势，取代了“程乙本”的“标准版”地位，并使“程乙本”有逐渐消弭于无形的危机。如果这个新版(一九八二年版)“庚辰本”确实优于“程乙本”，那么以优汰劣，理所应当！问题在于，白先勇经过对两个版本的仔细比照互校，发现这个新版“庚辰本”“隐藏了不少问题，有几处还相当严重”[1]，因此他从“小说艺术、美学观点”的角度来“比较两个版本的得失”[2]，在《白先勇细说红楼梦》一书中，一一指出“庚辰本”的缺失和不足，为事实上已经基本消失的“程乙本”正名、平反。

白先勇通过比照互校，发现了一九八二年版“庚辰本”中的不当 / 错误之处有一百九十处之多，最为突出、典型的例子有：

其一，“庚辰本”第六十五回《贾二舍偷娶尤二姨 尤三姐思嫁柳二郎》中的尤三姐形象前后矛盾，不合逻辑；而“程乙本”对尤三姐形象、性格的描写、刻画则合情合理得多，也更加符合尤三姐这个人物自身的性格发展逻辑[3]。

其二，“庚辰本”第七十四回《惑奸谗抄检大观园 矢孤

1 白先勇：《白先勇细说红楼梦》，广西师范大学出版社，2017 年 4 月版，第 10 页。

2 同上，第 10 页。

3 同上，第 525—535 页。

介杜绝宁国府》（“程乙本”回目为《惑奸谗抄检大观园 避嫌隙杜绝宁国府》）在绣春囊事件上，“出了离谱的错”，将潘又安赠给司棋的定情物“香袋”（绣春囊）弄成了是司棋给潘又安的了，“完全倒过来了”，而且“香袋”还变成了两个，而“程乙本”则是正确的[1]。

其三，“庚辰本”中出现诸多人物语言与其身份、情境不相符合之处，而同一处的“程乙本”表达，则显得要贴切、高明许多。

经过仔细比对校勘，并代入自己的创作经验进行写作逻辑推断，特别是通过对《红楼梦》后四十回中的黛玉之死、贾府抄家、宝玉出家等场景的细致文本分析，白先勇充分肯定了“程乙本”作为经典性文学文本的艺术性、整体性和有机性，从而“正本清源”。在“程乙本”《红楼梦》已经渐渐走入历史深处、消失在广大读者视野之际，白先勇以他对《红楼梦》的深刻理解，以及他对“程乙本”《红楼梦》文学性的深刻把握，将“程乙本”《红楼梦》再次推送到广大读者面前，为他们提供了一个艺术性最为突出的可信赖文本，并以自己的“细读”，为他们引路导航。在他看来，《红楼梦》不但代表了中国古典小说的最高峰，也是中国传统文化的突出代表。当他致力于中国文化的“文艺复兴”之际，当然不

1 白先勇：《白先勇细说红楼梦》，广西师范大学出版社，2017 年 4 月版，第 636—638 页。

然，这样的“新五四运动”，才是白先勇理想中的“文艺复兴”运动，就是中国传统文化融入新时代之后的“再生”运动，就是中国传统文化在得到外来文化刺激之后的“起死回生”运动！

白先勇曾经说过，“我所有的准备，都是为了中国的文艺复兴”[1]！如果从“文艺复兴”这个维度去看白先勇的文学/艺术人生，就会发现，从青年时代直至现在，他所有的文学/艺术活动，确实都内隐着、贯穿着一条力图为中国传统文化/文艺“复兴”（再生）的线索——回顾既往，无论是他的文学创作，还是他的文学/文化实践（办文学刊物、推广昆曲、宣传《红楼梦》），冥冥之中，仿佛都是他“文艺复兴”观念/理想的具体呈现！而收在这本集子里的文章，正体现了（带有）白先勇一个人（色彩的）“文艺复兴”的历史轨迹和基本面貌。

1 参见刘俊：《我所有的准备，都是为了中国的“文艺复兴”——白先勇访谈录》，《香港文学》，2017年第11期。

思考

白先勇与青年朋友谈小说[1]

梅新主编：今天能请白先勇先生到这儿来与青年朋友们见面，让仰慕他的青年朋友有个当面请教的机会，可以说非常不容易，因为他在台湾逗留的时间很短，各方面想找他的人很多，因此很忙，很不容易抽出时间。白先生是我多年的老友，他又不好意思推辞。这次集会应该是在他一回来就举行的，而一再延期。在此期间，消息外泄，许多朋友打电话来，希望能参加，但限于场地，无法让更多的人来一睹白先生的风采，实在觉得很抱歉。

……

1 访谈时间为 1979 年 9 月 14 日下午 8 时，地点为时报副刊编辑室，王法耶、潘秀玲记录。

好的作品在每个时代都有新的意义

问：你写小说是不是已经放一个答案在里面，让读的人去找答案，还是无意……

白先勇（以下简称“白”）：有时候写东西，自己的意图（intention）跟写出来的作品不太一样。因为我本来心里想好要写什么故事，有时写出来，很奇怪，不是自己想象的样子。自己也没办法去改它，已经写好了，它有它自己的生命，写完以后作品就独立了，我就跟作品脱离了，所以读者的诠释（interpretation）跟作品的意图往往会不一样。在二十世纪看《红楼梦》，跟十八世纪看《红楼梦》就不一样。每个时代的诠释也会改变。我认为一部好作品之所以了不得，是因为在每个时代都有新的意义产生，这样才会长存下去。伟大的作品、好的作品一定是有它的时代性，也有它的超时代性。我们看荷马的史诗，看我们的《诗经》，到今天为止，基本的感情都是能够沟通。到了不沟通的那一天，这作品就死掉了，就没有人看了。

白先勇的小说和张爱玲的小说像不像？

问：我觉得你的小说呈现出来的色彩，和张爱玲小说的色彩很像……

白：（迫不及待地）很像！好多人这么讲的……

问：（接下去）那颜色很像，是不是因为你们环境背景比较相同？像你和王文兴是同学，就不觉得你们作品有相像的地方。

白：可能是……

（白先勇尚未回答，在座即有人提出异议说：我觉得不像……）

白：啊！（转个方向）你觉得不像……哈……你代我答这个问题吧！

（话未竟，另外也有人说：我也觉得不一样，但是可能是某一时代、某一背景或题材，处理时刚好有相同的地方。我是觉得不一样，但是请你就张爱玲说一点你的看法。）

白：不过，她的风格也有好几种，很难说。譬如说她写《秧歌》的风格，就跟她前面写的完全不一样。我自己风格也不稳定，有时这样，有时那样。可能是我写某一种故事，刚好跟她相像。有些就跟她完全相反、完全不同。

（刚才那位说“很像”的朋友，提出纠正，说：我指的是一些比较华丽的事情……）

白：啊！你是指《游园惊梦》那些……

（另一个人表示意见：大概是对色彩的感觉，有些比较秾丽。）

白：我的作品很淡、很阴暗的也有。

问：对，也有，你的取材比张爱玲要广得很多，技巧的使用也比她多很多。

白：她很细致，比我要细多了，写一个椅子，她可以写一页，哈……真会写，生花之笔……哈……一件事情可以长篇大论地写下来，她是厉害得不得了……很细致，很细致，我想我比她粗枝大叶得多。

人物写得太鲜活了，产生“距离的幻觉”

问：听说在美国你教书时，有很多女生都想选你的课，因为你的作品好，但是，也是想要看看你的人……

白：(伸出手来直挥)没这回事，没这回事，我想这个不确，不确，不确，不确……（一连串否认，大家都笑了。）

问：我下面有个问题，听说你刻画女性刻画得最成功，你自己觉得呢？

白：我不晓得，我不晓得。别人这么讲，我想都一样，男性女性我想都一样……

问：我是觉得你刻画的女性比男性要强烈。

白：喔，要强烈……

问：你写舞女啦……非常鲜活，不晓得你对这是不是有密切的体会？

白：没有密切的体会（极力否认），哈……（一室哄然）……遥远的观察，遥远的观察……我想……这话讲了好几次了。我是看到这么一个很有趣的人，非常不同，很特殊，所以我就揣摩她的言行……

问：她是不是你过去的女伴？

白：哈……我没有资格，我没有资格。

问：我想是因为你写得太活了，所以读者会产生“距离的幻觉”。

白：喔，对，距离的幻觉……

每个人写的方式不同，但不能以此论优劣

问：你的小说多是从人物出发，有了人物，然后才去构想情节；而有的作家，像七等生，就跟你很不一样。我想他是先有一个概念（idea），人物只是傀儡而已。

白：我相信他可能认为主题比较重要，还有思想，……每个人方式不同。我自己写小说，是有一个“人”以后，才会说故事，很少有一个概念才说故事。

问：《红楼梦》是不是也是这样？先有人然后才发展故事？

白：据他（指曹雪芹）讲是这样，他说因为有了几个奇女子，然后才写这篇东西。我相信也是。如果这本小说是自传性的话，一定是有这一群女孩子，他很想把她们写下来，就慢慢地扩大了。其实，我们古典小说中人物很重要，像《红楼梦》、《水浒》、《三国》，人物都已经成为一个典型，深深印在我们脑子里面。像孙悟空，对不对？

问：就你的观点来看，这两种不同的方向，一从主题出发，一从人物出发……

白：我想是没有优劣的，要看你是写哪一类小说。有些思想小说，先有一个很重要的哲学概念，再写成小说，像卡缪的东西就是。他写《异乡人》（即《局外人》）绝不是有一个"异乡人"以后才去写，他一定是有了一个"荒谬哲学"以后，他想怎么样去表现他的思想，才写出这东西来。我想那也是很好的小说，那没有关系；像狄更斯就不同，他一定先有人物以后，再有故事。

有些"反小说"，闷得不得了

问：我记得你讲过，像《美丽新世界》这种小说应不是算正统的。

白：嗯……对，对，对。但是，我所谓"不是正统"的意思，是说这到底还是少数，不是说“不是正统”就不好。我想，现在“正统小说”的意思是指社会写实一脉相传过来，从十九世纪那些法国的、俄国的、英国的……像《镜花缘》可以算是我国古代的科幻小说，它就有它自己的主题……我想，小说只有种类之别。一定说哪种小说好，哪种小说不好，这也没有道理。只要写得好。不过，有些小说我就看不懂了，像法国新派的“反小说”，我拿来看了，就看不下去，就要瞌睡了。哈……我想，小说不管怎么样，很重要的一点，还是娱乐（entertain），使人看了还想要看下去。有些小说使人看不下去，不管讲怎么好，也是失败了。看了一半，闷得不得了，看不下去，这小说还是失败。

（在座一位小姐说：这要看读者。白先勇忙答：是是是。小姐接着说：像王文兴的《家变》，有很多人就看不下去。）

白：是是是，事实上，那些小说跟《家变》又不太一样，我所谓的那些小说是闷得不得了。像“反小说”写一个房间，从天花板几英寸写到地毯的颜色……半本写一个东西，我就觉得这个太过分。

问：好像现代艺术都有这种倾向。

白：就是这样子，“物化”，我想“人”还是重要，可能中国人本主义比较强。据我观察，他们西方虽然讲了半天“人”怎么没有意义啦，把“人”贬得……最后还是“人”，人性的成分（human element）除掉以后，我想就没有文学了。

问：那些小说倒是有几本还不错，不晓得你有没有看过 *The Beach*？

白：我没看过。是讲个谋杀案的。

问：不是，不是。讲三个小孩子在海滩上的。

白：我没看过（肯定地）。没有看过，没有看过。

问：我也看过你说的写天花板的……

白：嗯——写得好惨喔，我觉得这恐怕有点邪门歪道。所谓的感性小说，像弗吉尼亚·伍尔芙，那是二十年代、三十年代，已经到顶了。因为一定要有那么美的、那么纯的、写得散文诗一样的文笔。这没有多少人会写的，大部分人的笔调都较笨拙，也没有故事，也没有人物，我想看的人会比较少。现代小说又回头了，又走到写实的路上去，又回头了。

问：你觉得这是好的现象呢？还是……

白：因为物极必反，当然一定会回头的。文学的动向就是来来去去，来来去去，我想就是这样子。

写长篇小说，"气势"很重要

问：我想请教一个小说技巧的问题，会不会认为写长篇比短篇难？长篇的话，结构容易流于松散。以张爱玲做例子，她的短篇写得很好，可是她的长篇像《半生缘》，结构就比较松，你是不是也觉得这样？

白：我觉得如此。长篇的话更麻烦，因为“气势”就要从头到尾把持到。但是长篇也有个好处，就是你犯几个错还没有关系，还可以补救回来。短篇在形式上的要求就更高，一段一句也不能错，跟作诗差不多。

（另一人提出不同意见说：我觉得短篇小说比较难写。）

白：你说短篇小说比较难写？要写得好，写得精，短短的字数少，也是不容易，不容易。

（“都难，都难。”在笑声中，有人轻轻地说。）

问：如果有人请你推荐中国的古典小说，你会选哪些？

白：还是那几部吧！《三国》、《水浒》、《红楼》、《金瓶》、《儒林》、《西游》，这六部都是打根基的，尤其对研究小说的人来说，有很大的助益，也很基本。

“尹雪艳”是怎么来的？

问：能不能请你谈谈小说技巧？

白：如果光讲技巧，很不落实，最好举例来讨论比较好。

（主编于是环视大家，说：“那么，这样吧！我们举白先勇的小说为例，再请他说明。”在座的有人说：《玉卿嫂》；有人说：《游园惊梦》、《永远的尹雪艳》；也有人嘀咕：《台北人》。篇篇都熟，举哪一篇好？白先勇始终笑容可掬的，终于，他说：）

我谈谈《永远的尹雪艳》好了，我只写过一次这种的，以后再没试过。《永远的尹雪艳》用的是全知观点，文字比较需要冷静，而且是反讽式的、夸大的词句。还有，颜色很重要，我用了黑的、白的、红的啦，这些都是与题材、主旨有关。从头到尾，风格（style）和结构都很紧，如果松点就垮了，因为它没有戏剧性，完全平铺直叙，加上一点弦外之音，所以必须如此。

问：那这个"尹雪艳"是怎么来的？像你的"金大班"，你说是第一次上舞厅（而且是惟一的一次）看到一位大班，从前是上海百乐门的红舞女，忍不住就替她编了一个故事。

白：哈哈哈！是、是。我看过"尹雪艳"这个女人，只是远远一瞥过去，一下子给我很大的冲击（impact），我觉得这女人不得了，就想替她编个故事。

（哇！远远一瞥而已？有人低呼惊叹，满座都是笑声，白先勇笑得最大声，也最久。）

问：你刚刚说颜色很重要，是不是有象征作用？

白：可以这么说，她全身雪白，就是一个死亡象征（death symbol）。我自己并没意识到什么象征意义，后来欧阳子一说，我愈想愈对，哈哈——

（他的笑声连串好比一道引线，哗！又爆炸了大家的笑意。）

台北可以算是我真正的故乡

问：《谪仙记》那个——

白：李彤啊？我听我姊说过，有那么一位女孩，锋芒露得不得了，后来在欧洲自杀了。

问："孽子"是真的吗？

白：半真半假，有真实有虚构。

问：你的《台北人》，写的是这里的人；到美国去，换了环境以后，为什么没有多写那边的人？

白：对！那些人也值得写，我也有兴趣写。但是，我觉得这边比较要紧吧！我住台北有十一年，台北可以算是我真正的故乡，对我最重要，我真正对土地有感觉也是台北市这个地方。

问：我发现，新文艺里头写小人物的多，写知识分子的非常少，是不是知识分子难写？

白：是，是很难写，知识分子用的词汇就不太好写，我除了一篇《冬夜》，也再没写过。中国的知识分子一向不喜欢写知识分子。

问：是不是太切身了？

白：是太切身，也是——哦——很多事大家心里都明白得很，就是不好讲。知识分子的困境很难写，其实很值得写。

不一定得亲身经验，内心的磨练更重要

问：你在海外，对海外知识分子的处境有亲身体验，也有相当的了解，那不是也值得写？

白：对，那很值得写，也可以写。在海外的中国知识分子承受那种四面八方的压力，那种摇摆、彷徨，那种矛盾，像陈若曦那种心情、遭遇，要写，可以写成厚厚一本书。对！很值得写。

问：以你特殊的家世，你的小说是不是大都来自你的经验？

白：我想，经验不一定得自亲身经验，内心的磨练更重要。

问：有人把你的作品列入"眷区文学"——

白：眷区？军眷区啊？哈哈，我想，我的题材有眷区也有非眷区吧！

问：你写小说的经验蛮丰富，怎不写长篇的？

白：哈哈！长篇的难，要保持那一口气难！哈哈！我平时看从大陆来的家庭，两三代的变迁、没落，心里也有感触，这可以写。我鞭策自己看看，希望会有长的。

现在，“文学批评”这四个字太滥用了

问：像你的小说题材算是很广的了，技巧的运用也算多方面，对小说技巧的尝试经验多，你看的作品也多，从事文学批评有很优越的条件，为什么很少看你真正写批评文字？

白：第一点，从事文学批评要看很好的书，从古典的、现代的一路看下来。我看的书实在不够，顶多只能写一些随感，不是做学问。现在，“文学批评”这四个字太滥用了。

问：你觉得欧阳子对你的《台北人》评得怎样？

白：喔！她写得非常好。她有个本事把事情看得很细微很深入，她又很会说理，拿出一大套理论来，不由人不信服，而且她下了很大的功夫。

问：有没有跟你观点不同的地方？

白：有一些，但是只要能言之成理也没多大关系。她有时能触到我的动机，令我吃惊：啊！我从没跟人说过，怎么——她是很敏感（subtle）的，尤其是评《冬夜》特别好，《游园惊梦》也很好。

问：她是不是都用西洋文学理论来看你的小说？

白：是，是。但是，她是以创作者的眼光，而不是以批评家（critic）的来评。

（白先勇停下来，啜口茶，一边等着在座的年轻朋友提

问题，轻轻松松地坐在装有轮子的藤椅上，前前后后转动。虽然感冒在身，倒是春风满面——笑得有声有色。林怀民说，白先勇的笑很奇特，呵呵呵，有点像小孩的笑，呵了三五笑，恍若要断了，忽然拖着长声又扬高了。为一点点小事，他就能断断续续笑上一分多钟。[1])

如果要学写短篇小说，契诃夫是祖师

问：能不能谈谈琼瑶的小说？

（大伙笑着看他。）

白：哈！哈！我看的不多。不过，很多人攻击她，倒是大可不必。因为，听说许多女学生爱看她的书，她的书里许多浪漫爱情（romantic love），谈恋爱的故事，满足她们的想象，使她们看得高兴，这也很需要。

问：你最喜欢的作家有哪些？

白：我刚才讲了六本中国的，这六本古典小说，研究中国现代小说的人都应该念，而且念了受益很大。西方的，我最喜欢的是十九世纪俄国的杜斯妥也夫斯基，他给我的震撼力最大，其次是契诃夫、托尔斯泰。如果要学短篇，契诃夫

1 见《树犹如此》一书后录林怀民文《白先勇回家》，广西师范大学出版社，2017 年 4 月，第 386 页。

可以算是祖师，还有莫泊桑。这两个人走的是完全不同的路子，都值得研究。

文字之妙不能单看一句、一段

问：你是很推崇《红楼梦》的。一般来讲，中国人都把它当作经典之作。但也有人说它的文字不够好，白话提炼得不纯粹，还不成熟，你以为呢？

白：嗯——如果要讲白话，《儒林》的白话是更纯粹；如果讲口语，《儿女英雄传》是更口语化；但是，讲文字，得跟题材配合，《红楼梦》的题材很典雅，是极华丽富贵的，感情很浓的，不像《儒林》写中产阶级，如果《红楼》用很白描的白话泛开来，恐怕不能表现得好。曹雪芹是很讲究技巧的，他对诗、词、曲，尤其是曲，很熟很熟，文字他是很注意的。文白如果运用，他不会不考虑，在对话里面就看得出来，像贾政和刘姥姥说话就判若两人。还有，你记得刘姥姥进大观园，那一段不是极白吗？非常地生动活泼。有些地方就不适合那么白了，比如说很秾丽的情景描写。对了，还有《三国演义》，是用半文言写的，“白帝城托孤”那段君臣对答，需要用《史记》那种手法，就不能用白话来写。（他又重复一次强调不能，然后笑起来。）要比白话，《老残游记》

的文字随便抽一段出来，的确都是很成熟的白话。不过，我想这没多大关系。

问:但是,《红楼梦》有些写景的部分，完全用四言一句，虽然很典雅工整，但是不是呆板了一点?

白：这样讲好了，有时候，一本书文字的好坏并不能单独抽出来看，要看整本书的体裁。像福克纳的文字，抽出一两段都是很坏的英文，文法也不通，但是整体看，实在是不得了。

文字要能增加题材的效果

问：能不能说，文学的语言本来就不能跟一般的语言放在一起比较?

白：那当然！文学的语言再怎么白，也跟一般的白话不同，而且得看题材，看哪样的文字可以发挥题旨，产生效果。像卡缪的《异乡人》，要表现的是作者的哲学思想，用的文字要清楚，当然就不能像福克纳那样用很重的文字，他的风格（style）是近乎海明威的。风格跟本身的内容要配合，看能不能增加题材的效果，表现题材的主题。

（话题转了转，白先勇说到极兴处，不自觉将椅子往前一推，话题又落回他身上。）

问：你写作的速度快不快?

白：很慢，很慢，慢得简直——只有《金大班》最快，两天就出来了，写得很轻松，其他的都在脑里转很久，写了以后至少还要修改两三遍。

问：你们那一代出了不少文坛巨星，我们现在好像没有？

白：我倒觉得现在的年轻人比我们当年要好。哈哈！大概因为我们年纪大了。哈！你们看起来就——而且大概我们那时容易成名吧！现在你们比较吃亏，尤其是诗坛。（他转头问主编梅新）是吧？要出一颗彗星，很难很难。

问：有人说是因为当年的外文系功课轻松——

白：哈哈！你们现在很重是吗？（在座几位外文系的学弟、学妹一致抱怨：重喔！）我们以前常常逃课去印刷厂。

当时办《现代文学》，大家都很穷

问：对了，你们办《现代文学》是基于什么动机？是不是被退稿，恼了，一气之下自己开个天地？

白：没有！哈！凑巧因为我们那届和上下两届写的人很多，上一届的像丛苏、叶维廉，下一届的像王祯和、郑恒雄，我们同届的更多。我当时想，我们自己开了地盘一起写，不是很好吗？那时我们什么都自己来，穷得很。当时，夏济安先生对我们这些后进的启发很大，他有文学眼光，是个很好的老师。

（白先勇转向目前任《中外文学》执行编辑的杨泽，问他，《中外》现在多少稿费？杨泽答说不好意思讲，不过稿费最近要提高了。大家都笑。白先勇笑着说：）

我们那时是没有稿费的，常常还要贴钱，穷喔！

问：陈若曦说你们穷得想卖你的照片——

白：啊！乱讲！没有的事，陈若曦还给我骂了一顿！

（他急呼呼地否认，一边笑不可抑，每个人都轰然笑起来。主编玩笑说，你现在的相片还有效呢！我们到街头去！说着做出兜售的动作，白先勇笑着搭腔：）

如果卖得出去，我也去卖啦，抛头露面，哈哈！

我们有那么多文化成品，为什么不推出去？

问：你是从海外来的，你觉得我们介绍自己的作品，译介工作做得怎么样？

白：在海外，有人在做了，像李欧梵他们就有在做。夏志清在哥伦比亚大学也陆续翻过几篇台湾的小说，做了一些介绍。因为现在大陆拿不出好作品，他们只有把鲁迅、巴金的作品翻好，推出去。美国教授教中国文学，上到“五四”以后，就上不下去了，没有够分量的作品可以讲，所以他们现在开始注意台湾的作品，也很需要，而且很喜欢。只是，这里的宣传太差，到现在还推不动，真是奇怪！

问：你应该多讲讲，多写一些此类工作的建议！

白：唉！（气急败坏地）我着急得很，每次逢着机会就说。这件事应该大家一齐来说，大家一起做！我们有钱，有人才，就是还没有觉醒；重要的是，没有独立的机构来做这种事，我们有那么多文化成品，为什么不推出去？像台北故宫的东西，为什么不做一次世界巡回展？张大千在海外有名得很，他在美国自己开的展览轰动得很，他现在人在台湾，为什么不帮他弄个回顾展，推到世界各地去？我们甚至没有一本像样的杂志，对外介绍我们的东西。像《汉声》很有水准，怎么不主动资助他们？他们辛苦得很，也真了不起，就是没有足够的经费。

观念建立最重要，像“中学生头发”的问题

问：这是不是因为当局还没建立起对文化的观念？

白：对嘛！我们有东西、有人才，就是推不出去。可能是这样，还没认识到文化的重要性，以为跟娱乐、杂要差不多。

问：观念的建立最重要，就像“中学生的头发问题”。到现在还有“中学生应该专心课业，不应为头发操心”这种

说法，这是怎么说的呢？

白：哎呀！我今天还在生气，这真是野蛮得很，毫无道理，落后到了极点，而且对中学生很不公平，他们最痛恨的就是这个。我们真是太不了解青少年的心理。教育心理学有没有证明，说留了头发就妨害教育？那么，照说全世界只有我们头发最短，我们的教育是不是就全世界第一？为了这件事，还争论了那么多年，真是毫无道理。而且这又不是我们的国粹，我们哪里就是这样的嘛！更野蛮的是头发不合格，在发上划一刀，这种事这些年来层出不穷。你想想看，被罚的学生那种心理的打击！

问：对！这是小事，但关系青少年的心理太重要了。你写小说，一定比较了解这一点，是不？

白：我就看过小学毕业，刚上初中的女生，剪掉长发，顶个西瓜皮，缩着脖子走的样子。这时期的青少年，最敏感，反抗力也最大，这样做对他们等于是破坏。全世界没有人像我们这样。如果硬要规定男生剃光头，你自己剃看看，才知道滋味不好受。真的，太笑话了！太笑话了！

母亲去世以后，感觉到人生无常

问：你的小说里有不少是以青少年的心理为题材的，里面的女性角色很多，女性的心理也写得特别好，你小时候是否受到女人很大的影响？

白：（笑）我不觉得我偏重女人，我什么都写啊！我小时候，最亲近的倒是一个副官。

问：在《蓦然回首》那篇散文，你写母亲那几段特别动人——

白：嗯！我母亲的死对我是很大的打击，我很难相信，像她那样的人也会死。从那以后，我才第一次感觉到人生的无常，知道人生的大限。

问：前面有一段写你母亲病中坚持去参加一个婚宴，坐起化妆，对着镜子看看说："换珠衫依然是富贵模样。"

白：我母亲是个生命力很强的人，看她奋斗一辈子，最后还是失败了，败在死亡的手里。从这以后，我对人生就不再那么肯定，而且常常有一种无常感。

写父亲，除非是写回忆录

问：你有没有想过写你的父亲（白崇禧将军，抗日名将）？你是最适当人选啊！

白：我不行，自己下笔不公正，也不够严谨，除非是写回忆录。

问：现在有没有写你父亲的书？美国有没有？

白：没有，只有英国的一本书，写关于当时几位将领。很奇怪，在美国，没有一本书很公正地写我们抗战的情形，他们对中国的“民国史”非常忽略，也不懂。我们自己也没有一本中日战史，没有一本好好的“民国史”给世界看。

座谈了两个多小时，白先勇声音已有些嘶哑了。他原患着重感冒，今晚抱病而来，侃侃而谈，但仍掩不住不时冒出来的咳嗽声。已经十点半了，大家的问题还很多，然而，只有在此打住。大家纷纷离座，握手而别，期待下一回，白先勇归来时能再和青年朋友们聚首共话。

一九七九年《台湾时报》

（本文有删节）

文建、文教要合乎时代需要

欣闻“文建会”成立，我们衷心盼望一些文化上的当务之急，能因“文建会”的成立而积极推展。

第一，希望“文建会”能集合各方面专家，认真检讨过去三十年文化建设的方向与文化教育上的缺失。

举例而言，学校教育里中学、大学人文教育的偏废。由于联考制度，中学即采文理分科延续至大学，许多读理科的学生对于人文学科的偏废无法弥补。“文建会”主任委员陈奇禄先生曾提出要加强大学人文教育，我们期望现在能拟出具体方案，提供“教育部”参考。文化建设应从学校开始，如果学校的文化建设教育不健全、不落实，则推动全面性的文化建设是比较困难的。

再举一例，台湾大学为台湾最高学府，应该是最完整的大学，但由于人文的缺失，竟一直没有艺术学院。世界上一流的大学，美国的哈佛、耶鲁，英国的剑桥、牛津，都有艺术学院。当然也许有人会说现在单独成立了艺术学院啊！但我认为这不可混为一谈，艺术学院单独成立是培养创作人才，而台大成立艺术学院则应走向音乐史、美术史、戏剧史的研究。我们的台北故宫博物院有最好的收藏，而研究这些资料的接棒人在哪里？这是很严重的问题。台大成立艺术学院并不需要花很多钱，但是台大有了艺术学院则意义大不相同，那是表示我们对人文教育的尊重。这是我们三十年来文化的偏失，以前也不断有人提出这问题来讨论，但我想“文建会”若能重新拿出来讨论，意义会大不同，因为“文建会”是统筹协调乃至决策单位，如向“教育部”提出建议，较为有力。

第二，有些不合于时代要求的禁忌，应提出来讨论。

例如台湾一些大学的中文系没有开设现代文学的课程，而有些中文系即使开了这门课，也有很多近代文学作品不能教，原因是三十年代文学没有开放。最近既然可以把大陆上的剧本拍成电影，伤痕文学也可以在报章杂志上披露，而三十年代沈从文等人的作品不能拿出来研究，这不是很大的矛盾吗？中国大陆已经开始对台湾文学做有系统的研究，北京大学、上海复旦大学、广州中山大学、福建厦门大学都开设了整个学期台湾文学的课，起步比我们还快，而我们对大陆文学却没有系统的认识。

最近召开“国史会”已经解除了很多禁忌，为什么不能选择性地开放三十年代文学？毕竟三十年代是我们历史的一部分，我们不应该抹杀历史，我们可以用分析和批判的眼光来看三十年代文学。

当然不只是三十年代文学，抗战文学也是很重要而应该整理的文学课题，我们也没有做，反而让外国人先开“抗战文学会议”，这是很大的笑话。

我们大学的中文系不能再做现代文学的零星研究，应该有一套完整的研究课程，从两条线并行研究，一是从“五四”到三十年代文学、抗战文学，大陆一九四九年以后的文学至今日的文学发展；另一是台湾自己的文学，从日据时代的台湾文学到现在的文学发展，做一贯的研究。

但愿“文建会”在陈主任委员的主持下，能够使我们的文化建设真正转消极为积极。

一九八一年《联合报》

将传统融入现代

这次《游园惊梦》舞台剧的演出，可以说是一次文学、戏剧、艺术、音乐的大结合，同时也是一次大冒险。筹备《游园惊梦》的过程中，最令人感动的，是许多位一流的表演、设计、创作艺术家，奋不顾身，先后投入了我们的这支“文化十字军”。因为大家不拿酬劳，放下自己的本位工作，付出惊人的时间、精力、心血，为《游》剧催生，这样无条件的奉献，当然，完全是凭借一股为艺术为理想而牺牲的狂热。这么多位海内外卓然有成的艺术家，荟集一堂，大家兴致高昂，创见特多，对于《游》剧的推展，是一股巨大的动力。但艺术的狂热，亦潜伏着一种危险，容易好大喜功。像《游园惊梦》这样综合了中外古今各种文化要素的大型舞台剧，对我们制作群来说，毕竟还是一项崭新的尝试，其间确实含有几分实验与探索的性质。

大家之所以如此殷切参与，我想，都是由于一种愿望、一种共识，希望能够将中国传统的精致文化搬到现代的舞台上。中国人本来是一个爱美的民族，我们有自己一套独特的美学，试观我们传统的艺术、文学、音乐、戏剧，自然有其一脉相承的优美旋律。直到西方文化入侵，我们的美学价值才遭到空前的挑战，我们的审美观也变得混淆不清。例如像昆曲这种精美绝伦的艺术形式，竟然任其式微凋零。这次制作《游园惊梦》舞台剧，我们最大的目标之一，就是尝试将部分昆曲及平剧（即京剧）的身段及音乐，运用到舞台表演上，以增加戏剧效果。现代舞台，有诸多可能性，多元媒体是其中之一，我们这次也大胆采用这项现代科技，以突破舞台时空的限制。我们希望保持中国传统文化的精髓，但也不排斥西方现代的科技文明。将传统融入现代，这，便是我们制作《游》剧的大方向。

筹备《游园惊梦》这样一出大型的舞台剧，我们确实曾遭到种种困难；但是非常幸运，每逢阻碍，总有热心人士鼎力相助，使我们顺利过关。如果没有这些热心的朋友及长辈们，给予物力、人力的支援，精神的鼓励，各方的奔走，《游》剧绝对无法演出。对于他们，我们只有衷心的感激。这也证明了一点，文化建设，大有可为，就是因为这里有这一群有心人，他们器重艺术，尊重创作自由。

《游园惊梦》上演在即，我们可谓忧喜参半。五个多星期的排演策划，每个人确实都兢兢业业，不敢掉以轻心。我们了解社会各界对我们期望之殷，我们只有鞭策自己，全力以赴。

文学经典的保存与流传

写在台湾文学经典研讨会前

大概因为二十世纪行将结束，大家分头忙着替这个世纪算总账，结清单，各行各业都在回顾百年来人类到底做出些什么成就与贡献。文学界当然也不例外，去年美国“蓝灯书屋”出版社（Random House）整理出一张名单，选出一百本二十世纪最杰出的英文小说。前五本顺序下来是：头一本选了乔哀思（即乔伊斯）的《尤利西斯》；《了不起的盖茨比》，菲茨杰拉德；《青年艺术家的画像》，又是乔哀思的；《罗丽泰》（即《洛丽塔》），纳布可夫；以及《美丽新世界》，赫胥黎。这份名单一出，马上引起议论纷纷，连十位评审委员彼此之间也争执不休。本来这五本小说每本都得九票，只好又投一轮才把现在这个顺序定下来。有的评审委员抱怨女性作家太少，只有八位，有的抗议这份名单以英美为中心，澳洲、南非的作家没能上榜。外界对这份名单也提出质问，有人怀疑评审委员全是“现代文库”（*Modern Library*）的编辑，名单上的作品大部分是“现代文库”的书，“现代文库”本属“蓝灯书屋”旗下，难免有促销之嫌。也有人找理由说，评审委员年龄太大，平均六十八岁，不合潮流。“蓝灯书屋”的主管坦白承认，拟出这份书单，就是要引起大众辩论，当然同时也希望促销“现代文库”。平心而论，“现代文库”出版的书，的确水准很高，许多堪称经典之作。我自己也很喜爱“现代文库”，做学生的时候就收集了一套，我那本《尤利西斯》也是“现代文库”的。

就在同时，《时代杂志》（*Time Magazine*）也在做“世纪回顾”专辑，选出各行业率领风骚的人物。文学界诗人选了艾略特，小说家竟然又是乔哀思，其他又选了五名小说家作陪：卡夫卡、伍尔芙、海明威、马尔克斯，还有黑人作家埃里森。这份名单是世界性的，争论当然就更大了。法国作家竟然一个也没有，法国人看了这份名单一定会冷笑一声，嗤之以鼻，而且毫不客气地把乔哀思拿下来，将普鲁斯特换上去，在法国人眼中，二十世纪最伟大的小说当然是《追忆似水年华》。

文学经典的产生波折频仍

文学、艺术的评定，本来就见仁见智，难定客观标准，常常因时、因地、因人而结果不同。但不管怎样，“蓝灯书屋”

及《时代杂志》这两份名单出来，至少美国文化界，在世纪末，总算还给了乔哀思一个公道。当年乔哀思的书在英美地区出版，到处碰壁，苦头吃足。他的第一本小说集《都柏林人》曾经被二十二家出版社退过稿。《尤利西斯》最初在美国一本杂志 *Little Review* 上连载时，被官方查禁，认为这本小说"诲淫"，连两位女编辑也吃上官司。一九二二年，法国一家出版社总算出版了《尤利西斯》，但是书刚运到美国，第一批就被邮局烧掉了，第二批又被海关没收，一直要到一九三三年，美国地方法院才取消这本书的禁令。

我举乔哀思的《尤利西斯》出版之艰难为例，就是想说明一件事：我们现在看到有的文学经典，其实当初都经历过一番挫折挣扎，有时还得依靠天时、地利、人和各种因素的凑合，才能流传下来。与乔哀思同时代的卡夫卡，他的几部长篇小说《审判》、《城堡》等，在他生前，并未出版，卡夫卡临终时，嘱咐他的朋友出版家布罗德把这几部书的手稿焚毁，幸亏布罗德没有遵从卡夫卡的遗嘱，我们今天才有机会读到卡夫卡这几本旷世之作。二十世纪西方现代主义文学，没有卡夫卡这几本小说，是不可想象的。

中国文学传统源远流长，几千年间，散佚的文学作品不计其数，其中一定不乏经典之作。我们试想，六朝的时候，如果没有像昭明太子萧统这样的有心人士编纂《昭明文选》，中国古代文学的重要作品，恐怕又要流失不少，而一部《文选》

的产生，对中国文学史的影响竟是如此深远。其他如《花间集》、《三言》、《二拍》这些选集的编者，对中国文学都做出了重大贡献。由于他们独具慧眼，中国文学的许多优秀作品得以保存。

一九八七年我重返南京，去参观了南唐中主李璟的墓“顺陵”，李璟流传下来的两首《山花子》，都是词中翘楚。以中主李璟之才，生前作品应该不在少数。我在观看“顺陵”文物展出时，不禁产生一个奇想：如果“顺陵”文物中，突然发现了中主李璟的手稿，南唐文学的面貌，马上会全部改观，就如同这个世纪初，敦煌曲子词的面世一样。南唐后主李煜的才华，更如一江春水，他留下来的词，也不过三四十首，他生前写的词，恐怕绝对不止这个数目。以南唐二主这样身为一国之君的词人，他们的作品，尚且不得以全貌流传后世，遑论其他一般作家。文学作品保存传世，的确是一项不能掉以轻心的艰巨事业。

文学作品也有失传之虞

二十世纪印刷发达，按理说文学作品应该没有失传之虞了。其实不然，我们不要忘记，曾有很长一段时间，海峡两岸的读者都看不到像沈从文这么重要的一位作家的作品，当时的文学史里，根本没有沈从文这个名字。一九八一年，沈从文访美，我在旧金山见到他，沈从文不胜感慨地对我说道：“可惜台湾也不出版我的书。”我急忙辩道：“沈先生，您的作品台湾已经有盗印版了！”那个时候，台大附近的书摊早已开始在卖大陆作家的禁书。那些书摊对两岸文化交流，其实很有贡献。我们现在也许觉得不可思议。同年，吴组缃先生从北京到美国加州参加鲁迅讨论会，我把两本收藏已久的《吴组缃小说集》与《吴组缃散文集》拿给他看，那两本书是香港出版的，可以说是海外孤本，年代已久，书已破旧。吴组缃先生捧着那两本破书，激动得手都发抖，好像与失散多年的子女又在异地重逢一般，因为他在大陆也有许多年没有看到自己的书了。我看见吴组缃先生对他那两本集子那般依依不舍，便把书赠还给他。

严肃的文学作品失去市场空间

在台湾的作家，占有利地，处境当然好得多，但也不尽然，有几位作家的作品，也曾因为政治、经济种种原因，差点被埋没，不为人知。我在台大念书的时候，就听闻我们老师台静农先生是位“五四”时代已经成名的小说家，而且还受到鲁迅的推崇。但是台先生的小说只是听闻，却从来没有机会读到。那时，台先生的创作恐怕在台湾还无法出版，一直到八十年代，我知道刘以鬯先生在香港发现了台先生的旧作，便赶紧写信给曾经担任过《现代文学》编辑的柯庆明教授，请他向台先生取得同意，将他的小说重刊在《现代文学》上，这才有日后远景版《台静农短篇小说集》的产生。柯庆明在一篇纪念台先生的文章中提到，台先生看到他那些阔别已久的小说，很平静地说道："五十年了，没想到还找得到！"我想台先生心里还是高兴的。

大概在八十年代中，我在台湾参加过一个老中青三代小说家的座谈会，那天恰好前辈作家姜先生没能出席，我在会上便自告奋勇，为他那本绝版已久的小说《旋风》请命，呼吁有心人士出面重印《旋风》。据我了解，这些年来，有些学者想研究这本书，在市面上还是找不到，只好向图书馆借来全本复印。这次姜先生的《旋风》已经被选为台湾文学经典，这本小说总应该有机会重新再版了。文学经典，如果没有有心人士的爱护与推广，也有失传的危险。

台湾这些年来，社会繁荣，出版事业出人意外地蓬勃，但是在市场经济商业文化的主导下，严肃的文学作品，因为销售量不够大，在市场上反而失去了生存的空间。这倒令人怀念起六十年代的周梦蝶先生在武昌街明星咖啡馆门前那个书摊来了，在那儿，我们总买得到销不出去的旧文学杂志以及一些曲高和寡的诗集。不知道现在还有没有人，也怀有周梦蝶先生对文学那份兴灭继绝的悲愿，开设一家书店专门卖高水准的文学书籍，让台湾真正爱好文学的读者，能在那儿买得到他们想看的文学作品。

台湾文学已在学院中占有一席之地

台湾文学早已自成传统，在华文写作世界中独树一帜，就如同爱尔兰文学及美国文学在英文文学中所占的地位一样，有其承传及开启的重要性。一九四九后的三十年间，这期间的台湾文学，在文学史上，显得弥足珍贵。这次台湾文学经典评选，最让我印象深刻的是，六十七位复审委员，大部分都是大专院校教授台湾现代文学的老师，而且据说台湾现代文学在台湾高等学院的课程中，已经变成了“显学”，成为通识教育大一国文的一部门，并且广为大专学生所喜爱，选修人数甚众。这个现象，在十年前恐怕还是难以想象的。这是台湾人文教育的一大进步，台湾文学，在学院中终于取得了合法地位。这样看来，我又变得乐观起来，有这么多的教师及学生在传授研读台湾文学，我相信台湾文学的优秀作品，会因此代代相传下去。而这次台湾文学经典评选出来的这一份书单，正好可以作为大专院校教授台湾现代文学课程的重要参考。

我的创作经验

白先勇教授于二〇〇〇年一月二十日，应香港城市大学中文荣誉学士学位课程负责人王培光博士的邀请做演讲，出席者约二千五百人。此次演讲为名家系列演讲之一，该系列演讲旨在促进中学与大学的交流，由大学拨款委员会赞助。这次演讲，由该课程学生张嘉雯、黄子容、柯冠茵笔录，副教授郑滋斌博士做文字上的整理，经白教授审阅后，录出以飨读者。白教授说，这篇演说辞的对象主要是香港的中学生，目的在提高他们对中国文学和写作的兴趣，然而，其丰富深刻的创作体会，相信对写作人和文艺青年也具有启发性。以下为白教授的讲词。

各位老师，各位同学，我要向大家道歉，去年十二月，本来应约到这里来做演讲，其后去了北京，当地天气很冷，而且大概感冒病毒也很厉害，虽然打了感冒针，结果还是受到感染，发高烧，不能来了，真是非常对不起。

今天讲的题目，是“我的创作经验”，说说我的写作生涯，跟在座青年朋友分享一下我走过的一些创作道路，写作的苦乐。今天我想讲讲写作的心路历程和《台北人》。我知道这本书在香港有些中学是作为指定读物的。

当初是怎么写出这本书来的？我在《蓦然回首》一篇里已经提过了，现在想想，有点不太公平，因为我漏了香港这一段，今天要特别提出。我刚去过我在这里念书的地方，九龙塘小学和喇沙书院，勾起了很多回忆，包括当时老师的讲课情形，对我都很重要。我们所读过的书，教过自己的老师，经历的一切，对我们的一生都很要紧。我在香港是从一九四九到五二年，只有三年，但这段时间对我很重要。

我在《蓦然回首》里提到我小时候身体不好，生肺病。那时肺病是很厉害的病，没有药可根治。我生了四年多的病，因为这病会传染，需要隔离，大概人独个儿时喜欢幻想，当时我就是这样，又喜欢看小说、连环图。到了念书的年龄，好像在桂林、上海、南京等地方都待了几年，时值战乱，没有时间安定下来念书，真正念书是在香港开始的。

九龙塘小学是一所蛮有名的学校，校长叶不秋，很严格，很注重我们的学业。老师都很认真。当时我念五年级，每个星期要站起来用广东话背书，这对我来说糟糕极了。用广东话说一说还可以，要背书就背不出来。老师很好，就让我用普通话背，到现在印象还蛮深刻的。我们每念一篇文章就要背诵，一个挨一个字地背，还要用毛笔默写，错一字就扣一分，那时这都是苦事，现在想想，却是很对的老法子，背了的书是相当有用的。

我当时很喜欢国文，爱看小说，所以国文成绩比较好。老师改作文喜欢打红圈，表示写得好，而且还会把它贴堂。我有几篇作文贴堂，很得意。这种鼓励很大，觉得国文老师对我很器重，于是我对国文特别下功夫。回忆中，以前的香港很重视中文教育，国文老师注重根基训练，要默书。其后我到喇沙书院念书，一所有名的英文学校，我今天也去过了，现在的校长是Brother Patrick，当年的校长也叫Brother Patrick，是爱尔兰人。那时我们读的书以英文为主，不过中文老师同样重视背书和默写。我记得有位国文老师年纪蛮大的，教《琵琶行》时，用广东话念，特别好听："浔阳江头夜送客，枫叶荻花秋瑟瑟。"我听了很喜欢，把诗背得很熟。《琵琶行》很长，老师也要我们默写。我在喇沙念了一年半，那时的国文教育，对我有相当的启发。

我们是一个诗的民族，文学成就以诗最大。诗表现的就是文字的美。假如文字是一种艺术，诗就是文学的贵族，是最美的艺术。诗讲究对仗，每一个字要注意它的位置和声音，什么都要对，要求非常严。念诗时，每个字要念得很正确。

我觉得同学在中学十五六岁时，触觉较敏锐，对美开始敏感起来，这包括艺术、音乐和文学。中学以后，你们可以从事股票买卖，可以从事电脑研究，可以学医，各样都可以，但如果你在青少年时，对文学有相当的爱好，它可能是你一生中最美的追求、回忆。文学或许不能帮助一个国家的工业或商业发展，但文学是有用的，它是一种情感教育。想做一个完整的人，文学教育是非常重要的。它可以培养你的美感，对人生的看法，对人的认识，它在这方面的贡献最大，不是别的东西所能替代。音乐比较抽象，而文学却很实在，它对人生更为接近。念过《琵琶行》，它对我发生了作用。大家都知道《琵琶行》讲的是一个歌女的事，她的沧桑史。我当时可能并不太了解，但它文字的优美和内容，可能启发了我以后写同类的歌女生涯的小说，例如《游园惊梦》、《金大班的最后一夜》等等。当时国文老师用广东话念《琵琶行》，对我有很大的感动，影响却在以后才发现。所以你们中学念的诗歌，可能对你的一生有很大的影响。

后来我到了台湾，再上中学。建国中学在台湾也是名校，是最好的学校。在香港，我的英文成绩比较好，到台湾念书，我以插班生资格考试，英文是一百分，数学只有三十分——台湾学生的数学很厉害——平均起来，我的成绩刚好够被录取。在那所中学遇到很多好老师。当时有许多老师是从中国大陆去的，他们真的诲人不倦，很了不起，很动人，而生活都比较清苦。他们对我们的教育是完全投入的，而且重视中文的传统，我获益很大。教国文的李雅韵老师，是北京人，在北京接受教育，也是我们的导师。她是一位作家，在报纸、杂志上写文章。那时学生很崇拜老师，她当然是我心中很了不起的老师。她除了教我们课文以外，每个星期的几个小时，还教我们文学源流，从《诗经》开始，一直讲下来，到唐诗、宋词，教我们基本的知识，不很深，却很重要。她教时，还举一些有名的例子，让我对中国古典文学有根本的认识，像李后主的词。那时我才第一次念李后主的词，就是那一阕《虞美人》："春花秋月何时了，往事知多少？"现在想起来，因为历史的原因，当时有一大批老师从大陆到台湾去，这种历史背景和感怀，老师的感受必然很深，所以她教李后主、李清照的词，好像特别有所感触。

上作文课时，老师看了我的作品，很喜欢，跟我说："你为什么不写写文章，像我一样去投稿？"得到她的鼓励，我就写了一篇散文投杂志去，第一篇就登了，我觉得自己是作家了，当时才十五六岁，很得意，老师说："你就写下去吧，写到二十多岁，你也是个作家了。"她这么说，我也觉得大概就是了。中学时的老师对我的鼓励很大，也对我日后的写作生涯有很积极而重要的作用，他们让我对写作充满信心。我想，有一天我要当上作家。

念高中时，一些国文老师对我也相当偏爱。念高一时，我们是全校最好的一班，功课竞争很厉害，而国文是非常重要的一部分。陈老师给我的国文分数是八十分，很不得了，其他同学最好的不过六十几分。国文分数特别高，我在高一时名列前茅。无论要我怎样背书，都不以为苦，我觉得老师很欣赏我，对国文便也特别重视，视念国文为一种乐趣。现在我们不着重背书，其实不对。背书是老法子，但同学在中学时，记忆力好，背几篇好的古文、诗词，对写作是很有用的。中国文字很有美感，也重视美感，重视音乐性、节奏感。像宋词便抑扬顿挫，铿锵有声，如果我们能多背几篇，掌握文字的美和音乐节奏感，对写作很有帮助。我们不都要去当作家，可是背诵一些诗词，了解文字的美，它跟大自然的配合情形，却很有益处。我刚才说文学是一种美的教育，一种情感教育，这是非常重要的。我们现在重视科技，用电脑，用文字的机会以后恐怕是愈来愈少。我觉得汉字还是我们民族的根，我们的思想感情跟汉字的联系很大，是不可忽视的。

在座很多是中学的同学，在这阶段，你们会对人生、感情、伦理等产生许多疑问，文学也许不能都给你们找出答案，可是阅读文学作品像小说后，可能会有所启发。法国《解放报》问世界上的一些作家，为什么写作？我被问时，当时用英文脱口而说：我希望把人类心灵中无言的痛楚转化成文字。我认为，有很多事情，像痛苦、困境等，一般人可能说不出来，或者说得不好，但作为文学家，比一般人高明的地方，就是用文字把人的内心感受写出来，而且是写得好。我们看了文学作品后，往往会产生一种同情，这个很重要。没有人是完美的，完美只是一种理想。文学作品就是写人向完美的路途上去挣扎，在挣扎的过程中，失败的多，成功的少，但至少是往这一方面走。我想文学是写这一个过程，写一个挣扎，让我们看了以后，感到这种困境，产生同情。

我从小就喜欢文学，所以走到创作路上来。中学碰上几个老师的鼓励，到了大学又遇到了一个好老师，就是夏济安先生。他办了一本杂志，鼓励创作，要我投稿。我的大一国文老师叶庆炳先生，替《文学杂志》邀稿，后来让我们写小说当作文，我就写了三篇上去，老师看了以后发回，一句评语也没有。当时我想：老师定是不喜欢我的作品了。后来我去找夏济安先生，他挑了《金大奶奶》发表到杂志上去。这次对我的鼓励很大。多年以后，我问叶先生：当时你为什么不鼓励我写小说？他说：做作家需要一些挫折，我要给你一点挫折感，今天你不是成为一个作家了吗？叶老师真的有意思，一个很好的老师，他就是这样鼓励我。我很幸运遇到这些老师，他们对我的帮助都很大。

我也有一些好同学。在台大念二年级时，我跟一班同学办了一本叫《现代文学》的杂志。我觉得同学该有自己写作的杂志，所以提议了。当时我们念大二，能力有限，但是有一股青年的雄心。那时，台大校长是傅斯年，是“五四”时期的健将，在北大当学生时办了一本叫《新潮》的杂志，很有名。既然傅校长办杂志，我们也来办，也来个“五四”运动。其实，我们不知天高地厚。我们没有名气，没拿稿费，什么都没有，只管写。杂志第一期的文章不够，我就用两个笔名写两篇，一篇叫《玉卿嫂》，另一篇叫《月梦》。同班同学李欧梵，是哈佛大学的名教授，今天正在香港访问。另外一位很有名的作家，也在香港，叫戴天。我们三人那时常常投稿。班上还有几个同学：像王文兴，欧阳子，陈若曦，岭南大学教授刘绍铭——他比我高两班，还有叶维廉教授，我们的学长，替我们写了一首诗。当时外文系的写作风气很盛。除以上的人外，还有余光中先生，是我们的龙头大哥，也是外文系第一位名作家。那时余先生已经很有名，杂志的第一期，他投了一篇诗。那时没有钱办杂志，我们跑去印刷厂做校对。厂长对我说印数太少，只有一千多本，就放在那里等吧！一等便等了一个下午，没有把我们的杂志上机印。我对他说：今天你要是不印的话，我就不走。他拿我没办法，最后只好印了。我坐在那里边印边校对，就这样把杂志弄出来。那时劲大得很，常要稿，我几乎每期都写，我的《台北人》，除一篇外，都是在《现代文学》刊登的。我现在说说怎样写《台北人》。

我写《台北人》，第一篇是《永远的尹雪艳》。我写这篇时，已到了美国，在爱荷华大学的“爱荷华作家工作室”念书，那是美国惟一可以用写作当硕士论文的地方。写小说可写出一个学位来，实在太好了。在美国的两年对我有很大的意义，我可以一边念书一边写作。那时我的英文不够好，需要先把中文写好，再翻译成英文，颇为费时。不过，我就这样维持杂志的稿源。一九六六年，快念完课程。我喜欢到校园中的爱荷华河畔，那里有供野餐用的椅子，那时大约是春天，冰已经融了，地方很美，我开始写《永远的尹雪艳》。

在小说前面，我用了一首诗作为题词，那就是唐朝诗人刘禹锡的《乌衣巷》。诗是这样的："朱雀桥边野草花，乌衣巷口夕阳斜。旧时王谢堂前燕，飞入寻常百姓家。"这首诗是从前念的，把它当作题词是有原因的。刘禹锡是中唐人，唐朝的国势已经衰落了，他尝过许多沧桑，经过南京这个千年古都，有很多感触，便写了这首诗。西晋原来建都于洛阳，五胡乱华，国都沦陷，政府东渡到南京建都，是为东晋，当时辅助东晋的有许多大家族。诗里的"王谢"是指王导、谢安两个大家族，他们都东渡。那时东渡的人很多，可说是中华民族的一次大迁徙。诗中充满历史的沧桑。刘禹锡怀念金陵，并借古说今，对唐朝的衰微有所感触。我写《台北人》时，也有这想法。借西晋迁都金陵的历史，比喻"国民政府"渡海到台湾。我用这首诗作题词，已替这本书定了个调子。那时年纪轻，大约二十五六岁，但已经有意无意地想写这个主题，跟刘诗暗合。讲到这里，想补充一点：小时候曾到南京，在那里住了一段短时间，对金陵有印象。我到过明陵、中山陵、雨花台等地方。童年的记忆很清楚，南京这地方对我来说有很大的意义。它是国民政府的首都，我拿这首诗作引子，可能跟小时候的记忆很有关系。我就用这首诗定了一个调子，然后开始写下去。

我写第一篇时，是一九六五年，然后就由一九六六年写到一九七一年完成，共五年光景。后来，文评家说这本书的基调有点悲观，这跟我那时的心情很有关系。我在美国，对中国的历史更关怀起来，非常感兴趣。找书看时，很注意中国历史的发展，常反省我们近代史的发展。那时，正值“文革”，虽然身在美国，但香港、美国报导“文革”的消息也很多。在电视上看到红卫兵把庙宇、雕塑打坏的镜头，大吃一惊，觉得这对中国是一个很大的破坏。当时写作的心情，既充满了“国民政府”兴亡历史，又遇上“文革”，就这样一个个故事写下去，到最后一章才想起了这个基调，可能跟《乌衣巷》这首诗有相当关系。不过，第一篇的调子跟其他几篇不太一样，《永远的尹雪艳》写的是上海一个高级交际花的故事，她是永远不老的一位美人。这篇有一点讽刺的调子。我小时候在上海住，上海是个花花世界，那种繁荣对我很有吸引力，尹雪艳在某方面代表了上海某种阶层的人。世上没有东西是永远的，尤其是人，不能永远。小说的第一句却说尹雪艳永远不老，分明违反了生物定律。可是，我刚去了上海，回想当年所写的，名字实在取对了，尹雪艳真是永远的，现在的上海又繁荣起来了。我跟一些上海人聊天，他们对当年的繁荣情况非常骄傲，尹雪艳的确是永远不老的，她代表了一种永恒的东西。在上海南京路上看得有点眼花缭乱，我想尹雪艳又回来了，取这个名字很有意思。有很多事情，当时是想不到的。

《台北人》里面的人物，大都是中、老年人。中、老年人大都有很沉重的回忆。我当时很年轻，在那个时候写我现在的心境，好像预言一样。尤其是《冬夜》那一篇，写的是一位老教授。现在的我，就是个“冬夜”。我写《冬夜》时，大约三十岁，这样一篇一篇写下来。在写《台北人》的过程中，对自己的文化有一种悼念的感受。写小说时，身在美国，常常反思中国文化。从十九世纪后期开始，中国传统文化衰落下来，我常思考：原因在哪里。这是一个很大的题目，我感受很深。我学的虽然是西洋文学，西方文学当然非常伟大，他们的传统也了不起，但同时对自己国家的传统有一种检讨、反省。写作对我来说也是一种自我的发现（self-discovery）。

我小时在香港生活，接受的是英文教育，长大后学的虽然是西方文学，热爱西方的一些文化，但骨子里好像有中国文化的根，深生在里面。愈写愈发现，自己在用字时，感到更要回归自己的传统。我从西方文学获益很多，学了很多技巧和思想。可是，在运用时，由于受到中国古典诗词的熏陶和感染，以至于古文文字上的应用，使我在笔下有意无意地表露出来。写作对我来说是一种自我检视，这包括了对文化的检讨。我们的古文明曾是这样的辉煌，在二十世纪，如果我们要拉长来看，这个文明的发展可能是一个低点。我那时的心情都反映到作品里去。这个世纪，我们有太多的动乱，文学受到太多的政治干扰，我们走的并非是一条平顺的路，所以我写作时，觉得是一种对自己的检讨。

我写小说是以人物为主的，每一篇都是。我写的常是人的困境，因为人有限制，所以人生有很多无常感。在这种无常的变动中，人怎样保持自己的一份尊严？在我小说里，这是一个很重要的题目：他们过去的一些辉煌事情、一些感情、能够保有的一些东西。正如张隆溪教授说的，文学教人同情。我写人物时，跟他们站在同一根线上。他们的困境，我想我也有。我不是站在一个比人高的位置上去批判人。我想，人的最后裁判，不是由人来做，只有神——一个更高的主宰，才能对人做出最后的判决。我们作家的职责，是要写出人的困境，人的苦处。文学对我来说，并非说教，也不只是一种艺术。如果文学能够让读者引起共鸣，引起同情，文学家已经达到目的。

本来，人生是很复杂的，要找到惟一的答案，是不大可能的。我写的那些人物，他们在道德上可能都有错失，行为方面可能也有缺失，但是我写这些人时，基本上是处在同一个水平面、同一种处境来了解。因此，写作，一方面是心理的，另一方面是表现作家的思考，对人生的看法和认识。同学们，你们不一定要成为职业作家，但写作很有意思，写自己也好，不写自己也好，总可以写一些感想。我想你们会感觉到，写作时心中有很多意料不到的想法，可能很有启发作用，我就是这个样子。我愈是写，愈对自己的认识和看法更清楚。写《台北人》写了很久，它可以说是我生命中，尤其是那几年——六五到七一年的重要结晶。

六〇年代，中国大陆发生很大的变动，它记述了我那时的看法，它是我生命中的纪念。后来我也写长篇小说，现在也写散文，各式各样的。我写过一些电影剧本，一个舞台剧，各方面都尝试过，每一方面都给我一些经验。

我特别提出一点，在《台北人》中，有一篇叫《游园惊梦》，讲一个唱昆曲的名伶一生的事迹。我写这篇小说最苦，至少写了五遍，所以印象深刻。为什么我写得这样苦？就是找不到合适的技巧及形式。《台北人》可以说给我在技巧和结构上一个试验的机会。我觉得写一篇小说，题材选好了，人物也选好了，一定有个最好的表现方法。我们看一些名家的小说，觉得作者写得非常好，你自己想想，换一个方法写会不会比他写得更好？如果他的作品是经典之作，写得非常好，非常完美，你怎样也不能胜过这个方式，这个作家很可能已经选到表现这小说最合适的方法，选到最合适的语调和结构。

在座诸位如果有看过《游园惊梦》的话，知道这小说中有很多回忆。那些回忆不同于普通的回忆，因为小说中的名伶是从前在南京一个唱昆曲非常有名的歌女，叫蓝田玉。她因为想出名，后来嫁给了一个年纪比她大四十岁的将军，入了豪门当夫人。当夫人的同时，有一段时间跟一个年轻的军官发生了爱情，后来爱情破灭了，这是前一段。其后到了台湾，将军过世，爱情也破灭了，自己的身份下降了许多。有一天，她去参加一个宴会，看见从前跟她一起唱戏的朋友，她们已经嫁给一些大官，都高高在上，她反而落下来了。她很感触，想起从前的一切。这是一个简单的故事。蓝田玉想起从前的爱情、从前的地位，内心起伏非常大，尤其是听到了昆曲，用普通的回忆方式，不足以说明这位迟暮美人心中那种非常强烈的感情。

我写第一、第二遍也不好，到第三、第四次时，稿子已丢了好几桶，还是写不出来。后来我想，传统的手法不行，而且这篇小说与昆曲有关，昆曲是非常美的音乐，我想用意识流的手法把时空打乱来配合音乐上的重复节奏，效果可能会好得多。于是我试试看，第五次写，就用了这个方法跟昆曲的节奏合起来，她回忆的时候，跟音乐的节奏用文字合起来。写后我把小说念出来，知道总算找到了那种情感的强度，当时很高兴，但已过了半年。

写这篇小说非常苦恼，但完稿以后却非常高兴。所以我想，写作有一点是很重要的，老师夏济安先生也这样说过：写什么并不重要，重要的是怎么写。我想，一些主题和内容，作家各有不同的想法布置，但怎样去表现一个故事，却最重要。我写《台北人》，每一篇尝试运用不同的方法、语调跟角度来写，看哪一个最好。所以写《台北人》对我来说是一个挑战，用最好的技巧来写一篇东西。同学可以试试。一般写小说很重视开头，可以从头说起，从尾说起，或从故事的三分之一说起，效果都不一样，你们可以试试看。我写《台北人》时，在角度和文字运用方面，感到很大的挑战。譬如写《梁父吟》，小说里的人物是革命元老，他们曾参加辛亥革命，他们讲的语言跟我们的不同，我要找到合适的、真实的语言资料。他们是我的父执辈，他们聊天的时候，我在一旁听，听他们的语调。《金大班的最后一夜》写一个上海红舞女。我曾在上海念书，会上海话，写金大班要懂上海话，不觉得吃力；但金大班是在舞场打滚的舞女，我没有这种生活经验，便要努力揣摩她的性格。可见写不同的人物时，要尝试扮演不同的角色。在写《台北人》过程中，扮作他人是一种宝贵的实验。今天晚上我还有文化沙龙的聚会，讲话就到这里为止。谢谢。

原载二〇〇〇年三月香港《明报月刊》

眉眼盈盈处

二十一世纪上海、香港、台北承担融合中西文化的重要任务

编按：自一九九八年九月以来，香港城市大学张隆溪教授定期主办文化沙龙，邀请香港学界、文化界的朋友一起谈论大家关心、感兴趣的文化话题。沙龙聚会每次定出一个讲题，邀请一人主讲，并与各参与者自由讨论。二〇〇〇年一月二十日晚的沙龙聚会，张教授邀请白先勇先生做主讲人，聚会约从八点半开始，到十一点结束。张隆溪、潘耀明、黄维樑、钱文忠、马家辉诸位嘉宾围绕着“二十一世纪上海、香港、台北承担融合中西文化的重要任务”畅所欲言，从白先生及各方精彩的言论中，虽可见这三个城市各有缺点，但又体察到它们的潜质与魅力，不禁教人联想起宋王观的词句：“水是眼波横，山是眉峰聚。欲问行人去那边，眉眼盈盈处。”——故本刊特别选载沙龙的演讲内容，以飨读者。

白先勇：说真的，这次有点来去匆匆，而且在城大刚作了个演讲（白先生当天下午在城大作了“我的创作经验”演讲）。这一次我刚好走过几个城市，北京、上海、台北，现在到香港，这个行程刚好碰到千禧年，我有一点感想。我在《明报月刊》上曾提到这三个城市：上海、香港、台北。我说，二十一世纪，这三个城市担任中国文化复兴的任务，是非常重要的（详见一九九九年五月号《世纪末的文化观察》）。这一次我去了北京，更加深了这个感觉。上次我谈这三个城市有点语焉不详，现在可以作些补充。

上海老早就是个开放的城市，三、四十年代它就把欧洲和美国的文化吸收过来，并且跟中国文化结合，融进自己的骨子里去，就中西文化的结合而言，上海可以说是个典范。从十九世纪开始，最大的问题就是中西文化的结合，两者口径对不起来，就走了岔路。上海融合中西文化，洋为己用，弄得比较好，这是上海的传统。我小时候在上海，那是一九四六年，那时上海根本不像中国的一个省份，它是另外一个世界。我印象中的上海真的像个东方巴黎，它繁华、洋派，洋派中又羼有中国的东西，他们老早就会用西方的东西。到了后来，上海没落下去了。八七年我去上海，大吃一惊，飞机下来后漆黑一片，没有路灯、街灯，上海像个大破落户。我到老家看看，那些精致的东西通通不见了。三、四十年代起的欧式建筑，添一点上海人那时搞的中国建筑，蛮好看的，近几十年来加上去的，则完全不搭调。这几十年来上海受了蛮大的破坏。那时——八七年——我就预言，给上海一个机会翻身，一定很快就翻过来，因为它原本有这个架构，这一回我再回到上海，它又转变了，虽然并没有完全恢复从前的样子，不过正朝着这个方向走。

这次我去了上海图书馆、上海博物馆，真的很惊讶，上海把东西方文化结合得很好。它的经济以后一定更加繁荣，能带动起长江一带的发展，并且主导文化。

我也到北京去。在上海放一栋现代建筑不碍眼，在北京，他们放一栋李嘉诚大楼在那里，好像孤单单的，跟周围的环境都不搭调。北京该如何改变，该如何走向现代化，我也不晓得。世界贸易组织来了，欧风美雨挡也挡不住，上海有个根基，它的西化表现得比较和谐。二十世纪，中西文化结合不成功，走了岔路，现在从头来过，上海可以做得比较快。对于洋化和西化，上海很愿意如此，它不觉得那是强迫的，他们讲英文自然得很，心理上对外来文化不拒抗，没有自大、自卑等奇奇怪怪的想法。

上海对中国各地的影响有好有坏，坏的影响是大家乱学。像南京，它千年古都的尊严与格局根本不必去动它。南京的现代化该怎么弄呢？我也不晓得。

北京故宫本来应该是最像样的。上海博物馆是上海人自己设计的。他们把古代跟现代结合起来，西洋的科技结合到博物馆里的古物中去，他们懂得用西方的科技与文化，场馆里的座位、灯光设计非常理想。我们的古文化经过现代的包装，是不是可以发现另外一种美？——上海博物馆给我这种感受。北京故宫里，黑漆漆的。

香港有上百年跟西方结合的经验，回归以后，在文化上能扮演愈来愈重要的地位，它也是最开放的华人地区。今天我跟喇沙书院的老师、校长谈起来，他们觉得现在英文教育受到了一些影响。我觉得，不管是不是殖民地，百年来，全中国没有比香港这个地方培养出更好的英语人才，这是一笔不得了的财富。面对全球化这个趋势，香港将扮演一个更重要的角色，香港这个地方擅长英语的人才能及时吸收外来文化。若二十一世纪没有更大的政治变动，中西文化将有更大、更深入的撞击，香港面对这个撞击有它自己的根基。

回归以后，知识分子对香港文化的定位开始做长期、深远的考虑。从前，我觉得香港人没有长远的计划，可是回归以后，有了不一样的思考。香港的影响在中国各地是到处可见的，广州好像是什么都学香港；上海的卡拉 OK 也唱广东歌。

台北也是窗口朝外的另一站。它没有经过“五四”运动、“文革”等连根拔起、打倒传统的激烈冲击——没有经过这些冲击而走向现代化，台湾是一个例子。台湾相当尊敬传统文化——虽然有时候流于口号式的——它同时也接受西方文化、现代化，其中有成功的，有不成功的，整个说来是蛮成功的。

我的结论是，中西文化如何融合、接触，是过去一百年来多少学者讨论不休的问题，二十世纪走了岔路，二十一世纪要重新出发，而这三个城市，对中西文化的结合，我以为是蛮重要的，会影响整个中国。我把这个看法提出来，跟大家讨论，尤其是这里刚好有这么多香港的学者。

张隆溪：白先生说的中西文化如何结合的问题，是中国近代历史上重要的问题。潘先生你们《明报月刊》曾专门做过双城记——上海、香港——的比较，大概由你来发言最好。

潘耀明：像白先生讲的，上海对外来文化的融合比较快。香港社会的洋化胜于传统文化，像一些传统节日显得气氛淡薄。我最近编《澳门历史一刻》这本书，发现在澳门，传统中国文化跟拉丁文化是共存的，兼收并蓄。澳门同时留下了许多清末民初的中国式建筑和拉丁式的建筑。香港并不注重文化古迹的保存，在香港，英国和中国这两种文化都不够有特色。

黄维樑：白先生讲的三个城市的确各有特色，但是，北京始终是个文化中心，说不定它的商业也会发展得很快，所以我觉得把北京漏掉很可惜。

关于中西文化的交会、融合，或者说全球化也好，我觉得这是必然的现象。二十世纪已是这样子，二十一世纪将继续下去。香港是一个典型的例子。虽然英国人留下来的东西好像并不显著，可是英国人留下的典章制度，它的精神，香港人的确是感觉得到的。

中西文化交会、结合、互相影响，是人类文化发展的必然趋势。也许二十一世纪，东方文化可以发挥更大的力量。二十世纪是受西方文化压倒性的影响的，中国文化并没有发出什么声音，现在希望我们可以有比较突出的表现：一方面跟西方文化交流融合，一方面跟西方文化争个长短。

钱文忠：白先生讲的我很同意，作为上海人，我也觉得上海发展得很快。但是，上海的博物馆、图书馆、大剧院之所以有今天的面貌，背后有三个故事，我想白先生不一定了解。

第一个是，博物馆底下最漂亮的大堂，曾有人提议租给跨国公司作宴会的场所；第二个是，传说上海高层领导讨论过是不是把街头小戏，比如像上海的独脚戏、滑稽戏、沪剧都放进大剧院里，好在最后否决了；至于上海的图书馆看起来美轮美奂、很现代化，但里面的书经过搬迁后还不如不搬，因为从用的角度来讲，受了限制。比如说十五年前的日文图书一律不上架，连目录都没有搬过来。所以，上海发展的时候经过很多曲折，付出很大代价。这个代价今天不一定看得出，但将来一定会显示出来。

我从老一辈的照片和回忆里了解到，上海过去很流行的绅士打扮，倒不一定是穿西装的，而是穿笔挺的西装裤，穿一双锃亮的皮鞋，外面穿一件长袍，这是上海绅士典型的打扮。相比之下，北京就不一样。一直到我在北大读书、教书的时候，还是上面西装，底下布鞋。这就是白先生所说的，上海一直有个很奇怪的模式，它随时可以汲取很多东西，把它融合进来，但上海也会失去很多东西，这在将来可能会显出恶果。

至于上海跟香港，我在香港只待了很短时间，没有资格做两个城市的比较。但是我刚到香港的时候，有个事情觉得很奇怪，那就是香港的路名。上海把外国路名翻译得很美，比如“霞飞路”，那是法国将军霞飞的名字。香港翻译得很恶劣，比如说“窝打老道”、“奶路臣街”，这反映了上海接受外国文明跟香港有区别。但是香港有一个很健康的心态，它不拒绝接受外来的东西，完全开放，但是抱有可爱的调侃，跟外来东西调侃，比如称“鬼佬”，上海则没有这情形。

我在北京待了这么多年，白先生讲得有道理。李嘉诚这座大楼过去是东安市场，就是文人流连的地方，那里可以买到许多外文旧书，今天当然买不到了。这个地方或许只能是个被遗忘的地方。要么像义和团剪电线、杀洋人，对外来文化始终没有一个健康心态。如果回顾晚清到民国、到“文革”时期，要么崇洋，要么刺洋，两种态度非常明显。一直到我在北京念书的八十年代，以及前不久驻南斯拉夫大使馆被炸，对外都是非常两极化的，它随时可以接受外来的一切，也可以随时排斥外国的东西，不带留恋地摧毁。北京可能只有在遗忘中才有生命。

我是年轻人，很小就看白先生的书，长大后读历史，很钦佩白先生辉煌的家族。作为晚辈来说，我没有去过台湾，我对中国文化很悲哀，没有白先生那么乐观。上海博物馆虽然那么好，但据说它连续收进假货，若老一辈还在的话，这是很难想象的；故宫博物院就不用讲了，连珍妃的黄金印都被盗走了。

在西方文化压倒性的影响下，中国文化可能变成上海人西装裤、西装背心外面的长袍，中国文化再也不是贴身的衬衣，而是一件长袍。这件长袍在未来是不是还能存在，是不是在长袍外边再加上法国人的风衣，谁也说不准。年轻人对传统文化隔膜，经过大陆的沧桑变化，近年以来外国文化的影响，根本没有平静的心态。我没有去过台北，对台湾一点也不了解，从一些没有见过的老辈留下的书中，看到他们好像把希望寄托在台湾。

张隆溪：钱文忠是年轻的一辈，可是你的论调比白先勇先生更悲观。

白先勇：我想，我没法悲观，我们已等了一个世纪，等着复兴。“文革”对中国文化的摧残，还未能做真正的评估，我明白你悲观的理由，这个伤痕不是一下子可以盖过去的。

可最终我总希望有个复兴的机会，我看到上海有点恢复了，觉得很兴奋。

刚才你讲到年轻人对传统文化的隔膜、无知，这心态是蛮叫人担心的。他们向外来文化学习已来不及了，根本不回头看自己的传统。讲到这里，我还有点“知其不可而为之”。我到处推广昆曲，小时候我看过一次梅兰芳的昆曲表演，对昆曲之美有很深刻的印象。我真正接触昆曲是一九八七年到上海的时候，上昆（上海昆剧团）演《长生殿》，我看了非常感动。我们这么美的艺术，“文革”以后，居然还在舞台上活生生地表演，我从那时就非常热爱昆曲。昆曲结合了中国的诗、舞、歌、剧，包含了许多传统文化的元素和美学，现在还有那么强的生命力，我就下决心要把它介绍到别的地方去，那时我就有这个悲愿。后来我有机会就请上昆的朋友到台湾表演。

现在昆曲在台湾有很大的影响力，它的观众大多是二十岁到四十岁的知识分子、大学生和大学教授，昆曲仿佛是他们安身立命的地方，让他们得到文化、精神上的净化和洗礼。这次张继青到台湾唱《牡丹亭》里的《寻梦》，整个剧院里观众的呼吸好像都停止了，到了如此入迷的地步，由此我感到台湾的年轻人正回过头来看看自己的传统文化，虽然这个回顾不是很全面的。

多年前，我把上昆请去台湾演《牡丹亭》，在台北大剧院里一连表演四天，那是台湾第一次大规模的昆曲演出，那时百分之八十的观众都没看过昆曲，我很担心到时只有小猫两三只，或者观众看一半就走了。哪晓得四天的票，一千四百多个位子，都卖得精光。看完后大家的反应空前热烈，拍手鼓掌长达二十分钟。年轻人看到中国传统文化在现代舞台上表演出它的美，明朝时的爱情故事已描写得如此动人，爱得死去活来，原来西方的罗密欧与朱丽叶，我们早就有了。从那时我就这么想，给年轻人一个机会，让传统文化带给他们震撼，让年轻人对传统文化有一种认识，一种了解和接受。

张隆溪：刚才白先生讲的时候我想到了一点，觉得很有趣，比如说潘先生也觉得上海非常好；台北，也觉得不错；对香港则比较保留。钱文忠对上海看得更深一点，对上海也有所保留。知识分子对本地文化总是说得刻薄一点，采取批判态度，这是很可贵的。

另外，我也想到第二点，这是因为我下个月要到美国去，开一个关于未来美国大学发展的会议，讨论人文学科的教育问题。大陆前阵子有人文精神失落的讨论，他们认为以前是政治的高压，现在则是商业的高压。商业的高压在香港也很明显，尤其是人文学科的知识分子，觉得这不是个好时候。也许孔子在他那个时候是很倒楣的，现在说孔子是文化大师，可是当时谁也瞧不起他，“知其不可而为之”是别人骂他的话，这恰好是对知识分子很好的描述。

我在香港一年，对香港有很强烈的感受。香港好的地方是英国人留下的典章制度，包括法治精神等等；它的商业发展，金融中心的地位都是无话可说的；它的基本建设做得很好，像公共交通在世界上来说也是一流的。可是在文化方面，是极不平衡的，即使香港是这么富裕的地方，有这么好的人才。说香港是文化沙漠是太刻薄了，不过它的文化是不成比例的。在这种地方，恰好需要“知其不可而为之”的精神，如果我们这么多人抱怨香港没有文化，这个抱怨就是使香港有文化的起点。

黄维樑:刚才说香港的街道名称,像“窝打老道”,谐音“我打老窦”,是非常粗俗的。但也有非常文雅的,像九龙城的“延文礼士道”、“歌和老街”，这都是从英语翻译过来的。我用这两个例子说明香港文化东西交会，有很坏的地方，也有很好的地方。人类本来就是很复杂的,何况是中西文化交会的地方。

我最近收到新亚书院出版的一本书，是有关香港书画社的资料的，几十年来，香港有几百个书画社。如果说香港没有文化，我是第一个反对的。一九八五年四月号的《明报月刊》，刊出一篇文章（该文后来收入集子《文化评论与中国情怀》），说香港根本没有文化，哪有文化危机可说，我马上写文章反驳。

一九七九年，香港市政局举行文学节，白先勇先生那时来香港，跟刘以鬯、余光中等人一起参与；更早以前，茅盾、萧红都在香港写出不少东西，许地山在香港六年；早在十九世纪中期，王韬办《循环日报》，他写游记、社评、诗歌、小说，有个中大同事王晋光教授说他是香港作家的鼻祖。他的特征，成为后来金庸、罗孚的雏形。另一方面，我对中国文化一点也不悲观。中国文化有非常强的生命力，野火烧不尽，春风吹又生。昆曲那么精致的艺术，哪怕十年、二十年的“文革”，它仍留下来了——诗词书画也留下来了。中国文化几千年的历史，是不可能摧毁的。

马家辉：我比较感兴趣的是回到白老师提到的中西文化的撞击，白老师说二十一世纪是重新出发的时候，那么上海、台北、香港这三个城市，哪个扮演比较积极的角色？基本上我只去过上海两天、北京一天，对这两个地方完全不晓得。可是我在香港出生，在台北住过一阵子，我想比较这两个地方。

文化的变动与改造有一个中介作用，这个中介，狭义来说，是一群知识分子；比较广义的来说，是一个公民社会（civil society）。假如从这两个中介来看，香港被台北远远地超过了。从前台湾还没有解严，香港比较开放，言论自由，可是香港错过了很重要的机会——中英谈判过程中，香港早已落后了，台湾反而前进了。开放以后，台湾言论自由更厉害，从典章制度来说，台湾已超越了香港。而就广义的中介——

公民社会来说，台湾也超过了香港。香港什么杂志媒介都可以流进来，不过去真正用它们的人很少，发挥使用的空间也很狭窄，台湾就全不一样，像女性主义，有什么左翼、中翼、右翼、保守、环保等女性主义，每个方面都有很严肃的辩论，台北的典章制度虽然还有点混乱，可是已大大开放，超越香港，在解严的过程里面，整个公民社会都参与了，加上大学入学率、通讯网（network）的普遍率等数据的比较，我以为在二十一世纪里重新出发，台湾可以承担积极的责任，让中西文化的撞合朝理想的方向发展。

白先勇：我想隔了距离，从外面看某个地方，总是觉得美好一点。

原载二〇〇〇年五月香港《明报月刊》

昆曲的美学价值

继《牡丹亭》之后，我们用四五年的时间又制作了第二部戏《玉簪记》。可以说，新版《玉簪记》朝极简、写意更迈进一步。

我为什么制作“青春版”

《牡丹亭》这出戏它影响了我一辈子，我的写作，甚至我的人生。在制作青春版《牡丹亭》之前，我深知昆曲的危机。昆曲曾独霸中国剧坛二百年，而后因为诸多原因又导致了它的衰落，衰落但并未消失，在民间，尤其在当时的文人阶层，仍一直保持着昆曲的清唱等诸多形式。

然而毕竟它的盛世已经过去，尽管二十世纪五十年代，因为昆曲《十五贯》的出现又有了“一出戏救活一个剧种”的说法，经过“文革”以后，昆曲则再次衰微，直至二十世纪八十年代，才重新恢复了昆曲的演出，尤其在台湾、香港，对于昆曲有着非常之多的推崇与爱好者。

但是这些年来，我认为，昆曲的发展一直没有着力点。我思考这其中最主要的原因即是它的演出方式与现代观众的艺术需求存在着一定的距离，所以它的整个舞台美学与现代主流的审美观念也随之产生了差距。

昆曲从诞生到发展已近六百年，今天，如何把这个存活了六百年的古老剧种重新搬到二十一世纪的舞台上让它再放光芒，这个问题一直萦绕在我的心中，这也是我后来制作青春版《牡丹亭》与《玉簪记》的直接动因。

我的昆曲是给二十一世纪的观众看的

青春版《牡丹亭》的制作最大的挑战，是如何将昆曲的古典美学与二十一世纪的审美意识磨合接轨，将有五百年表演历史的古老剧种搬上现代舞台，使其重新焕发青春的生命与光芒。

我们的大原则是：尊重古典但并不步步因循古典，“利用现代”但不“滥用现代”，可以说是古典为体，现代为用。

昆曲传统的念、唱、做我们都遵守，是正宗、正统、正派的演法；但现代剧场的灯光舞美，我们也适当地运用到制作中，以不妨碍昆曲表演为前提。现代元素以不露痕迹的方式融入古典的大架构中，使整出戏既有古典美又有现代感。

制作青春版《牡丹亭》，我的第一个定位是，这出戏是演给二十一世纪的观众看的；第二，是要通过这出戏把年轻的观众引回来，引导到剧院中来。事实上，实现传统与现代的融合，涉及的是一个重大的文化传承的课题。也可以说，整个世纪以来，我们都在摸索的也是：如何把我们源远流长的历史与传统文化呈现在现代舞台之上，以现代的身份重新赋予它新的意义与新的诠释，以满足现代人的需要，引起现代人的共鸣，这才是真正要解决的问题。

经过数百年的锤炼，无数文人、音乐家、戏曲表演者的投入，昆曲被磨合成一种最精确、最精纯、最精致的表演艺术，它的美学范畴很早就已经成型。昆曲的唱念做打、舞蹈音乐等基本元素不可以随意改动，它不同于其他的年轻剧种，可以糅合与接纳外来剧种中的因素而不伤筋骨。昆曲的精致与精微的美学特征使得它不容过多外来元素的掺杂。

我非常尊重传统，尽量不去破坏传统中的美学规范，但不是步步因循，我们要尊重传统美学的精髓。而后——我们“利用现代”，但不“滥用现代”。

明清时期，昆曲的演出场所、演出条件、观众等与今天的情况不相同，苏州拙政园中有一个鸳鸯厅，就是当时著名的昆曲演出场所。当时没有声、光、电的应用，“家班”是主要演出群体，观众也主要是亲朋好友以及鉴赏家等。今天，我们的灯光是用电脑控制的，舞台都是西方式、歌剧式的开放舞台。如何把这样古老的剧种放到现代的舞台上，保持它传统的美学风貌？这很重要也极具难度。

当然今天昆曲也保存着一些相对传统的，如以“一桌两椅”为主要舞台呈现的演出方式，两三百位对于昆曲唱念做打非常熟悉的观众围绕一个小舞台，欣赏比较纯态的昆曲表演，演员多是昆曲名家或大师；但是，在像北大百年讲堂这样能够容纳两千多人的剧院，这种设计就不合适了。

把汤显祖的扛鼎之作《牡丹亭》定名为“青春版”，是由于《牡丹亭》本身就是一则歌颂青春、歌颂爱情、歌颂生命的美丽神话。因此，我选择了苏州昆剧院中两位扮相俊美、唱做俱佳的青年演员俞玖林、沈丰英担纲演出这部三天连台九个小时的大戏，我们希望能以年轻貌美的演员来吸引年轻观众。这一对二十一世纪的柳梦梅和杜丽娘，他们优雅的诠释给予《牡丹亭》这则六百年的爱情神话以青春的生命与活力，他们已俨然成为华人世界古典而现代的“罗密欧与朱丽叶”。跟他们同台合作演出的，大部分是同辈的年轻演员。我们意识到昆曲有传承的危机：演员老化、观众老化。所以邀请当今最负盛名的两位昆曲老师傅汪世瑜与张继青来传授他们的拿手好戏，手把手指导男女主角，对其他青年演员，也予以密集严格的训练。我们希望通过排演这部大戏，培养一代昆剧艺人。

《牡丹亭》这出戏是一部爱情神话，描写杜丽娘小姐梦到一位俊俏书生，她由梦生情，因情生爱，再由爱而死，死而复生的故事。怎样才能使故事中的神话场景成功地在舞台上搬演？我们决定由“花神”来担当这个重要角色。

青春版《牡丹亭》中的花神如同主题一样贯穿演出始终，一直提醒观众这是一个神话。花神在剧中由我们最初讨论的将传统戏中出现的三次变为五次，到最后变为每一场演出结尾都以不同的作用出现。

花神第一次出现于《惊梦》一出中：杜丽娘跟丫鬟春香到花园中游园，看到园中姹紫嫣红，被这样的良辰美景所感动，动了凡念，便在园中春睡。梦中杜丽娘与书生柳梦梅幽媾之时，花神出现了。我们让花神以载歌载舞的形式来庆祝男女主角的相恋，而男女花神之间的舞蹈，在某方面也为男女主角的幽媾作了解释。如何由花神表现出这满园春色，涉及如何将花神塑造得更美的问题。在较古老的《牡丹亭》版本中，花神出场的时候是像宫女一样，手上拿一束塑胶花，摇摇晃晃出来，再摇摇晃晃回去。我觉得这样的形象与步法都不符合仙子飘逸的气质。而此后的版本又走了另外一个极端，一群花神穿着透明的纱裙载歌载舞，又缺少仙子的脱俗气质。所以我们在设计花神的形象、身段与出场时机的时候一一作了考虑。

我们为男花神与女花神设计了十二套服装，如运用长披风，在披风上面绣海棠、兰花、菊花等艳丽的花朵。男花神手里面拿着的是一根飘带，这根飘带是借鉴了楚文化发掘文物里用于“招魂”的飘带这个元素。在春天，我们使用绿色的飘带；离魂的时候，我们使用白色的飘带；回魂的时候，我们用红色的飘带。花神的衣服是聘请老绣娘缝制的苏绣，衣服制成后效果非常惊艳。对于花神舞蹈的设计，我们特别聘请了既了解昆曲又精通现代舞的教授，由他们设计将昆曲的身段与现代舞中走位的观念糅合起来，所以我们的“青春版”中这段花神的舞蹈完全不同于旧版本，将花神从天而降的仙子气韵体现了出来。

如何将新的观念融入传统昆曲美学观念之中，并放置于合适的位置之上，从而寻找新的昆曲美学走向？

这是一个重大的任务。昆曲中的服饰设计是关乎昆曲美学问题的重要组成部分。《惊梦》一出，杜丽娘入梦后，花神就出场了，为了表现梦里朦胧的意境，我们使用白色的服装。柳梦梅的衣服是白色的，绣梅花，杜丽娘也是白底子，绣蝴蝶，这其中都含有一些象征性的意义。我们设计梦中二人用丰富的水袖勾来搭去表现男女欢好，而旧戏《惊梦》中这一段舞蹈是比较保守的——由柳梦梅在前面搭两个袖子，两个指头相连来表现，这种表现方式使得观众较难理解剧情。

青春版《牡丹亭》，由于男女主角的年轻、貌美、奔放，我们将水袖等动作方面的尺度有所放宽。使用各种水袖动作来表情的效果非常之好，并且也未听到业界有批评的声音。对这部经典之作的成功改动使得我们得出经验：没有什么东西不可以改，但前提是一定要改得比原来好。

以《玉簪记》回归雅部传统

继《牡丹亭》之后，我们用四五年的时间又制作了第二部戏《玉簪记》。可以说，新版《玉簪记》朝极简、写意更迈进一步。

这一次书法、绘画的线条美在我们的舞美设计中占有重要地位，由董阳孜的书法及奚淞的绘画艺术创造出一个舞台上的水墨世界。美术总监王童的服装设计更加淡雅精致。在新版《玉簪记》上，我们尝试把昆曲美学推向更高一层抒情诗化的境界。在剧中，观众能观赏到古琴大师李祥霆先生现场演奏唐朝皇家古琴“九霄环佩”，这是两大联合国世界人类口述和非物质文化遗产在昆曲演出中的首次联袂。琴曲书画，我们回归到昆曲雅部的传统。

为什么要选《玉簪记》？首先，《牡丹亭》是一部史诗，《玉簪记》与《牡丹亭》比起来，只是一个小品，但《玉簪记》又有很大的特色。它几乎全是一生一旦的对戏，其中有一段二十多分钟“眉来眼去”的表演，是非常典型的昆曲表演。

第二个原因，《玉簪记》中有一出《琴挑》，讲的是主人公陈妙常与潘必正以弹琴来传达对彼此的相思之情。还有一出《偷诗》，陈妙常以诗来表示对潘必正的爱慕。有琴有诗，以琴传情，以诗传意，这是只有在当时那种特殊的文化传统背景下才能发生的故事。昆曲本属雅部，《玉簪记》唱的是文人雅士们欣赏的诗。所以我觉得《玉簪记》这部戏有很大的潜力来体现昆曲极致的高雅，实现与中国文化的基本美学十分契合的抽象、写意、抒情、诗化等特征。这出戏中我们以古琴音乐作主题，使用唐肃宗登基时制作的唐琴“九霄环佩”，此琴距今已有一千二百五十二年的历史。

中国文化有一种很特殊的美，就是文化依托的载体所体现出的线条美。我们这个民族从最初使用象形文字开始就使用线条来勾画，可以说对线条更为敏感：大篆、小篆一直到唐草，由书法再演化成更富线条感的水墨画。我们的建筑、音乐、舞蹈也同样富有线条感。昆曲的水袖动作，将它勾画下来，就是极为优美的线条。

《玉簪记》的故事发生在道姑庵里，虽在道教文化背景之下，但由于当时佛、道不分家，所以这其中也吸收了诸多佛教因素。我们的舞美设计中便运用水墨画来勾画佛教的佛像、观音像、佛手莲花，由这些符号构成一个水墨世界的舞台。与《牡丹亭》一样，我们仍然注重服装设计，突出淡雅的基调。《玉簪记》、《牡丹亭》的服装设计师由台湾著名导演、金马奖主席王童担当，赢得了一片赞美声，到了《玉簪记》则要有所突破，我们在色彩方面更加低了一度。

最后一幕《秋江》也是我选择制作《玉簪记》的一个重要原因。陈妙常与潘必正二人在道姑庵中的情事被庵主发现之后，因其破坏道观清规，故将潘必正赶走催其赶考。为斩断二人情缘，不准他人将此事告知陈妙常。陈妙常得知后赶赴江边追寻潘必正，追到江心纵身跳到潘必正的行船之上。在此海誓山盟的一段表演，是通过江上的波涛汹涌与二人精彩的身段动作来表现内心的激动和起伏的。我认为这段与众不同的江上送别，是突出了昆曲的经典之所在。

《秋江》一出我们花了很多的功夫。如何将秋意瑟瑟、江水滔滔的背景表现出来？如运用书法作为表现的手段，刻意造成这样的一种视觉效果：背景开始出现的时候，观众无法识别“秋”、“江”二字，而后慢慢转换背景，使其逐渐淡化、敞开。

注重戏剧表演的整体性

我认为，昆曲的美学与其舞台、服装等元素关系紧密，同时还要注重戏剧表演的整体性。

在海外，评论家们打分还是从整体着眼，除了表演之外，他们也很注重舞台设计、灯光设计等各方面元素。在灯光设计上，我们也以剧中情感的细腻变化为中心来调节灯光的角度与明暗，并以书画来牵引带动灯光的形式，共同实现《玉簪记》中淡雅、抽象的整体舞台美学追求。

老戏如何新演？如何增加新元素，实现舞台效果、戏剧效果的美感，使其符合二十一世纪人们的审美观念？在编剧上，舞台设计、灯光设计、服装设计以及选角问题上，我们都考虑到二十一世纪观众的艺术需求。在一些大学演出时，我看到一张张年轻的面孔焕发着异样的光彩，这些与中华传统文化久已疏离的青年人，似乎都经过了一场古典美学的洗礼，在精神上得到了升华。是昆曲《牡丹亭》和《玉簪记》中的“美”与“情”两股文化救赎的力量，深深感动了千千万万中华儿女的心。北大的学生观看演出之后说，这么美的昆曲，这么美的文化是我们自己的，是我们这个民族的，是我们早在四百年前就曾谱写下的！昆曲的美，是穿越时空的！我觉得这正是我们制作青春版《牡丹亭》和《玉簪记》的真正意义。

青春版《牡丹亭》到海外演出，使得很多华侨与留学生看过以后激动得落泪。这其中的情感很复杂，一方面是身在异国，感动于自己的文化能够走出来；另一方面看到自己的传统文化在英国、美国的舞台上大放光芒，让他们骄傲。而我们所做的努力，是要让西方人感受到昆曲这门艺术是值得他们尊敬的艺术之一。

对于青春版《牡丹亭》，《泰晤士报》剧评人唐诺·胡特拉说：

> 本质上这是一堂美极而又奇异的景观，我看完第一场，深感看到这出戏是一种荣幸，沈丰英的杜丽娘演得“高雅精致”，一场春梦引人遐思。我没料到会如此感动。是这种台上台下的情感交流以及华丽的服装、闪耀发光的音乐、以回生为主题的剧情，使我打算再回到萨德勒斯韦尔斯去经历冥府重返人间。

我想，这样的评论不是偶然，这是因为我们民族的美学的确有值得尊敬之处。

青春版《玉簪记》也已经上演八十多场，我们还在修改，因为对艺术的追求不可能停止。昆曲本身是一门古老的艺术，我以一颗极其虔诚的心来对待它。对艺术要虔诚，尤其对我们中国这么古老的艺术，这是一种尊敬。北大的同学有责任引领中国文化的思潮，上个世纪在北大发生过一次“文艺复兴”，让我们再来一次“文艺复兴”。从现在开始转变，我们重新回头阅读、温习、创造我们自己的文化，我想一个传统一定是活的，不可能是死的，肯定是往前走的。

本文为白先勇二〇〇九年十二月在北京大学的演讲

行动

《现代文学》创立的时代背景及其精神风貌

写在《现代文学》重刊之前

《现代文学》于一九六〇年三月创刊，距离现在，已有二十八年。其间一九七三年出刊到五十一期时，因为经济上无法支撑，一度暂时停刊。三年半后，获远景出版社的支持，得以复刊，又出了二十二期，一直到一九八四年，这本赔钱杂志实在赔不下去了，才终告停刊。复刊的时候，我曾写过一篇文章：《〈现代文学〉的回顾与前瞻》，把《现文》创刊的来龙去脉，这本杂志做过的一些工作，以及《现文》的作家和他们的作品，都详尽地介绍过。因为那篇文章写在复刊前夕，心情兴奋，前瞻的欣喜，倒是多于回顾的惘然。现在算算，那也是十一年前的事了，经过悠长时间的磨洗，《现代文学》已渐渐变成了历史。当今大学生看过前一阶段《现代文学》的恐怕已经不多，往年购买《现文》的读者，可能也只有少数藏有全套杂志。近几年，愈来愈感到时间洪流无可抗拒的威力，眼见许多人类努力的痕迹，转瞬间竟然湮没消逝，于是我便兴起了一个愿望：希望有一天能够重刊《现代文学》，使得这本曾经由许多文学工作者孜孜矻矻耕耘过的杂志，重现当年面貌，保存下来，作为一个永久纪录。

我常常被问到几个问题：当年你们怎么会办《现代文学》的？为什么你们那一伙有那么多人同时从事文学创作？你们怎么会受到西方现代主义的影响的？如今有了时间的距离，经过一番省思，我对这些问题，可能有了一些新的看法，我得到的结论是：《现代文学》创刊以及六〇年代现代主义在台湾文艺思潮中崛起，并非一个偶然现象，亦非一时标新立异的风尚，而是当时台湾历史客观发展以及一群在成长中的青年作家主观反应相结合的必然结果。那时我们都是台湾大学外文系的学生，虽然傅斯年校长已经不在了，可是傅校长却把从前北京大学的自由风气带到了台大。我们都知道傅校长是“五四运动”的学生领袖，他办过当时鼎鼎有名的《新潮》杂志。我们也知道文学院里我们的几位老师台静农先生、黎烈文先生跟“五四”时代的一些名作家关系密切。当胡适之先生第一次返台，公开演讲时，人山人海的盛况，我深深记在脑里。“五四运动”对我们来说，仍旧有其莫大的吸引力。“五四”打破传统禁忌的怀疑精神、创新求变的改革锐气，对我们一直是一种鼓励，而我们的逻辑教授殷海光先生本人就是这种“五四”精神的具体表现。台大外文系当年无为而治，我们乃有足够的时间去从事文学活动。我们有幸，遇到夏济安先生这样一位学养精深的文学导师，他给我们文学创作上的引导,奠定了我们日后写作的基本路线。他主编的《文学杂志》其实是《现代文学》的先驱。

《现代文学》创刊的成员背景相当复杂多元，而由这成员的背景可以了解到《现代文学》创刊的动机与风格的一斑。我们里面，有的是随着“政府”迁台后成长的外省子弟，像王文兴、李欧梵及我自己，有的是光复后接受“国民政府”教育长大的本省子弟如欧阳子、陈若曦、林耀福，也有海外归来求学的侨生像戴天、叶维廉、刘绍铭,我们虽然背景各异,但却有一个重要的共同点，我们都是战后成长的一代，面临着一个大乱之后曙光未明充满了变数的新世界。外省子弟的困境在于：大陆上的历史功过，我们不负任何责任，因为我们都尚在童年，而大陆失败的悲剧后果，我们却必须与我们的父兄辈共同担当。事实上我们父兄辈在大陆建立的那个旧世界早已瓦解崩溃了，我们跟那个早已消失、只存在于记忆与传说中的旧世界已经无法认同，我们一方面在父兄的庇荫下得以成长，但另一方面我们又必得挣脱父兄扣在我们身上的那一套旧世界带过来的价值观以求人格与思想的独立。艾力克先生所谓的“认同危机”（identity crisis）我们那时是相当严重的。而本省同学亦有相同的问题，他们父兄的那个日据时代也早已一去不返，他们所受的中文教育与他们父兄所受的日式教育截然不同，他们也在挣扎着建立一个政治与文化的新认同。当时我们不甚明了，现在看来，其实我们正站在台湾历史发展的转捩点上，面临着文化转型的十字路口。“政府”迁台，经过十年惨淡经营，台湾正开始从农业社会转向工商社会，而战后的新文化也在台湾初度成型，我们在这股激变的洪流中，探索前进，而我们这一代，无论士农工商，其实都正在参与建造一个战后的新台湾。“五四运动”给予我们创新求变的激励，而台湾历史的特殊发展也迫使我们着手建立一套合乎台湾现实的新价值观。这一切都是在不自觉的情况下进行着，我们成长的心路历程也有其崎岖颠簸的一面。

一国的新文学运动，往往受了外来文化的刺激应运而生，历史上古今中外不乏前例。唐朝时中国从印度大量输入佛经，佛经的译介，基本上改变了中国的文学与艺术。王维的诗、汤显祖的戏曲、曹雪芹的小说都是佛教文化熏陶下开放出来的灿烂花朵。我们中国人最足以自豪的《红楼梦》，其实也不过是佛家一则顽石历劫的寓言。“五四”的新文学基本上也是受了西方文化的刺激而诞生的。鲁迅、巴金、曹禺、老舍、徐志摩等人没有一个不受过外国文学的影响。六〇年代初，我们在外文系念书，接触西方文学，受其启发，也就是很自然的了。但在西方文学的诸多流派中，现代主义的作品的确对我们的冲击最大。十九世纪末以来近半个世纪现代主义波澜壮阔，蔚为主流，影响到西方各种艺术形式。要言之，现代主义是对西方十九世纪的工业文明以及兴起的中产阶级庸俗价值观的一个大反动，因此其叛逆性特强，又因经过两次大战，战争瓦解了西方社会的传统价值，动摇了西方人对人类、人生的信仰及信心，因此西方现代主义的作品中对人类文明总持着悲观及怀疑的态度。事实上二十世纪的中国人所经历的战争及革命的破坏，比起西方人有过之而无不及，我们的传统社会及传统价值更遭到了空前的毁灭。在这个意义上，我们的文化危机跟西方人的可谓旗鼓相当。西方现代主义作品中叛逆的声音、哀伤的调子，是十分能够打动我们那一群成长于战后而正在求新望变彷徨摸索的青年学生的。卡夫卡的《审判》、乔哀思（即乔伊斯）的《都柏林人》、艾略特的《荒原》、托马斯·曼的《威尼斯之死》、劳伦斯的《儿子与情人》，以及当时人人都在争读的卡缪的《异乡人》，这些现代主义的经典之作，我们能够感受、了解、认同，并且受到相当大的启示。二十多年后，西方"现代主义"的影响在台湾逐渐式微时，海峡的那一边，中国大陆的学界文坛却出人意料之外地燃起了"现代主义"的火苗，尼采、萨特的哲学，弗洛伊德的心理学，以及卡夫卡的小说在青年知识分子之间，竟然成为了畅销书，大陆剧作家的"荒谬剧"在北京上演，场场客满，观众多为学生。经过"文革"，大陆的青年知识分子也开始在反省深思，摸索探求，在寻找新的文化价值了。卡夫卡的《审判》能够引起大陆读者的认同是能理解的，《审判》简直可以说是“文革”的一则寓言。“现代主义”是西方文化危机的产物，所谓乱世之音，而这一代的大陆青年知识分子成长于重重危机之中，能引起他们的共鸣，也是很自然的事了。

我们在外文系研读西洋文学的同时，也常常到中文系去听课。记得那时我们常去听郑骞老师讲词，叶嘉莹老师讲诗，王叔岷老师讲《庄子》。其实不自觉地我们也同时开始在寻找中国的传统。这点使得我们跟“五四”那一代有截然不同之处，我们没有“五四”打倒传统的狂热，因为中国传统文化的阻力到了我们那个时代早已荡然。我们之间有不少人都走过同一条崎岖的道路，初经欧风美雨的洗礼，再受“现代主义”的冲击，最后绕了一大圈终于回归传统。虽然我们走了远路，但在这段歧途上的自我锻炼及省思对我们是大有助益的，回过头来再看自己的传统，便有了一种新的视野、新的感性，取舍之间，可以比较，而且目光也训练得锐利多了，对传统不会再盲目顺从，而是采取一种批判性的接受。我们对待中国传统文化毕竟要比“五四时代”冷静理性得多。将传统融入现代，以现代检视传统——我们在融合传统与现代的过程中，大家都经过了一番艰苦的挣扎，其实这也是十九世纪以来，中国文化再造的大难题，百多年来，一代又一代的中国知识分子似乎都命定要卷入中西文化冲突的这一场战争中。

我们战后成长的这一代，正处于台湾历史的转折时期，由于各种社会及文化因素的刺激，有感于内，自然欲形之于外，于是大家不约而同便开始从事文学创作起来。那时我们只是一群籍籍无名的学子，当时台湾的报章杂志作风比较保守，我们那些不甚成熟而又刻意创新的作品自然难被接受，于是创办一份杂志，刊载我们自己以及其他志同道合文友们的作品，便是一件顺理成章的事了。事实上，这股创造台湾新文学的冲动，并不限于台大外文系的学生。五〇年代后期，《现代诗》、《蓝星》、《创世纪》等几家现代诗刊早已发难于前，做了我们的先驱，而政治大学尉天骢等人创办的《笔汇》也比我们略早发刊。可见得六〇年代台湾的新文学运动并不是一个孤立偶发的现象，而实在是当时大家有志一同，都认为台湾文学需要一个新的开始。

《现代文学》是同人创办的所谓“小杂志”，我们当时完全不考虑销路，也没有想去讨好一般读者的趣味，所以这本杂志走的一直是严肃文学的路线。因为曲高和寡，销路不佳，始终亏损累累，但是却因此保持了我们一贯的风格。我们那时虽然学识不够，人生经验也很幼稚，但我们对文学的态度，却是绝对虔诚的。我们那时写作，根本谈不上名利，因为《现代文学》的销路一直在一千本上下，引不起社会的注意，而经费又不足，发不出稿费。我们那时努力创作可能也抱有青年人的一种理想与使命感吧，要为台湾文学创立一种新的风格。现在回想起来，我们当初在《现代文学》那本冷杂志上面壁十年，对日后的写作生涯倒是很有益处的。惟其没有名利的牵挂，写作起来，可以放胆创新，反正初生之犊，犯了错误也不足挂齿。那一段时期的磨练，确实替我们扎下了根基。现在台湾的报纸杂志多了，稿费高，奖金多，青年作家成名太快，可能对他们的创作不一定有帮助。文学创作的确是一番艰辛而又孤独的自我挣扎、自我超越，不宜揠苗助长。六〇年代那种严肃而又朴素的文风，倒不禁令人怀念起来。

《现代文学》的创立，对我个人来说，最有意义的是结识了一大群志同道合的文友，大家同时在一本杂志上耕耘，无形中也有一种互相激励的作用，这大概就是所谓的“以文会友”吧，那的确是一种乐趣。最难能可贵的是在《现代文学》上投稿的作家，各人的文风各异，文学观也不尽相同，彼此居然相安无事，我想不起我们之间曾经为了文学观点互异而起争执的事情，这简直近乎奇迹，试看看早期在《现代文学》写稿的这份作家名单：写小说的有丛苏、刘大任、蔡文甫、朱西宁、王祯和、陈映真、黄春明、施叔青、李昂、林怀民、七等生等，以及《现文》几个基本作家欧阳子、陈若曦、王文兴跟我自己，诗人也有一大群，各路人马，荟集一堂，竟然能够“和而不同”。大家对文学都有一个共识：

文章是千古事，是不朽之盛业。在这个大前提下，个人之间的歧异就显得微不足道了。大家各说各话，互不干扰，一时倒也呈现出一片百花齐放的局面。《现代文学》虽以“现代”为名，但并非定于一尊，虽然那时还没有“乡土文学”这个名词，可是一些后来被认为是“乡土文学”的代表作家以及他们的作品早已在《现代文学》上出现过了，“现代”与“乡土”在这本杂志上从来就没有对立过，而往往一篇作品中，这两种要素并立不悖，文学本来就有无限的可能性，以现代手法表现乡土感情，也是其中的一种。例如在《现代文学》上发表的王祯和的第一篇小说《鬼·北风·人》就是一篇道地乡土而又完全现代的杰作。

六〇年代走严肃文学路线提倡实验创新的杂志不多，《现代文学》在那段期间提供了一块文学园地，让一大群有才华有理想的青年作家，播种耕耘，开花结果，日后大多卓然成家，成为台湾文学的中坚。这，恐怕就是《现代文学》最大的功劳了。稍后《文学季刊》创刊，也培养了不少优秀作家，并且开创了一个新的创作方向。到今天我还记得有几位作家的初创首篇在《现代文学》上发表时，令我感到的惊喜之情。有一天在台大文学院的走廊上，有三个低我们一班的学弟来找我，要投稿到《现文》，那就是杜国清、郑恒雄（潜石）和王祯和。我拿到王祯和的处女作马上跟王文兴几个人传阅欣赏，大家惊叹不止，我那时好像已经看到王祯和的未来。我的画家朋友顾福生拿给我一篇小说《惑》，是他的女学生写的，那个女孩子只有十六七岁，我颇为讶异，我说那篇小说很怪，那个女孩子有怪才，我拿去《现文》上发表了。那个女孩叫陈平，就是日后的三毛。许多年后，三毛才吐露，原来就是因为《惑》的发表，她才决定弃画从文，开始了她的写作生涯。从前我只知道奚淞是个才气纵横的青年画家，并不知道他也有文才。有一次他很淡然地告诉我，他写了一篇小说，要我看看。我一看，大吃一惊，《封神榜里的哪吒》像一颗光芒四射的夜明珠，令人目为之眩。那是一篇我自己也想写而没能写出来的寓言小说。我在美国接到二十三期《现代文学》，有一篇小说《壁虎》，特别引起我的注意，这篇小说写得悍，我以为是男作家写的，向姚一苇先生打听，原来施叔青竟是个在中学念书的女生。这些发现，都曾带给我莫大的喜悦。那些作家那时都那样年轻，而且一出手就气度不凡。《现代文学》的确发表了不少优秀的短篇小说，那些作品有的到今天还是能够经得起时间的考验的。

随着台湾社会转型，八〇年代工商起飞，同人办的文学杂志在台湾的生存空间几乎接近于零。多元化的工商社会朝气蓬勃，勇往直前，但也有其飞扬浮躁、急功近利的一面。台湾文学的发展，一直是我最关心的一件事，总希望台湾文学茁壮结实，蒸蒸日上，爱之深，责之切，就不免有许多杞忧。于是我便想如果能将《现代文学》重刊，将《现文》作家群从前那种不问收获的垦荒精神再现给台湾的青年读者，也许对一些有志于文学创作的年轻人产生一种鼓励，因为他们现在的客观条件毕竟比我们当年优越得多，如果他们也肯披荆斩棘，苦苦耕耘，成就一定远超过我们。这个宏愿，终于能够实现了。去年夏天在台北遇见了允晨出版社的负责人吴东升及林伯峰二位先生，他们对文化事业的推展，满腔热忱，他们赞成我的构想，同意重刊《现代文学》一至五十一期。他们尊重《现代文学》一贯的精神，此次重刊，不以营利为目的，若有盈余，可能设立文学基金，奖励青年作家写作出版。最重要的，重刊的《现代文学》将有低价的普及本，让青年学生也有能力购买。这次重刊，先出一至五十一期，因为前期的《现代文学》早已没有存书，历史价值也许比较大些，日后有机会，再将后期的二十二期补齐。当然，后二十二期也有许多重要的作家及他们的作品：马森、黄凡、陈雨航、吴念真、宋泽莱、蒋勋等，而且几个专辑“文革文学”、“抗战文学”，也有其特殊意义。这次《现代文学》能够重刊，丘彦明的功劳最大，这位“联合报副刊”、《联合文学》的名编辑，不辞劳苦，自告奋勇，策划《现文》重刊。她花了不少时间精力编纂作家及作品的生平索引、大事年表等等，而且又力邀当年《现文》的作家及主编，撰写《〈现代文学〉与我》，回忆当年在《现文》投稿及编辑这本杂志的情况，他们这些文章，日后都将成为台湾文学的重要史料。《现代文学》的成长，与我自己的写作生涯可谓唇齿相依，为了这本杂志，我曾心血耗尽。对它，我是一往情深，九死无悔的。

一九八八年二月二十六日于美国加州

《牡丹亭》还魂记

今年（二〇〇四）五月二日晚，青春版《牡丹亭》在台北大剧院首演落幕，在雷动的掌声中、在爆起的彩声中，我引着两位青年演员俞玖林和沈丰英，在舞台上向观众行礼致谢。我在台北大剧院看过无数次表演，从来没有感到像那天晚上那样，观众的热情就像潮水浪头一般，冲卷上来；观众中有许多年轻人，他们从内心散发出来的兴奋与感动，我几乎可以触摸得到。

十六世纪末，汤显祖弃官返乡临川，写下他的旷世杰作《牡丹亭》，这部表现他穿越生死"情至"观的传奇，曾经世世代代撩动过不知多少中国青年男女的春心。未料到四百年后，在台北的舞台上，又一次展现了它无比的魅力，深深打动了二十一世纪的年轻世代。我看见两位演员，春花绽发的脸上流满了汗水，开心而天真地笑着，他们知道他们的表演成功了，因为观众反应如此热烈；但他们没有意识到，他们这次在台北的演出，很可能在昆曲演出史上，已经树立了一道新的里程碑。

演出前，我给两位主角打气："别害怕，沉住气，台北的观众会喜欢你们的！"我没有告诉他们，观众里来了世界各地汤显祖与《牡丹亭》的学者专家、许多看过各种《牡丹亭》版本的曲友行家，还有对青春版《牡丹亭》期望过高的观众群——因为我们这次青春版《牡丹亭》的演出宣传实在浩大，媒体报道像滚雪球一般，到演出前夕，《联合报》竟在头版头条刊登首演消息，并附剧照一并推出，这是破了几十年的惯例，戏曲表演上了大报的头条，引人注目，可想而知。这些有形无形的压力，我都没让两位青年演员清楚明白，因为怕他们怯场，有所闪失。在此之前，沈丰英和俞玖林最多只在一些中小型的剧院表演过几出折子戏。像此次三天连台九个钟头的大戏，又在台北大剧院这种世界水准的大剧院隆重首演，万方瞩目，翘首以待，连远至美国东西两岸、日本、澳洲的侨民，也纷纷赶回来观戏，九千张票抢购一空，青春版《牡丹亭》尚未上演，已造成一种"文化事件"的轰动效应。这种场面，莫说两个舞台经验不足的青年演员，就算身经百战的老师傅，恐怕也不敢掉以轻心。头一轮沈丰英和俞玖林刚出场，确实被下面一千五百位静悄悄而又全神贯注的观众给慑住了，显得有点生涩，但很快便进入情况，放开了身段。到了第二轮，两人更是翩翩起舞，演得兴高采烈起来，两人都铆足了劲，九个钟头下来，创下了一次超越他们平常水准的纪录。我曾经一再告诫他们：第一本旦角戏的《寻梦》，第二本生角戏的《拾画》，两折长达三十分钟的独角戏，是《牡丹亭》中两根柱子，也是考验旦角生角的两道难关，必须全力以赴。沈丰英和俞玖林把这两折经典都扛了下来，演得中规中矩，丝丝入扣，我不禁替他们暗暗喝彩，同时也松了一口气：总算我没看走眼，选中了俞玖林和沈丰英为男女主角。舞台上，二十一世纪的一对新柳梦梅和杜丽娘终于诞生了，四百年前玉茗堂前的那棵牡丹，历尽生生死死，再次还魂，而且开得如许姹紫嫣红。

为什么要制作“青春版”《牡丹亭》？这是我这两年来在台湾、香港、大陆常被问到的问题。因为昆曲演员老了，昆曲观众老化了，昆曲本身也愈演愈老，渐渐脱离了现代观众的审美观。制作青春版《牡丹亭》的目的就是想做一次尝试，借着制作一出昆曲经典大戏，举用培养一群青年演员，而以这些青春焕发、形貌俊丽的演员来吸引年轻观众，激起他们对美的向往与热情；最后，将昆曲的古典美学与现代剧场接轨，制作出一出既古典又现代，合乎二十一世纪审美观的戏曲。换句话说，就是希望能将有五百年历史的昆曲剧种振衰起疲，赋予新的青春生命——这些话说起来容易，执行起来，难如登天！这次青春版《牡丹亭》由头到尾近乎两年的制作，是一项浩大的文化工程，集合了台湾、香港、大陆的文化精英、戏曲专家，剧坛的祭酒、魁首，投入的人力、物力、时间、心血，难以估计。开过无数次的制作会议：在苏州的园林里、在台北的饭馆里，在飞机上、在长途汽车上，不停地讨论、不停地辩论，剧本的改编，服装、舞美、灯光、舞蹈的设计，参加此次文化工程的创意群都是各行的顶尖人物，智慧的撞击，冒出灿烂火花，偶尔难免也带出些硝烟来。作为制作人，我必须当机立断，但大多时候则要使出调和鼎鼐的功夫，博采众议。幸亏大家有共识：为了保护发扬“人类口述和非物质文化遗产”（联合国教科文组织于二〇〇一年如此评鉴昆曲），在这个大题目下，都有一份兴灭继绝的使命感，做昆曲义工，也就甘之若饴了。至于后勤，还有另一位制作人樊曼依在那里顶住，樊曼依办过几千场表演，稳若泰山，于是我便没有了后顾之忧。

剧本是一出戏的灵魂，我们编剧小组首先须得替改编的剧本定调，决定基本的理念，树立整体的风格。《牡丹亭》是戏曲文学经典中的经典，但像明清传奇这种形式，即使是经典之作也须大幅删改，才适合呈现于现代舞台。其实汤显祖的时代，已有各种改本出现，我们都拿来作过参考，去芜存菁，是一项十分严谨的功课。我们将《牡丹亭》定调为一则“爱情神话”，所以我们编剧的主轴便完全围绕着一个“情”字在下功夫。一个民族的神话，尤其是爱情神话，往往是代代相传的，杜丽娘出生入死对爱情的追求，其实就是汤显祖“情至”观的一则寓言：但为情故，“生者可以死，死可以生”。我常被问到的另外一个问题便是：《牡丹亭》中这种极端浪漫的爱情，对e世代青年还有吸引力吗？我的回答是：e世代的青年也是“人”，凡是“人”的心中总潜睡着一则“爱情神话”，等待唤醒而已。青春版《牡丹亭》在台北、香港、苏州上演时，年轻观众——尤其是大学生——几近狂热的反应，便证实了我的看法。汤显祖的《牡丹亭》本身是部不朽杰作，四百年后如何在舞台上使其再度大放光芒，实在是我们最大的挑战。

《牡丹亭》风格的基调是抒情的，因此我们制作的一切方向都朝着抽象、写意、抒情、诗化的美学进行。编剧上，也特别着重抒情的情景与片断。基本上，经常演出、已经过千锤百炼的折子戏如《惊梦》、《写真》、《离魂》、《拾画》等，我们全部保留。但即使经典折子在变成全本版时，也还有改编的空间。例如《拾画》、《叫画》两折小生戏，历代来已被昆曲界奉为巾生折子戏典范，代代相传把《拾画》当过场戏而且只唱《好事近》、《千秋岁》两支曲牌，《锦缠道》甚少演唱，但《锦缠道》词意极美，曲牌更是婉转缠绵，极富抒情韵味。我们把《锦缠道》曲牌加入了《拾画》，而且把《拾画》分量加重变为主戏，将《叫画》（原著为《玩真》）与《拾画》捏成一折，全部在园中表演，一气呵成。因此，《拾画》

整折变成了第二本三十分钟小生独角的重头戏。导演汪世瑜把这一折排成了与第一本《惊梦》、《寻梦》旗鼓相当的生角戏，定位为“男游园”、“男寻梦”，让小生有淋漓尽致的表演机会。我们理解到《拾画》在原著中占有重要的地位，是柳梦梅第一次到杜丽娘所葬的园中，与丽娘痴魂发生心灵感应的一刻：“敢断肠人远，伤心事多？”所以才会“叫画”将真魂引出。从前演出《叫画》着重小生念唱技巧，容易把柳梦梅的痴情演得流于油滑，我们这样改动，把《叫画》的抒情成分也加重了，免除了流弊。青春版演出，男主角俞玖林演唱此折，果然讨好，使第二本的戏增加了抒情的格调。

事实上，在这次青春版《牡丹亭》制作的千头万绪中，昆曲的古典美学如何与现代剧场接轨，是最大的难题。中国传统戏曲“现代化”有过太多失败的前例，我们这次结合“古典”与“现代”，也是抱着兢兢业业的态度来面对这项难题的。我们的大原则是尊重但不一定步步因循“古典”，选择但避免滥用“现代”，“古典”为体，“现代”为用——大前提如此。例如王童的服装设计，昆曲表演已有数百年的历史，首重舞蹈身段，传统服装设计完全是为了便于昆曲繁复的舞蹈动作。这点王童特意遵照传统观念，质料与样式不多作改变，但在色彩的配搭，以淡雅鲜嫩为主，以示青春，而且色彩变化也跟随人物内心及剧情氛围的需要。至于花饰的设计，就处处显示出创意了，尤其是十三位花神的服装造型，更是令人惊艳，白底披风上绣了十二种月令的花卉，《惊梦》里“堆花”一场舞蹈满台五彩缤纷，又雅又艳。花神的造型本无定规，王童在此发挥了最大的想象力，许倬云教授看出花神造型有楚文化的影响，没有错，王童的确参考过楚俑的原型。花神的舞蹈是由舞蹈家吴素君设计，吴素君以现代舞著名于世，但对昆曲有特殊感情，青春版《牡丹亭》中花神的造型与舞蹈，就是典型的“古典”与“现代”结合的例子。王童的服装设计在这次制作中，得到最高分数。中国传统戏曲表演一些行之已久的成规，我们并不排除：如检场人员、桌围椅帔等，这些本就是传统戏曲的特色，但现代剧场的开放式舞台、背投幕的幻灯景片、气氛灯光的设计等，我们也很小心地运用到戏中，但以不干扰到表演为原则。林鹤宜教授称我们这次的演出风格为“新古典主义”，就字面讲，也有道理。九个钟头的连台大戏，如果仍然沿用一桌两椅加“守旧”的传统演法，要现代青年观众坐得住，恐怕有点强人所难。

但这一切的筹备、设计、挖空心思的各种想法，其实大家都在押宝，押在两个青年演员俞玖林和沈丰英身上，如果沈、俞的戏演砸了，我们所有的努力即将白费。回头来看，两位青年肩上的担子也未免太沉重了。幸亏初生之犊，他们对自己任重道远几乎攸关昆曲前途成败的命运，尚有些浑然不觉，两个年轻人，只顾着有大戏可演，有热情的观众捧场，也就高高兴兴上台豁将出去。与我有多年戏缘的上昆院长蔡正仁在苏州看完公演后叹道："白先生的眼睛真厉害，选中了这两个人！"其实我当初千挑万选相中俞玖林、沈丰英，不是没有担当风险的。两人的天赋条件的确不错，俞玖林的扮相有古代书生俊逸之气，最难得的是他天生一副巾生嗓子，音质清纯，高音拔起嘹亮悦耳。沈丰英台风沉稳内敛，身段婀娜多姿外，又有一股眼角含情的内媚之态。在台上，俞玖林"痴"中带"耿"，沈丰英柔里带刚，正是柳梦梅与杜丽娘的特性。这两块璞玉，我替他们找到昆曲界两位最负盛名的老师傅汪世瑜与张继青来磋磨。俗语说："师傅带入门，修行看个人。"一年来我亲眼看到两位青年演员艰辛的成长，才深深体会到作为昆曲表演者学艺之不易。昆曲艺术念、唱、做要求太高，两人的进步是多少晨昏师傅手把手重复磨练出来的，而进步又是那样缓慢。师傅着急，有时厉声呵斥，也是为了要求又要求，徒弟也拼命努力，但三本九个钟头的大戏不是一下子能消化的。有时我看见他们两人滞怠不前，也暗暗着急，恨不得猛推他们一把。一直排练到最后阶段，看到彩排时，才稍稍放心，戏终于出来了。但台北首演，怎敢掉以轻心？首先我把俞玖林与沈丰英两人关进五星级的环亚大饭店，与外界隔绝，以免他们分神。二人住单人房间，可以充分休息，在旅馆里独自温习戏文、吊嗓子。我替他们准备了西洋参、维他命，张淑香携来蜂胶，都是要提高他们的免疫力，滋润喉嗓。台北天气多变化，只要他们在台上咳一下嗽，我们的戏便减分了。直到四月二十九日首场开幕，沈、俞两人台上一亮相，一对璧人，一个千娇百媚，一个玉树临风，活脱脱好像玉茗堂主汤若士笔下的柳梦梅与杜丽娘从四百年前的《牡丹亭》中走了出来，一出二十一世纪的《还魂记》，终于顺利开锣。

十年辛苦不寻常

我的昆曲之旅

我的一生似乎跟昆曲，尤其是昆曲中国色天香的《牡丹亭》结上了一段缠绵无尽的不解之缘。小时候在上海，偶然机会看到了梅兰芳与俞振飞珠联璧合演出《牡丹亭》中一折《游园惊梦》，从此，

原来姹紫嫣红开遍
似这般都付与断井颓垣
良辰美景奈何天
赏心乐事谁家院

这几句戏词，衬着笙箫管笛，便沁入了我的灵魂深处，再也无法袚除。第二次看昆曲表演受到莫大震撼是在一九八七年，又在上海，经过三十九年重返大陆，赶上上海

昆剧院最后一天演出全本《长生殿》，由“上昆”当家生旦蔡正仁、华文漪担纲。我记得那晚戏一落幕，我不禁奋身而起，喝彩鼓掌，兴奋之情，不能自已，我深深受到感动。没想到，经过“文革”，昆曲噤声十年，居然又在舞台上浴火重生。那晚“上昆”的戏演得精彩，大唐盛世，天宝兴衰，一时尽在眼前。但我不仅是为“上昆”的表演者喝彩，而更令我激动的是昆曲，我们中华民族美学成就最高的表演艺术，经过“文革”暴风雨的摧残，一脉香火，竟然还在默默相传，这是一枚何等珍贵的文化火种！昆曲无他，得一“美”字，词藻美、舞蹈美、音乐美、人情美，这是一种美的综合艺术，是明清时代最伟大的文化成就之一。

“我们这样了不起的艺术，绝对不能让它衰微下去！”那晚看了《长生殿》后，我如此动心起念。

然而昆曲的颓势仍然无法扼止。第一线的演员老了，观众年龄层愈来愈高，昆曲舞台呈现也逐渐老化，虽然“文革”后，昆曲恢复了表演，然处在整个急速求新望变的大环境中，昆曲生命仍然脆弱，处处受到生存威胁，这也是我们中国传统文化在全球化的浪潮中面临的危机，如何将传统与现代衔接，使得我们有几千年辉煌历史的文化，在二十一世纪的舞台上重放光芒，这是每个关心中国文化的人不得不深思的一个命题。昆曲的振衰起敝，应该只是整个中华“文艺复兴”的一幕序曲。

但我们总不能眼睁睁看着昆曲在我们这一代手中渐渐消沉下去。于是台湾、香港、大陆，一群对中国文化有热忱、对昆曲更是爱护有加的文化精英、戏曲精英，由我振臂一呼，组成一支坚强的创作队伍，大家众志成城，于二〇〇三年四月起，经过整整一年的筹备训练，终于制作出一出上中下三本九小时的昆曲经典：青春版《牡丹亭》。这是一项台湾、香港、大陆的文化人、艺术家，共同打造出的巨大文化工程，事后看来简直是项“不可能的任务”。然而一开始我们的态度却是严肃的，我们不是在“玩”戏，而是认真地试图将汤显祖这出十六世纪的经典之作赋予新的艺术生命，再度“还魂”，在二十一世纪的舞台上重放光芒。我们希望能借着制作一出经典之作，训练培养出一批青年演员，接班传承，将青年观众，尤其是高校学生，召唤回戏院，观赏昆曲，使他们重新发现中国传统文化之美。最后的目的当然希望恢复昆曲本来青春亮丽的面貌，所以我们将之称为青春版的《牡丹亭》。我们的大原则是：尊重古典而不因循古典，利用现代而不滥用现代。古典为体，现代为用，是在古典传统的根基上，将现代元素谨慎加入，使其变成一出既古典又现代的艺术精品。回归“雅部”，是我们整个昆曲美学走向。明清时代，昆曲本属“雅部”，本就是一项有文人传统的高雅艺术，因为昆曲原产于昆山，受吴文化孕育而成，先天就有江南文化中最精致、最典雅的成分。我们跟苏州昆剧院合作，也就是最自然不过的事情了，因为“苏昆”成员，大多属姑苏子弟，天生就有吴文化的基因，而他们的语言带有苏州腔，也就是昆曲的本色了。

我们理想甚高，抱负很大，但执行起来，困难重重，远超预期，结果如何，也实难预料。后来青春版《牡丹亭》制作成功，演出轰动，一半天意，一半人为。青春版《牡丹亭》的确是许多因缘际会凑在一起，天意垂成。首先选中男女主角俞玖林、沈丰英这一对金童玉女，似乎前定。但邀请汪世瑜、张继青来指导两位青年演员，则是我经过深思熟虑的考量。首先，我推举汪世瑜做青春版《牡丹亭》的总导演，就是一项关乎成败的决策。中国戏曲传统，本来没有导演制，戏都是老师傅“捏”出来的，这些老师傅本身就是资深演员，“捏”出来的戏，当然都合乎昆曲法则，然而当今的导演制，导演多为话剧导演，并不熟悉昆曲四功五法，所能发挥只有在舞美道具上，导出来的戏也未必是一出正宗昆曲。汪世瑜是巾生名角，师承周传瑛，饰演柳梦梅，潇洒飘逸，由汪世瑜做总导演“捏戏”，最恰当不过。此外，导演组还加入了翁国生、马佩玲，都是浙昆资深昆曲演员，我们的导演群阵容坚强。请出张继青训练沈丰英，是一项关键性的决策。张继青是昆曲旦角祭酒，唱工沉厚，身段规范严谨，对杜丽娘一角的诠释，有独到见解，她的《寻梦》一折，无人能及，由张继青手把手精心磨练出来的杜丽娘，沈丰英自然起步高。张继青的《寻梦》师承姚传芗，于是“传”字辈老师傅的姑苏风范，透过汪世瑜与张继青，便传承到俞玖林和沈丰英身上——这便是我们标举的正统、正宗、正派的昆曲表演传统。但力邀张继青、汪世瑜跨省跨团参加《牡丹亭》团队，我曾下足功夫，费尽唇舌。

二〇〇三年至二〇〇四年春，这一年魔鬼营式训练，早九晚五，有时还开夜班，替青春版《牡丹亭》打下了根基。排练的场地是一座还没盖好的大楼（现在的苏州万豪Marriott酒店），当时尚未装上门窗，冬日寒风凛凛，四面来袭。我裹着鸭绒大衣，在排练场“督军”，跟排练人员一起足足吃了一个月的大肉包子，眼看着青年演员在零下天气穿着单薄戏衣，在寒风中拼命练功，流汗流泪，终于把一出九个钟头的大戏淬炼成形。张、汪两位老师傅严格把关，对于演员的要求一丝不苟。看了青春版《牡丹亭》的排练，我对昆曲艺术又增加了十二万分的敬佩。这是一种极高难度的表演艺术，其美学成就无出其右。昆曲载歌载舞、无歌不舞，是把歌唱与身段融合得天衣无缝的表演。西方歌剧有歌无舞，芭蕾有舞无歌，这两种表演艺术的精髓，昆曲兼而有之。

筹备的一年，台北青春版《牡丹亭》的创作组也没有空过一天，在我和樊曼依召集下，编剧组成员有华玮、张淑香、辛意云三位学者专家，密集开会，磨了五个月，把剧本整编完成，我们的原则是只删不改，把原剧五十五折删减成二十七折,围绕着“情”的主题设计出“梦中情”(上本)、“人鬼情”(中本)、“人间情”(下本)。所谓“不改”,只是不改汤显祖华丽的唱词,可是为了顺应剧情及制造戏剧效果,我们在场次重组、故事剪接——就像电影剪辑一样——花了很大功夫,整理出一个紧凑流畅而不失原著丰富内涵的剧本,这个剧本替青春版《牡丹亭》奠下扎实的基础。大导演王童是我们的美术总监,他替青春版《牡丹亭》的美学定了调。王童替这出戏精心设计了两百套戏服,他去苏州多次,亲自挑选绸料,寻找几代相传的老绣娘。青春版《牡丹亭》的服装典雅精致,美轮美奂,对戏曲界产生革命性的影响。青春版《牡丹亭》的十三个男女花神,又是一大亮点,由吴素君编舞,花神们姗姗出场,一亮相,往往获得台下观众惊艳的掌声。其他舞美、灯光、音乐,都经过周密的整体考虑,完全为青春版《牡丹亭》唯美的风格打造。林克华(舞美、灯光)、王孟超(舞美)、黄祖延(灯光),都是台湾舞台工作者一时之选,“苏昆”周友良为青春版《牡丹亭》整编的曲子,亦替这出九个钟头的戏立下了不小的功劳。

二〇〇四年四月二十九日青春版《牡丹亭》终于在台北大剧院世界首演,台湾《联合报》头版头条报导青春版《牡丹亭》即日演出的新闻并附大幅杜丽娘“写真”剧照——其实,这一年来,两岸媒体早已陆续报导青春版《牡丹亭》的林林总总,演出前一两个月,青春版《牡丹亭》的宣传铺天盖地而来。除了各种媒体的报导，同时在Page One书店举办了一个青春版《牡丹亭》的剧照展，摄影师许培鸿精美绝伦的剧照，首次大规模露面。许培鸿的照片，把一对俊美的青年男女主角推介到全世界，他的照片对青春版《牡丹亭》的宣传，小兵立了大功。十年来，他锲而不舍，拍摄了二十多万张青春版《牡丹亭》幕前幕后的照片，一出戏有如此丰富的摄影资料，恐怕是空前的。宣传如此之大，观众的期望调到最高点，对于首演，我们是诚惶诚恐的，虽然一年来我们这个团队大家都尽了最大努力，但结果如何，无人能预料。戏要搬上舞台才见真章，观众能否接受，也是一个问号。但如果青春版《牡丹亭》首演失败，不仅我们的努力心血付诸东流，对我们标举的“昆曲复兴”运动更是重挫。因此我们对于台北首演，兢兢业业，严阵以待。

台北首演过程其实并非那么顺利。首先，“苏昆”的道具柜迟来了两天，我们只剩两天时间搭台，这是一出新戏、大戏，灯光、舞美相当复杂，两天时间远远不够，只得雇用加倍工作人员，四十八小时通宵赶工。演出前那几天，我们都绷紧了神经。首演那晚，美术总监王童牺牲前台看戏，留在后台把关，每个演员出场，都要经过他严格审查服装造型。台北演出两轮，九千张票卖得精光，头一晚台北大剧院一千五百个座位满座，前几排还坐满了世界各地的学者专家，因为同时间在台北召开了一个“汤显祖《牡丹亭》昆曲研讨大会”。“苏昆”的青年演员是第一次登上这样世界性的大舞台，小春香沈国芳后来回忆，她上台一出场，两只腿在打哆嗦。可是第一晚“苏昆”青年演员便有超水准的演出，令人惊艳，男女主角，水袖纷飞，勾动了所有的观众，谢幕时，台下掌声雷动，观众起立喝彩十几分钟。我挽着男女主角俞玖林、沈丰英走向台前，我深深感受得到观众兴奋情绪如潮水般涌来，那一刻，我猛然感悟到：一个新的昆曲时代可能即将来临。

这样的热烈场面，以后数年间，青春版《牡丹亭》巡演所到之处，台湾、香港、澳门、大陆大江南北、欧美、新加坡一再复制，七年间，至二〇一一年共演出两百场，观众人次达三十余万，几乎场场满座，青年观众占六、七成。北京《青年报》有这样的标题：青春版《牡丹亭》使昆曲观众年龄下降三十岁。两百场演出，我大概跟了一百五十场，尤其是头几年青春版《牡丹亭》的演出途径，还处在披荆斩棘、荜路蓝缕阶段，必须由我亲自领军作战，每次演出都是一场必须攻克的“战役”，青春版《牡丹亭》刚刚起步，一跤都摔不得，但当时大环境并不利于昆曲推广。其实昆曲式微已久，上个世纪，有几个时期，昆曲几乎从舞台上完全消失，“文革”十年当然损伤更大，昆曲观众愈来愈萎缩，大学青年学生，百分之九十以上从未看过昆曲。处此逆势，如何号召广大青年观众步入剧场，安静地观赏有六百年历史的高雅古典艺术，是我们最大的挑战。但一种表演艺术，没有青年观众，尤其青年知识分子的支持，不会有未来。我一直持有一个信念，昆曲之美足以打动人心，而汤显祖的经典之作《牡丹亭》，浪漫瑰丽的爱情故事定能吸引青年男女，而青春版《牡丹亭》在台北首演，观众热烈反应更加奠定我的信心。但如何将这些讯息传给大众，就要靠宣传了。宣传是青春版《牡丹亭》巡演过程中的首要工作，每次演出，除了举行盛大的新闻发布会外，我会接受各种媒体访问：电视、广播、网路、报章杂志，光是电视，我上过中央电视台不下十次，还有北京卫视、上海东方卫视、浙江卫视、阳光卫视、凤凰卫视，我向全中国、全球华人世界的观众喊话：我们的文化瑰宝昆曲，有多么了不起，多么重要、多么美，对我来说，每次昆曲演出，就如同秦俑、商周青铜、宋朝瓷器展览，具有一样的文化意义。我这样到处重复呐喊，有时觉得自己像个“电视布道家”，在向世人传达“昆曲福音”。台湾、香港、大陆的媒体，包括美国、欧洲，对青春版《牡丹亭》算是特别厚爱，大幅的报导，这些年没有断过，于是青春版《牡丹亭》的名声，随着媒体宣传，渐渐向四处扩散，尤其在各个大学里，青春版《牡丹亭》已经成为青年学子竞相追逐的文化现象。当然，宣传有没有产生效果，完全要看演出是否成功，戏本身不够好，也宣传不起来。两百场演出中有几场是关键性的：

二〇〇四年六月十一日至十三日，于苏州大学存菊堂演出，这是中国大陆首演。青春版《牡丹亭》在台北、香港演出轰动，但中国大陆的观众，尤其是高校学生，他们反应如何，实在拿不准。青春版《牡丹亭》日后演出的场所主要在大陆，大陆首演其重要性，不言而喻。六月下旬，“世界非物质文化遗产大会”在苏州开幕，各国媒体记者蜂拥而至，苏州市主办昆曲演出，昆曲于二〇〇一年已被联合国列为“人类口述和非物质文化遗产代表作”，主办单位把“苏昆”另一出戏《长生殿》当作开锣戏，却偏偏将青春版《牡丹亭》押在最后第十天才上场。届时，媒体早已跑得精光，外来观众也等不到第十天才看戏。如此安排，肯定会把青春版《牡丹亭》大陆首演闷死。我急中生智，跟苏州大学商量，把青春版《牡丹亭》首演放在苏大演出，提前一星期，抢在“世界非遗”大会前面。同时，我避开苏州，到上海去举行新闻发布会，在《文汇报》四十楼大厅，一下子来了全国四十几家媒体，青春版《牡丹亭》在苏大首演的消息，沸沸扬扬传播各地。苏大的演出场地只有存菊堂，是一个五十年代建筑的大礼堂，设备简陋，但有二千七百个座位，学校开始还有些犹豫，三天的戏，哪有那么多人来看？哪晓得消息一出，九千张票一抢而光，各校学生还有好奇观众，从上海、南京、杭州，甚至远至北京、成都，纷纷涌至苏大来看戏，因为舞台设备不够，舞美全派不上用场，只得原始阳春演出，可是简陋的大礼堂中观众挤得水泄不通，走道上也站满了人。演出时，观众热情沸腾，掌声雷动，演完了，还有七、八百学生观众涌到前台拍照，场面热烈，像流行音乐晚会。各地涌来的媒体,争相报导。青春版《牡丹亭》大陆首演,一炮而红。这也启动了我们“昆曲进校园”的计划。

二〇〇四年第一年对青春版《牡丹亭》的前途成败最为关键，推动演出也最为艰难，苏州首演后即刻转战杭州、北京、上海，参加各地举办的艺术节、音乐节。这几个大城市，明清时代都曾是昆曲重镇、戏曲中心，青春版《牡丹亭》在这些大城首次亮相。如何征服这些地方的陌生观众，是我们一大挑战，这种大规模的商业演出，按理应由演艺公司来操盘，但我们没有，只靠我跟我的秘书郑幸燕两人横冲直闯，我笑称我跟郑幸燕是“光杆司令带小兵”，在打游击战。上海演出最是危险。当时上海符合国际标准的剧场是上海大戏院，有一千五百座位，但上海大戏院开张六年，因为商业考虑，从来没演过昆曲。幸亏香港演艺名人何莉莉女士出面主办。何莉莉在大戏院音乐厅开了一家高级法国餐馆，希望把青春版《牡丹亭》当作开幕演出，如此，青春版《牡丹亭》才堂而皇之进入上海最高档的演艺中心，作为上海国际艺术节的一个项目。但主办单位把最高票价定为一千二百元人民币，三天套票便是三千元，在当时，这是天价，大学生不得其门而入，但他们恰是我最重视的观众。于是我便向台湾、澳门几位有志于文化的企业家募款，说服主办单位，低价购买学生票，然后到复旦大学、上海戏剧学院、上海音乐学院演讲，拉了几百个学生去看青春版《牡丹亭》，同时也邀请了上海戏曲学校昆曲班四十位小学生，到大戏院观摩看戏。因为票价太高，我们花了九牛二虎之力宣传，十一月二十一至二十三日上海大戏院隆重演出三本青春版《牡丹亭》，终于满座，上海以及外地文化界、戏曲界重要人士都到齐了。有一晚，演过我的电影的三位女主角卢燕、姚炜、杨惠姗同时到场，非常难得。上海首演是青春版《牡丹亭》的一道里程碑。上海《文汇报》这样报导：

> 青春版《牡丹亭》首轮巡演上海落幕，白先勇集合台湾、香港、大陆文化精英，制作青春版《牡丹亭》，希望将有五百年历史的昆曲剧种振衰起疲，赋予新的青春生命。

我的愿望是，台湾、香港、大陆的大学生，一生中至少有一次机会接触观赏到昆曲，因而重新发觉我们传统文化之美。从二〇〇五年起，我们开始校园巡演：北大、北师大、南开、南京大学、复旦、同济，西北到达兰州大学、西安交通大学，西南有成都四川大学、华中武汉大学、合肥中科大，南边远至广西师范大学、广州中山大学，甚至厦门大学、台湾交通大学、成功大学……一连串去过三十多所高校，每校都有几千学生观赏，四川大学、厦门大学有四、五千，学生反应空前热烈，百分之九十以上都是首次接触昆曲。北大是中国大陆高校龙头，学生人文素养比较高，北大公演，当然是重中之重。幸而北大有一个设备不错的表演场所：北大百年纪念讲堂，有两千一百个座位。我们进入北大三次，演过四轮十二场青春版《牡丹亭》及两场新版《玉簪记》，分别于二〇〇五年、二〇〇六年、二〇〇九年，全部满座，有一位北大生在网上如此写道：现在世界上只有两种人，一种是看过青春版《牡丹亭》的，另一种是没有看过的。另一位北大生说：我宁愿醉死在《牡丹亭》里，永远不要醒过来。二〇〇九年那一次公演，十二月天气零下九度，天寒地冻，演出散场快十一点了，还有几百个学生依依不肯离去，他们围上来，就是等着要告诉我一句话：白老师，谢谢您把这样美的戏带给我们。我深为感动，我就是希望这些青年学子，这些中华民族的未来，能够体会欣赏我们这个民族传统文化的美。在其他大学上演也有许多动人的故事，天津南开大学我们去演过两次。头一次太过热火，几乎造成暴动。演艺厅只能坐一千两百人，已经有不少学生挤不进去坐在石阶地上，外面还有几百学生要往里冲，校长急忙命令校警一字排开，把暴冲的学生挡住。桂林从来没有演过昆曲，我二〇〇四年在广西师范大学作过一次演讲，承诺同学们会把青春版《牡丹亭》带到故乡表演，二〇〇六年，我们把青春版《牡丹亭》带到广西师范大学，作为广西师范大学出版社二十周年庆演，一下子轰动了桂林城，许多同学索不到票，不得其门而入，一窝蜂从厕所的窗户爬了进去，把礼堂塞得满满的。

为什么中国大陆的高校学生对青春版《牡丹亭》的反应如此强烈，有时甚至达到狂热的地步？我想这跟社会发展以及青春版《牡丹亭》演出的时机都有莫大关系。十年“文革”对于中国传统文化的破坏极大，改革开放后，西方文化，尤其是商业文化，趁势闯入中国大陆，又造成了另一种文化上的混淆。近二十年来，中国大陆经济发展快速，社会相对稳定，这就创造了文化建设的条件。二十一世纪的中国青年学生，可以说正站在中国文化走向的十字路口，对“文化认同（cultural identity）”的追求，必然是强烈的。西方英国人的莎剧、德国人的古典音乐、俄国人的芭蕾舞、法国人的绘画、意大利人的歌剧，都是他们民族文化的重要指标，是他们“文化认同”的重要成分。我们中国人呢？这时青春版《牡丹亭》的出现，将中国古典文化（昆曲）之美，以羼有现代元素的艺术形式，光芒四射地呈现在舞台上，正好满足了中国青年学子追求“文化认同”的心理。汤显祖的《牡丹亭》以最美的艺术形式表现出中国人最深刻的情感，所以能勾动千千万万青年学子一片“春心”。有六百年历史的昆曲，当然也应该是中国文化的重要指标。

二〇〇一年，联合国教科文组织第一次甄选“人类口述和非物质文化遗产代表作”共十九项，中国昆曲被选为首项，从此昆曲便属于全世界人类的文化遗产。二〇〇六年九月，我们将青春版《牡丹亭》送到美国西岸演出。青春版《牡丹亭》头两年在台湾、香港、澳门、大陆巡演已得到初步成功，下一步我们希望青春版《牡丹亭》走向国际，与联合国教科文组织对昆曲的评价相呼应，美国是我们的头一站。青春版《牡丹亭》第一次登上世界舞台，是对我们这出戏、对昆曲的一个大考验。三天晚上九个钟头的大戏，美国观众能接受吗？说真话，当时我心中也没有十分把握。西方人对中国戏剧的了解止于京剧，对于昆曲，绝大多数闻所未闻，因此，青春版《牡丹亭》美国行的前期准备工作我们下足了功夫。首先我们选定在四个加州大学校区巡回演出，柏克莱、尔湾、洛杉矶、圣塔芭芭拉，共一个月十二场。要进入加大如此大阵仗的演出，谈何容易？幸亏我曾执教的加大圣塔芭芭拉校区华裔校长杨祖佑大力支持、协调，我们才能在四个校区通行无阻。头一站柏克莱就是高门槛，它的演艺中心 Cal Performances 在西岸颇负盛名，其艺术季经常有世界著名的表演团体演出。演艺中心的主任柯尔开始姿态颇高，他担心票房，对我们的戏就是疑虑的。我赶紧安慰他：我们有企业赞助，Cal Performances 保证只赚不赔，因为售票收入全归学校，演艺中心的剧场有两千一百座位，最高票价两百美金一套。柯尔先生算了一下，才笑逐颜开，让我们在艺术季开锣演出。

青春版《牡丹亭》美国之行，一团八十余人浩浩荡荡，飞机票、交通费、一个月的食宿，费用可观，官方没有补助，全靠我向外募款。这时天意差遣两位贵人来相助，台湾趋势科技文化长陈怡蓁、香港宝业集团董事长刘尚俭，各人赞助五十万美金，我们得以成行。两位赞助人都是台大同学，他们了解青春版《牡丹亭》美国行的重要意义。陈怡蓁的贡献尤其大，她不仅出钱，并且率领她手下趋势科技的团队，全程参与操盘，她本人东西两岸奔走，为演出事项，不辞劳苦，跟各部门洽商。我自称为“昆曲义工”，其实我们这个团队里有一大群义工，大家都为复兴昆曲而努力，陈怡蓁从此也变成了我们的大义工。

美国演出，我们前两个月便开始宣传，我和当地几位女教授李林德、朱宝雍，到处演讲，向美国观众解说昆曲，又把纽约的昆曲学者汪班请到柏克莱，演出前给观众导读。我们动员了西岸各地所有的力量，华侨、领事馆、同学会（一女中、台大、北大），中外媒体密集报导，青春版《牡丹亭》未演先轰动，十二场票全部售罄。

九月十五日晚，青春版《牡丹亭》在柏克莱 Zellerbach Hall 登场，二千一百个座位坐满了满怀期待的观众，有一半以上是非华裔的。剧场灯光设备好，那晚女主角沈丰英的妆化得特别美，杜丽娘一出场，千娇百媚，风华翩跹，台下轰然一阵碰头彩，我一个忐忑不安的心才定了下来，这晚青春版《牡丹亭》演出的成败，毫不夸张地说，攸关昆曲在国际上的地位。演毕落幕，全场观众起立鼓掌喝彩，热烈程度超过国内观众。其后十一场演出，场场如此，青春版《牡丹亭》在美演出成功，美国媒体宣称青春版《牡丹亭》美国行是继一九三〇年梅兰芳访美以来，中国戏曲对美国文化界最大冲击的一次。柏克莱演毕，我们在海边东海饭店设庆功宴，参加者近四百人，把整座饭店包了下来，当地侨领把唐人街的锣鼓乐队请了来，在锣鼓喧天中，青春版《牡丹亭》成员及观众度过最 high 的一晚。

二〇〇七年青春版《牡丹亭》第一百场在北京北展剧场上演，北展有两千七百个座位，又是三晚爆满。第一百场，演员的演技成熟了，男女主角俞玖林、沈丰英创下了他们演艺生涯的最高峰，俞玖林的《拾画》，沈丰英的《寻梦》，完美无瑕的演出，深深地打动了观众的心。这场百场庆演是由中国文化部主办，又是香港刘尚俭先生大力赞助演出。香港何鸿毅家庭基金为青春版《牡丹亭》演出成功在故宫建福宫设庆功宴。建福宫是当年老佛爷慈禧太后宴客的地方，那是一场最高规格的庆功宴了，当晚海内外文化界人士冠盖云集，以饰演慈禧太后著名的明星卢燕也参加了。

当初谁也没料到青春版《牡丹亭》原班人马会演到两百场，七年后，二〇一一年青春版《牡丹亭》第二百场庆演在北京国家大剧院歌剧厅隆重举行。歌剧厅有两千三百个座位，设备一流，舞台纵深可以用背面投影，第二百场的演出，我们的舞美终于发挥了最大效果，美不胜收。但进到大剧院歌剧厅绝非易事，歌剧厅只演大型歌剧、歌舞剧，传统戏曲只能在旁侧一个小型戏院演出。但青春版《牡丹亭》第二百场庆演，必须以最高规格、最佳场地演出。我们提出申请，四处碰壁，最后没法只好写信到国务院，我的理由：大剧院歌剧厅可以经常上演西方歌剧、歌舞剧，何以被联合国教科文组织认定为人类文化遗产代表作的中国昆曲反而不能登上歌剧舞厅的舞台？国务院批示下来，大剧院歌剧厅顿时大门洞开。青春版《牡丹亭》二百场庆演，满堂红、满堂彩、轰轰烈烈落幕。演到两百场，我认为青春版《牡丹亭》阶段性的使命已经完成。最后散场时，有一位演员赶在我身后叫了我一声“白老师——”便哽咽落泪。我了解她悲喜交集的情绪，我们一起走了好长好长一段崎岖行旅，完成一件巨大到不可思议的文化工程，列车将到终站，不免依依难舍。

据我默默观察，青春版《牡丹亭》这十年海内外巡演的结果，破了几项纪录，也产生了很大的影响：

它唤回了昆曲在舞台上的青春生命，恢复昆曲在舞台上姣好亮丽的风貌，改变观众对昆曲老旧迟缓的刻板印象，昆曲也可变成年轻观众时尚追捧的表演艺术。

青春版《牡丹亭》把为数甚众的青年观众，尤其是大学生，召唤回剧院看昆曲，中国高校学生百分之九十以上从未接触过昆曲，青春版《牡丹亭》对这些青年学子有启蒙功效，很多因此爱上昆曲，并且对中国传统文化之美有了新的认识。“昆曲进校园”是我们的重要目标，我们在三十多所高校巡演，造成一片高校昆曲热。我又继续募款，在北京大学、香港中文大学、台湾大学设立昆曲中心，开授昆曲课程，聘请昆曲学者、昆曲大师，开一连串讲座式课程，同时我把“苏昆”小兰花班演员请来做示范演出，案头场上，都让学生有所感受。如此，大陆、香港、台湾的大学都设立了昆曲课，恢复了昆曲学术上的地位与尊严，也变成大学重要的文化启蒙课程。选课学生甚众，培养学生观众，得以持续下去。

青春版《牡丹亭》训练了一批青年演员接班，“苏昆”小兰花班演员，海内外巡演两百多场，有丰富的舞台经验，与同侪相比，得天独厚。我又鼓励并资助他们，向老一辈的昆曲大师学戏，把昆曲大师们的绝活继承下来，如今小兰花班生旦净末丑行当整齐，可以排演大戏了。

同一个戏组，同一批人，连续十年演同一出戏演了两百三十多场，这在昆曲演出史上，独一无二。而且更难得的是这两百三十多场，满座率竟高达百分之九十。有的大场子，观众四五千。这种演出，完全打破昆曲演出传统。上世纪五〇年代，因《十五贯》的走红，有“一出戏救活了一个剧种”之说，但那个现象毕竟是政治的，而青春版《牡丹亭》也是一出戏振兴了昆曲，不过这是发自民间的自然力量。

青春版《牡丹亭》成功的因素为何？这些年来有许多学者专家都评论过，作为制作人，经过亲身经历体验，我有几点看法：

首先，青春版《牡丹亭》的制作是一次学术界、文化界、戏曲界的大结合，制作团队里有学者、艺术家（画家、书法家、舞蹈家）、昆曲大家。明清时期，昆曲演出往往是文人与伶人的结合，所以昆曲才能富有诗的意境，充满文人气息。青春版《牡丹亭》是在恢复这个老传统，而且是两岸文化人与戏曲表演家的完美结合，彼此截长补短，可以说是近年来两岸合作共同打造的文化工程中，最具影响力的一项。连台湾最负盛名的书法家董阳孜及画家奚淞的艺术极品，也上了我们的舞台。

青春版《牡丹亭》中，传统与现代结合成功，这是我们最大的挑战。我们要制作的是一出既传统又现代的昆曲。二十一世纪的大剧院多半是西方歌剧厅式的舞台，灯光以电脑控制。表演艺术与科技结合是必行之路，如何利用科技而不为所役，是我们严肃的考虑，在舞美、灯光、服装设计、舞台调度各方面，我们谨慎地注入了现代元素。

青春版《牡丹亭》的成功，除了天助还有人助。其实是多少人的善心、诚心在背后支撑，让我们乘风破浪，安全抵达目的地。这出戏的制作和巡演需要巨大投资，十年来的费用超过三千万人民币，这全靠一批有心的企业家无私的挹注，我们这出戏才能平步青云。因为我们的制作精益求精，什么都用最好的，当然所费不赀，而我们的演出，很多场是公益性的校园演出，没有回收，目的只希望能引起学生对昆曲的兴趣热情。然而这些都需要钱，没有钱，寸步难行。这些年来募款便成为我沉重的工作，向人托钵化缘，绝非我所长。有一次面对着赞助人，一顿饭下来，就是开不了口。我的秘书在旁等急了，干脆向赞助人说明来意，讲出数目。幸亏大多数的赞助人都是因为对我信任，认同我们复兴昆曲的文化大业，自动解囊相助。第一个是台积电曾繁城先生，我们的“筹办费”是他捐的，他真的热爱昆曲，看了好几轮青春版《牡丹亭》。澳门沈秉和先生因为在香港看到我们的戏，主动找到我，愿意支持，我们头一轮二百套亮丽的戏服行头便是他捐助的。香港余志明先生及夫人陈丽娥女士不仅是我们的赞助人，也变成了青春版《牡丹亭》最热忱的拥护者，十年间，青春版《牡丹亭》重要演出，他们二位一定到场打气加油，我跟他们不知分享过多少次演出成功的兴奋。香港何鸿毅家庭基金赞助我们三年，这是关键的三年，二〇〇六至二〇〇八，青春版《牡丹亭》在十多所高校，掀起一阵昆曲热、牡丹热。二〇〇七年北京国家大剧院落成试演，昆曲只邀请了青春版《牡丹亭》，但演出还需要费用的，临时才通知我们，一时间几十万人民币哪里找？香港中文大学校董周文宣先生得知我们的困境，二话不说，顶着六月天的大太阳亲自走到银行汇款给我们救急，不料两三天后，周先生进了医院，一病不起，那是他最后一项善举，令我怀念至今。第二百场庆演在国家大剧院歌剧厅演出，这场演出花费是大的，美国赵廷箴文教基金会，及台达电文教基金会，是这次的赞助人。我们换了新行头，演员在舞台上，光彩夺人。台达电赞助最新投影机，我们在大剧院的展览厅开了一个盛大的青春版《牡丹亭》摄影展，以最新技术设计了两面光墙，一面青春版《牡丹亭》，另一面新版《玉簪记》，绚丽夺目，摄影师替青春版《牡丹亭》拍下二十多万幅照片，如今选出最精萃的作为展览，规模之大，陈列之精美，一时震动京师。最后必须提到苏州台商李云政、沙曼莹夫妇，他们出钱出力外，对演员的呵护照顾，无微不至，令人感动。

青春版《牡丹亭》的成功除了媒体特别厚爱，铺天盖地的宣传外，学术界昆曲专家学者的充分肯定，也大大帮助青春版《牡丹亭》在学术界站稳一席之地。周秦（苏州大学）、吴新雷（南京大学）、叶长海（上海戏剧学院）、宁宗一（南开大学）、余秋雨（上海戏剧学院）、叶朗（北京大学）、江巨荣（复旦大学）、邹红（北师大）、黄天骥（中山大学）、刘俊（南京大学）、黎湘萍（社科院文研所）、王文章（中国艺术研究院）、朱栋霖（苏州大学）、傅谨（中国戏曲学院），都曾为文赞扬过青春版《牡丹亭》，而且亲身参加多次青春版《牡丹亭》研讨会。

这十年来，青春版《牡丹亭》的巡回演出，我大概跟了一大半，我并不是一个热衷旅行的人，尤畏车马劳顿，没想到到了晚年为了青春版《牡丹亭》，飞来飞去，走遍大江南北，远到欧美，有时觉得自己像个草台班班主，领着个戏班子到处闯江湖。因为跟小兰花班演员相处日久，随着青春版《牡丹亭》演出的起起伏伏，我跟他们也生出一种成败相关、忧戚与共的感情来。二〇一三年冬天，我重返苏州，与小兰花班相聚于沧浪亭，那是十年前，我向男女主角解说《游园惊梦》的所在。十年后，大家回忆青春版《牡丹亭》一路走来的点点滴滴，欢笑居多，有一种共同完成一件大事的欣慰，但似水流年，也有些微曲终人散的惆怅。十个小兰花班成员说要献给我一个礼物，不提防，笛声响处，他们合唱起《游园》中的一段《皂罗袍》来：

原来姹紫嫣红开遍
似这般都付与断井颓垣——

二〇一五年三月八日

白先勇的昆曲新美学

从《牡丹亭》到《玉簪记》

昆曲的美学是"抽象、写意、抒情、诗化"。

《牡丹亭》是神话故事，整出戏是个梦境，拿捏好虚实之间的比例是最高美学原则。

《玉簪记》是为了爱情勇敢挑战世俗礼教的女性解放戏剧，设计理念强调线条、简美，挑战更大的视觉美学。

二〇〇四年，由文学家白先勇作为总制作人，集结两岸文化精英，共同打造的昆曲大戏——青春版《牡丹亭》于台北大剧院首演后，迄今五年，先后于中国大陆、美国西海岸、莎翁故乡伦敦、希腊悲剧发源地雅典等地演出，让东西方民众见识到集结舞蹈、音乐、诗词于一身的昆曲之美。

二〇〇九年，白先勇带领原班人马制作新版《玉簪记》，集合书法家董阳孜的字、画家奚淞的白描佛像、王童的服饰设计、王孟超的舞台设计，将中国传统文人的雅致演绎得淋漓尽致，势必再创新一波的昆曲热潮及文化效应。

趋势科技文化长，长年支持白先勇制作昆曲的陈怡蓁，专访白先勇，发掘他从《牡丹亭》到《玉簪记》的昆曲新美学。

以“琴曲诗画”谈情说爱

陈怡蓁（以下简称“蓁”）：在台湾、香港、澳门、大陆要收服年轻学子的心，在西方世界要震撼专家学者的心，我想青春版《牡丹亭》是做到了，它树立了一个昆曲的美学新典范。因此给了您信心，继续制作新版《玉簪记》。许多人很好奇，《牡丹亭》是三天九小时的昆曲经典大戏，演了五年，大家都很期待您推出新的制作，有人猜会是《长生殿》或《西厢记》，没想到却是《玉簪记》。感觉上这是一出比较轻松的小品，为什么这样选择？

白先勇（以下简称“白”）：《玉簪记》是明代剧作家高濂的作品，不但是昆曲的经典，京剧、越剧、川剧、绍兴戏也都有《玉簪记》。故事内容描述落难千金陈妙常为了逃难而皈依佛门，与书生潘必正在道观相遇相知的爱情故事。道姑与书生一见倾心，为了爱情勇敢挑战世俗礼教，整出戏充满戏剧张力，是有名的女性解放戏剧。

小儿女谈情说爱的攻防用上了琴曲诗画，《琴挑》与《偷诗》二折把抒情诗以琴传心，以诗传意。《秋江》一折更是色胆包天，小道姑不顾礼教约束，为爱情奋力追舟追到江心，两人在江上的颠簸，内心的激动，波涛汹涌，完全藉由舞蹈动作表现出来，把昆曲的抽象写意之美发挥到极致。

当年华文漪与岳美缇为这出戏编了很多舞蹈动作，配合得天衣无缝，真是丝丝入扣，精准的表演已成经典。把这两位昆曲艺术家的绝活传承下来是非常要紧的，也因此，我选择了《玉簪记》。

另外，《长生殿》与《西厢记》，还有《烂柯山》的制作也都在筹划当中，演员们也已经把梁谷音的红娘，张继青与姚继煜编演的《烂柯山》，还有蔡正仁的唐明皇给学下来了。只要在编剧、服装以及舞台设计上再做加强就可以了。

《牡丹亭》是以虚实为指标

蓁：您制作昆曲总是动用许多当代的艺术家共襄盛举，比如董阳孜、奚淞、王童、王孟超等等，结合他们的特长一起加持，但是这些艺术家也都是很有个人风格的，美学理念也许不见得一致，您身为制作人如何去统筹？有没有一个美学的主轴或原则让他们参考？

白：昆曲的美学是“抽象、写意、抒情、诗化”。我们的制作观念是遵守大原则，但是也有发挥创作的空间。在古典之中加入新的元素，让它符合现代的舞台观念。

制作青春版《牡丹亭》时，一开头我就画了一个图给舞台设计的王孟超，标示每一折戏的虚实比例，像温度计的量表。

比方开头的《训女》与《闺塾》是写实的，虚的指数可能是零，这样一来舞台上就会有桌椅、家训这些实景，灯光明亮，服装也以表现人物个性为主，春香穿的就是红色的，鲜明活泼。但是《惊梦》一折是梦中发生的，当然完全是虚幻的，虚的指数为十，于是从灯光、背投、服装到舞蹈，整体都是以写意为主。为了营造梦幻，我们以白色为底，女主角穿的是白衣绣上紫花蝴蝶，男主角是白衣绣上梅花，飘逸潇洒得不得了，因为他是梦中人。十三位花神穿的也都是白色披风绣上不同的花朵，所有质材都是最轻盈的，更加上飘带，这样才能表现梦境中的虚幻。又因为舞蹈动作很多，因此舞台上不放任何实物，只有斜坡与简单的阶梯，方便施展动作。灯光当然也要尽量柔和。

再比如《如杭》一折是表现杜丽娘与柳梦梅结为夫妻之后的恩爱情深，表现的手法是半虚半实，因此舞台上有桌椅，有酒瓶和酒杯，男女主角分别穿着浅蓝色、嫩橘色，上头绣有盛开的菊花的鸳鸯装，表现新婚燕尔的幸福。手上各自拿一把折扇，扇子的舞动却是很抽象的，两折扇合起来是一幅团圆，代表他们的情投意合，这动作表现又是虚的。这都是一系列的符号彰显。

我制作《牡丹亭》与《玉簪记》就有不一样的想法。《牡丹亭》是神话故事，整出戏是个梦境，如何拿捏好虚实之间的比例是成功的关键，也成为每一折戏的最高美学原则。

蓁：这种依据剧情的虚实指标来设计的美学原则是您首创的“白派昆曲新美学”吗？我听说现在很多昆曲的演出也都依样画葫芦，找来苏州绣娘把戏服绣得美美的，也找文学家来坐台捧场，都是受了您制作昆曲的影响。

白：这样说太夸大了一点。我是依照昆曲原来的“抽象、写意、抒情、诗化”原则，发展出制作的观念。传统的戏曲演出缺少制作的观念，每一出戏布景都差不多，每一个人物的服装也都有严格规定，不太能改动，没有因剧情不同而量身定做，也就没有一种崭新呈现的感觉。但是西方人就很重视整体的制作，挂一幅字画也会研究为什么、有何意涵。

我想表演艺术的呈现一定要与时并进。每一种表演艺术在不同的时代有不同的呈现方式，像明清时代的剧曲，若是有家班，是在厅堂里头表演的，光线是依靠蜡烛，是很近距离的演出，也没有字幕，看戏的人都是行家，属于小规模演出。到了民国，表演场地移到了戏院，慢慢地，再变成西方歌剧院式的舞台。

随着客观条件的改变，表演方式也随之调整、改变，主要是观众不同了，从小众的行家变成注重视觉感受的大众，舞台表现也不得不改。如果变得好、变得更美就成功了，成了新传统；一成不变的就沦为旧传统，无法得到现代观众的认同，慢慢消失了。

我举一个例子，早期京剧的妆很浓、厚重，并不好看，出身戏剧世家的梅兰芳大胆创新，诠释新的旦角形象，整个改进了旦角的装扮，从此大家跟着他走，就变成了新传统。除了妆扮，底子深厚的他，更与一群知识分子共同研究剧本如何修改和舞台呈现方式等，开创“梅派”，奠定一套京剧新美学。

他们是在根基深厚之下创新的！当时的“梅党”冯耿光、齐如山等人也都对中国戏曲有深入的研究，然后一起商量，一起实验，边演边改，才创造了一套京剧新美学，并不是胡乱加入新元素的。

《玉簪记》创造抽象写意之美的极致

蓁：现在您也和一群国学或艺术根底深厚的人一起研究创新，比如董阳孜的字、奚淞的画、王童的服装设计等等，在青春版《牡丹亭》中已充分运用，新版《玉簪记》如何再度改进或者创新？

白：新版《玉簪记》的设计理念强调线条、简美。书法和佛像具备这样的特质，它的线条与水袖动作一脉相承，整体搭配呈现淡雅脱俗的感觉，线条所产生的张力可谓铺天盖地。

在《牡丹亭》里，字画比较属于装饰性质，是挂在布景中的一部分，但是《玉簪记》更进一步把字画完全融入表演之中，不再只是布景，而是随剧情表达人物的内心情绪的。

比如《秋江》这一折，我们制作团队花了很多时间，绞尽脑汁讨论如何呈现身处江心的感觉，若完全以实质的水的影像来营造，境界就低了。我灵机一动，想到用书法来呈现，背幕就是剧目《秋江》二字，这对董阳孜是一大挑战，她问我："这'江'还可以写，'秋'要怎么写出波涛汹涌的感觉呢？"她可头疼了，写了五十几幅，把"秋江"二字从写实（可辨识字）到抽象（看不出字形）全写上了，我们的美术总监王童选了三幅挥洒大气的抽象字，呈现江水愈来愈浩大，男女主角的心也更热情澎湃的意境。

《琴挑》一折则用"荷"字衬托小儿女情窦初开，还加了粉色的神来一点，非常美。

另外《探病》这一折，道姑陈妙常跟着观主探视相思成疾的书生，只见道观中高挂《心经》的"色不异空空不异色"、"色即是空空即是色"两幅字，底下的一双小儿女却趁老道姑打瞌睡之际，眉来眼去，充满反讽的喜剧效果。

这些设计都是大胆创新，我们也没有十足把握，舞台上的整体美感，不到正式演出是没个底儿的。直到在苏州剧院首演，到了《秋江》这一折，灯光一亮，背景一出，演员在没有任何实物的舞台上起舞，抽象写意之美发挥得淋漓尽致，制作团才放心了。

蓁：那么奚淞的白描观音呢？他的线条细致繁复，又是单纯的墨色，用在舞台上是否有点冒险？

白：的确是冒险的，没有人这样把佛像用水墨表现在现代舞台上的。

奚淞的画，在《牡丹亭》里只用了一幅杜丽娘自画像，是挂着的。但在《玉簪记》里更进一步用在背景的投射上。原来的线条的确有些淡，奚淞特别重新描摹设计，除了观音像表现道观的庄严肃穆，还有好几幅佛手莲花，从花苞到盛开，在花苞的每一个阶段悉心呵护，表现的是佛的慈悲，用在《问病》与《偷诗》二折。除了美之外，其实含有很深的佛法，充满了慈悲众生的氛围，万物生发始于情，佛手捧花图意味祝福人间有情，剧末的两个佛手解脱印，象征在每一阶段，佛都同样护持，没有分别心，即使是佛门中的道姑爱上落第书生。这样一来整个戏的哲学意味与境界都提高了，不再只是道姑偷情而已，却彰显了纯情的可贵。

蓁：除了运用中国的水墨线条来创作舞台效果之外，在服装上也有许多大胆突破的地方，《牡丹亭》的服装艳惊四座，最令人津津乐道，《玉簪记》是否延续一样的设计理念？还能再创新高峰吗？

白：我对服装的要求是利于表演，要轻盈、飘逸，不妨害水袖的施展。我们的设计总监王童在青春版《牡丹亭》的服装制作可谓革命性的创新，他将中国服饰的色调、质感与造型发挥到极致。当初我们是摸索着做的，也有人认为色彩太淡了，但是放在整体的舞台上，却是浓淡相宜，恰如其分地助长了人物的美感与水袖的舞动。可以说是大成功，大轰动。演出后也获得肯定，带起一股新风潮。

《玉簪记》因为故事发生在道观里，不是官宦之家，因此服装要清素。王童不喜欢重复过去的设计，这次也是铆足了劲儿创新，他把苏绣放在服装的一角，采垂直式的呈现，穿上更显得修长俊雅，戏服美到男主角俞玖林下戏了还舍不得换下。

青春版《牡丹亭》的造型装扮粉嫩淡雅，新版《玉簪记》更简美、低调，挑战更大的视觉美学。王童与曾咏霓夫妇再度超越自我，呈现更文人的雅致。

这些都是比《牡丹亭》更进一步的运用与创新。有了上次的合作经验，现在默契更好，也更大胆了！

“色”胆包天创新《玉簪记》

蓁：青春版《牡丹亭》与新版《玉簪记》都是描述明清女性勇敢追求爱情。我们知道，中国自古以来的感情皆受礼教束缚，依靠媒妁之言，千百年来压抑对爱情的渴望，这两出戏均是反映现实，它们的爱情观有什么不一样吗？

白：关于女性解放的戏剧，元末的《西厢记》是革命性的一出戏，是一个相当重要的指标，描述书生张珙与相府千金崔莺莺的爱情故事。《西厢记》后，才有汤显祖的《牡丹亭》、高濂的《玉簪记》。《牡丹亭》是心理解放，女主角做了个梦，从梦里解放，《玉簪记》更大胆，道姑为了爱情，奋不顾身追舟至江心，还跳到书生的舟上，两个人生离死别在江浪里头，意境就不一样了，充分表现了情海波涛，在江心还唱了一段《小桃红》，歌曲好听，缠绵动人，情感流露特别感人。

道姑冲破禁忌、勇敢求爱，但她追到江心并不是要跟着书生一起私奔，而是要一个海誓山盟，一个信物，一个保证，两人互赠玉簪与扇坠，等待来日团圆，将爱情的层次更提高了，有“生死不渝”的美感。

蓁：我想这样的爱情即使在现代也是很大胆的。而您制作这样一出戏，同样也是破除禁忌，颠覆传统，大胆用色，把中国的水墨字画都入戏，我想您的制作也是“色”胆包天哦！比较保守的人对您的制作有时有不同的意见，甚至批评，您如何看待？

白：大胆创新，过去也遭受不少质疑。但是一百六十多场演下来。年轻的观众肯走进传统戏曲的殿堂了，甚至爱上昆曲了，西方的观众也衷心赞赏，这多少证明我们走的路线是多数人所接受的。但是肯定还有人质疑或不习惯，这是难免的，不可能百分之百的人都认同。做一件大胆的事，不能期望完全没有反对的声音。

你说我们的制作“色”胆包天倒也不为过，不过我制作昆曲并非无中生有。

我的小说原著有过多种形式的改编，我也因此参与过电影、舞台剧、电视剧的制作，同时我是外文系出身，多少受西方现代制作观念的影响。我并非昆曲界出身，制作昆曲虽然有一个主轴的大观念，但我也很注重行家的建议，像张继青、汪世瑜、岳美缇、华文漪等等，都是毕生浸淫在昆曲中的艺术家；还有张淑香、华玮等研究中国戏曲艺术的学者，王童、王孟超等对舞台美学有独到见解的专家，我综合他们的意见，调和鼎鼐，经过多次实验改进，然后成形。这是团队合作的创新，不是我一人的主观、妄自大胆。

当然我身为制作人必须担负最后的成败责任，我对美的追求是不可妥协的。

琴曲书画

新版《玉簪记》的制作方向

新版《玉簪记》以中国文人雅士的文化传统——琴曲书画为基调。

昆曲、书法、水墨画融于一体，变成一组和谐的线条文化符号，这便是我们在《玉簪记》里企图达成的昆曲新美学的重要内涵。

二〇〇四年我们制作《牡丹亭》时定性为“青春版”，其涵义除了刻意培养青年演员传承曲艺并开发校园年轻观众之外，更希望在舞台上给昆曲表演注入新鲜活力，使这项古老的剧种能够重新绽发青春生命。青春版《牡丹亭》迄今在台湾、香港、澳门、大陆、欧美各国巡演一百六十三场，观众人次达二十多万，受到各层不同文化背景、尤其是年轻观众的热烈欢迎，普遍肯定。可以说在二十一世纪初，由于青春版《牡丹亭》的出现，给长期衰微的昆曲艺术注射了一针强力的兴奋剂，使其回春发芽，老树开花。昆曲的老灵魂，得以在舞台上再次以青春姣好的形貌，翩翩起舞，倾倒众生。青春版《牡丹亭》在华人地区，甚至欧美国家广受欢迎有诸多原因，我想最重要的是青春版《牡丹亭》在制作方向上，把传统与现代的因素成功地磨合成有机整体，符合二十一世纪观众的审美需求。青春版《牡丹亭》是一出既传统又现代的昆曲表演。

基于制作青春版《牡丹亭》的经验，四年后，我们制作了新版《玉簪记》,希望在昆曲舞台美学上做更进一步的探索。每个时代的表演艺术，必然会反映当时的美学趣味，二十一世纪的昆曲表演，当然也应当与明清时期，甚至上个世纪有所区别。明代高濂所作的《玉簪记》传奇，是昆曲的经典剧目之一,其中著名几折如《琴挑》、《秋江》在舞台上常演不辍，并化为其他剧种：京戏、越剧、川剧皆有。如此广为观众熟悉的一出“老戏”,如何翻新，赋予新的诠释、新的美学风貌，这便是我们创作组的最大挑战。

我们选中《玉簪记》有几点理由。昆曲属于“雅部”,是中国文士风雅传统的一部分。《玉簪记》中的《琴挑》书生潘必正与道姑陈妙常以琴传情，《偷诗》中以诗传意，都是这种“雅文化”的呈现。于是我们决定新版《玉簪记》整体走高雅风格，恢复昆曲“雅部”的原貌，而以中国文人雅士的文化传统——琴曲书画为基调。这次我们的舞台美术设计以线条为主，以董阳孜的书法为经络，间以奚淞的观音画像佛手莲花，创造出一个纯净流畅的水墨世界，佛手莲花也就成为对剧中人慈悲祝福的象征。昆曲的音乐唱腔、舞蹈身段犹如有声书法、流动水墨，于是昆曲、书法、水墨画融于一体，变成一组和谐的线条文化符号，这便是我们在《玉簪记》里企图达成的昆曲新美学的重要内涵。

青春版《牡丹亭》的制作，以王童的服装设计得分最高，受到最多赞美，中外观众为之惊艳。他的淡雅风格对中国戏曲服装已产生革命性的影响。这次《玉簪记》的服装因配合剧情背景、人物身份以及整体舞美的需求，色调更趋淡雅，比青春版《牡丹亭》的设计更富创意。

昆曲的传奇文本以爱情为主题的占多数，所谓“十部传奇九相思”，高濂的《玉簪记》是一段道姑与书生炽热的爱情故事，呈现了晚明戏曲在情色议题上的大胆作风，张淑香教授为《玉簪记》的“色胆包天”作了生动的论述。在诸多《玉簪记》的演出版本中，我认为以岳美缇、华文漪的演出版本最为杰出，两位昆曲大师的配搭，举手投足丝丝入扣，已达炉火纯青之境。岳华版的《玉簪记》值得传诸后世。两位大师不惜倾囊相授，传给青年演员俞玖林、沈丰英，是昆曲传承事业的又一壮举。新版《玉簪记》在岳华版的头尾上加了工。《投庵》一折我们以皈依仪式开场，营造出庵观佛道的气氛，尾折《秋江》几乎是重排了。这次导演由翁国生执掌，翁国生是戏曲的新锐导演，曾参加青春版《牡丹亭》，执导《冥判》、《魂游》数折，获得好评。翁国生擅长舞台调度、队形变化，排演《秋江》一折，颇富创意，把秋浪澎湃的外景与人物内心热情翻腾的意境融成一场动感十足的好戏。新版《玉簪记》于此达到高潮。

《红楼梦》前言

《红楼梦》是中国文学史上最伟大的小说。十九世纪以前，放眼世界各国，似乎还没有一部小说能超过这部旷世经典。即使在二十一世纪，要我选择五本世界最杰出的小说，一定会包括《红楼梦》，可能还列在很前面。如果说文学是一个民族心灵最深刻的投射，那么《红楼梦》在我们民族心灵的构成中，应该占有举足轻重的地位。

曹雪芹，名霑，字梦阮，号雪芹，又号芹圃、芹溪。生于康熙五十四年（一七一五），先祖原是汉族，后被后金军俘虏，编入满洲正白旗，曹家成为内务府包衣。曾祖父曹玺曾任内廷侍卫，其妻孙氏是康熙玄烨的保姆，曹家因此受到康熙特殊的眷顾。康熙二年（一六六三），曹玺出任江宁织造，负责主管采办皇室江南地区的丝绸，并监视南方各级官吏，充当康熙耳目。祖父曹寅做过康熙的伴读及御前侍卫，深得康熙宠信，曹玺病故，曹寅继任江宁织造，康熙南巡，曹寅在江宁织造府主持四次接驾大典，此时曹氏家族极为显赫，曹寅二女并被选为王妃。

曹寅是著名的藏书家，精通诗词戏曲，撰写《续琵琶》传奇。受命于康熙纂刻《全唐诗》、《佩文韵府》。曹寅病危，康熙亲自赐药抢救。曹寅死后，康熙特命其子曹颙（曹雪芹的父亲）接任江宁织造，康熙五十三年（一七一四），曹颙突然猝死，康熙体谅曹家后继无人，又特命曹寅胞弟曹荃之子曹頫过继给曹寅之妻，继承织造之职。曹家在江南祖孙三代四人，先后继任江宁织造长达六十年。

雍正即位，曹家卷入皇室政治斗争，雍正六年（一七二八），曹頫获罪革职，第二年即被抄家，此时曹雪芹约十三岁，随全家迁回北京。曹家从此一蹶不振，家势败落。曹雪芹晚年移居北京西郊，落魄潦倒，甚至过着“举家食粥”的穷困日子。乾隆二十七年（一七六二），曹雪芹的幼子夭亡，他伤心过度，卧倒不起。翌年（一七六三）除夕，中国最伟大的小说家凄凉病逝。

曹雪芹的个人资料留下不多，但从他晚年来往的朋友如敦敏、敦诚这些没落的皇室贵族赠诗中，看出一个轮廓——曹雪芹为人狂放不羁，个性傲岸卓荦，有魏晋名士阮籍之风，故取“梦阮”为字。敦诚《赠曹芹圃》：“步兵白眼向人斜。”曹雪芹能诗善画，诗风近李长吉，留下“白傅诗灵应喜甚，定教蛮素鬼排场”的嵚奇诗句。他喜欢画嶙峋怪石，寄托胸中磊落不平之气。敦敏《题芹圃画石》：“傲骨如君世已奇，嶙峋更见此支离。醉余奋扫如椽笔，写出胸中块垒时。”这首诗相当生动地刻画出曹雪芹的不群风骨。

《红楼梦》有曹雪芹自传的成分，他的身世对他的创作当然有决定性的影响。曹雪芹出身诗礼簪缨之家，从少年的“锦衣纨袴”堕入晚年的“绳床瓦灶”，家世的大起大落，促使曹雪芹对人生况味的体验感悟，远超常人。曹雪芹是不世出的天才，他成长在十八世纪的乾隆时代，那正是中国文化由盛入衰的关键时期，曹雪芹继承了中国诗词歌赋、小说戏剧的大传统，可是他在《红楼梦》中却能样样推陈出新，以艺术家的极度敏感，谱下对大时代的兴衰、大传统的式微，人世无可挽转的枯荣无常，人生命运无法料测的变幻起伏，一阕史诗式、千古绝唱的挽歌。

作为中国文学史上艺术价值、美学成就最高，哲学思想、文化意义最深刻丰富的一本小说，有几点值得提出来讨论：

《红楼梦》的神话寓言，架构恢宏。一开始曹雪芹便写下女娲补天、顽石历劫、绛珠仙草下凡还泪这几则神话作为引子，第一回由跛足道人唱出了《红楼梦》的主题曲《好了歌》，替整部小说定了调；第五回曹雪芹更进一步创立了一个五色缤纷的“太虚幻境”，掌管“孽海情天”中“痴男怨女”的命运。这些超自然的因素，使得《红楼梦》在写实框架上面，形成另外一个充满象征意义的神秘宇宙。

《红楼梦》的底蕴，从头到尾一直有儒、释、道三种哲学思想的暗流主控着这本小说的发展，曹雪芹却能以最动人的故事、最鲜活的人物，把这三种形而上的玄思具体地表现出来。例如贾政与贾宝玉相生相克的父子关系，其实也就是儒家经世济民的入世思想，与佛道镜花水月、浮生若梦的出世思想之间的冲突与辩证。《红楼梦》因为有深刻的哲学底蕴，其分量自然厚重。

《红楼梦》当然是一本了不起的写实小说，曹雪芹的写实功夫无出其右，他以无比细致、精确的笔调把十八世纪乾隆盛世贵族之家的林林总总，巨细无遗地刻画出来，如同张择端的《清明上河图》把北宋汴梁拓印了下来，《红楼梦》也是曹雪芹用工笔画下的“神品”。

众所公认，人物塑造是《红楼梦》最成功的一环，书中人物大大小小，男女老少，个个栩栩如生。曹雪芹有撒豆成兵的本事，人物一出场，他只要度一口气，便活蹦活跳起来。他塑造人物，运用各种手法，最常用的是对比：贾政——宝玉，黛玉——宝钗，袭人——晴雯，凤姐——李纨，贾母——刘姥姥；但对比并非单线进行，宝玉与薛蟠、与甄宝玉也形成另外一种对比。曹雪芹同时也用模拟手法，宝玉有句名言：“男人是泥作的骨肉，见了男子便觉浊臭逼人。”但他与柳湘莲、蒋玉菡这两个男子关系却不同，这两个人的名字都有莲花的意象，有化身的象征。柳湘莲剃发出家，对宝玉是一种指引，最后宝玉也踏上了柳湘莲出家的道路。第一百二十回蒋玉菡与花袭人最后完婚，其实这是宝玉替蒋玉菡聘定的，蒋玉菡替宝玉完成了世上最后的俗缘。这两朵莲花可以说都是宝玉的化身。宝玉周边这些对比、模拟的人物，如同面面镜子，把他映衬得多姿多彩，加上他与黛玉（他的另外一个类比认同的人物）、宝钗、袭人、晴雯千丝万缕的关系，《红楼梦》的男主角成为一个最多面、最复杂而又最教人难忘的小说人物。

最后归根究底，《红楼梦》之所以能在中国文学史上出类拔萃，一览众山小，主要归功于曹雪芹的文字艺术。《红楼梦》是一部集大成之书，兼容中国文学各种文类，浑然一体。其风格，既有金陵姑苏杏花烟雨的婉转缠绵，亦有北地燕都西风残照的悲凉苍茫，文白相间，雅俗并存。《红楼梦》的对话艺术，巧妙无比，每个人物说话都有个性，一张口，便有了生命，这是曹雪芹特有的能耐，他对当时口语白话文的灵活运用，到达炉火纯青的地步。

《红楼梦》是一本天书，有解说不尽的玄机，有探索不完的密码。自从两百多年前问世以来，关于这部书的批注、考据、索隐、研究，汗牛充栋，兴起所谓“红学”、“曹学”，各种理论、学派应运而生。一时风起云涌，波澜壮阔，至今方兴未艾，大概没有一部文学作品会引起这么多人如此热切的关注与投入。但《红楼梦》一书其内容何其丰富，版本问题又特别复杂，任何一家之言，恐怕都难下断论。

《红楼梦》的版本研究是门大学问，这本书的版本分两个系统：一个是前八十回的脂评抄本系统，这些抄本因有脂砚斋等人的评语，简称“脂本”。到目前为止，发现的“脂本”有十二种，比较重要的有“甲戌本”、“己卯本”、“庚辰本”、“甲辰本”、“戚序本”（一称“有正本”，由上海有正书局刻印）。这些抄本虽然标有年代，但皆非原来版本，乃后人的过录本。据红学大师俞平伯的版本研究（《红楼梦八十回校本》序言），这些抄本流行的年间大约四十年不到，从一七五四到一七九一，程伟元、高鹗的初次排印本出现为止。俞平伯认为“这些抄本，无论旧抄新出都是一例的混乱”。原因是这些抄书的人，程度水平不一定很高，错误难免，有的可能因为牟利，竟擅自更改，“故意造出文字的差别来眩惑人”。“脂本”中，又以“庚辰本”比较完整，共七十八回，中缺六十四、六十七回，但也有不少讹文脱字，因为全书抄写，非出一人之手。这些手抄“脂本”，都有一定的研究价值，但许多异文讹误，却是研究者头痛的问题。

另一个系统便是程伟元、高鹗整理的一百二十回印本。乾隆五十六年（一七九一）萃文书屋采木活字排印《红楼梦》一百二十回，题《新镌全部绣像红楼梦》，首程伟元序，次高鹗叙。程序称“原目一百廿卷，今所传只八十卷，殊非全本”。“爰为竭力搜罗，自藏书家甚至故纸堆中无不留心。数年以来，仅积有廿余卷。一日偶于鼓担上得十余卷，遂重价购之，欣然翻阅，见其前后起伏，尚属接榫，然漶漫殆不可收拾。乃同友人细加厘剔，截长补短，抄成全部，复为镌板，以公同好。《红楼梦》全书始至是告成矣。”世称“程甲本”，成为以后一百二十回各刻本之祖本。

继“程甲本”之后，紧接着于次年乾隆五十七年（一七九二），程伟元与高鹗不惜工本修订后，再版重印，世称“程乙本”。前面有程伟元、高鹗一篇引言，其中透露几项重要讯息：

“因急欲公诸同好，故初印（指‘程甲本’）时不及细校，间有纰缪。今复聚各原本详加校阅，改订无讹。

“书中前八十回抄本，各家互异；今广集核勘，准情酌理，补遗订讹。其间或有增损数字处，意在便于披阅，非敢争胜前人也。

“书中后四十回，系就历年所得，集腋成裘，更无他本可考。惟按其前后关照者，略为修辑，使其有应接而无矛盾。至其原文，未敢臆改，俟再得善本，更为厘定。且不欲尽掩其本来面目也。”

程伟元、高鹗整理出版一百二十回《红楼梦》是中国文学史上划时代的一件大事，中国最伟大的小说乃得以全貌问世。综合程伟元序及程伟元、高鹗引言有如下几个重点：

一、后四十回本为曹雪芹散佚的原稿，由程伟元各处搜得，因原稿残缺，所以程伟元邀高鹗一同做了一番修补工作，“细加厘剔，截长补短”。引言更进一步申明，对于后四十回，只是“略为修辑”，“至其原文，未敢臆改”。

二、在程伟元与高鹗的时代，当时流行的《红楼梦》八十回抄本，一定远比现存的十二种要多，而且比较完整。“程高本”前八十回是程伟元和高鹗下了一番功夫把当时的各种抄本仔细比对后整理出来的。

三、“程甲本”印行后，程伟元和高鹗发觉“程甲本”印得仓促，有不少“纰缪”，因此不到一年又出“程乙本”，把甲本的错误都改正了。因此“程乙本”是“程甲本”的修正本。这两个本子都是白文本，“脂批”一律删除。

“程甲本”一出，因是一百二十回足本，即刻洛阳纸贵，风行一时。此后以“程甲本”为底本的各种刻本纷纷出现，其中又以道光十二年（一八三二）双清仙馆刊行的王希廉评本《新评绣像红楼梦》，简称“王评本”，流传最广，影响很大。

一九二一年，近人汪原放校点整理，以“王评本”为底本，加新式标点，并分段落，由上海亚东图书馆印行，书前并附胡适的《〈红楼梦〉考证》，“亚东本”《红楼梦》问世，象征着《红楼梦》出版史又进入了一个新的时代。

“程乙本”初印行时，没有像“程甲本”那样受到注意，发行不广。胡适自己却收藏了一部“程乙本”，并且十分推崇这个版本，认为这个改本有许多修正之处，胜于“程甲本”。一九二七年汪原放重排“亚东本”，便改以胡适收藏的“程乙本”为底本，把初版“亚东本”标点错误、分段不当、校勘不精、错字不少等多种毛病改正过来。胡适颇为赞许汪原放这种不恤成本、精益求精的精神，又为新版写了一篇《重印乾隆壬子本〈红楼梦〉序》。以“程乙本”为底本的新版“亚东本”《红楼梦》从此数十年间大行其道，风行海内外，影响极大。中国大陆直至一九五四年，在发动了对胡适派《红楼梦》研究问题的批判后，“亚东本”《红楼梦》才开始失势，被其他版本所取代。在台湾如远东图书公司等所印行的《红楼梦》基本上仍是翻印了亚东重排本。

一九八三年，台北桂冠图书公司出版了《红楼梦》，桂冠版在《红楼梦》出版史上应该是一道里程碑。

这个版本经过极严谨的校读，系以乾隆壬子（一七九二）的“程乙本”作底本（参照启功注释本），并参校以下各个重要版本：“王希廉评刻本”、“金玉缘本”、“藤花榭本”、“本衙藏版本”、“程甲本”，这些都是一百二十回本。“脂本”有“庚辰本”、“戚蓼生序本”。每回后面并列有比较各版本的校记，以作参考。亚东版“程乙本”的校对只参考了“戚蓼生序本”，桂冠版自然优于亚东版。

这个版本的注释最为详备，是以启功注释本为底本，配以唐敏等以上书为基础所作的注释本，重新整理而成。书中的诗赋，并有白话翻译。对于一般读者，甚有帮助。我在美国加州大学教授《红楼梦》二十多年，一直采用桂冠这个本子。作为教科书，桂冠版优点甚多，非常适合学生阅读。

二〇〇四年桂冠版《红楼梦》断版，市上已无销售。二〇一四年，我在台湾大学教授《红楼梦》，一连三个学期，因为是导读课程，我带领学生从第一回到第一百二十回从头到尾细读了一遍。我采用的课本是台北里仁书局出版、由冯其庸等人校注的版本。前八十回以“庚辰本”为底本，并参校其他“脂本”及程甲、乙本。后四十回以“程甲本”为底本，校以诸刻本。这个本子原由人民文学出版社一九八二年初版梓行，因其校对下过功夫，注释精善，是中国大陆目前的权威版本。我在讲课时，同时也参照桂冠版，因此有机会把两个版本——一个以“庚辰本”为底本，一个以“程乙本”为底本的《红楼梦》仔细对照了一次。我比较两个版本，完全以小说艺术、美学观点来衡量。我发觉“庚辰本”有不少大大小小的问题需要厘清，今举其大端：

人物形象

例一，尤三姐。

《红楼梦》次要人物榜上，尤三姐独树一帜，最为突出，可以说是曹雪芹在人物刻画上一大异彩。在描述过十二金钗、众丫鬟等人后，小说中段，尤氏姐妹二姐、三姐登场，这两个人物横空而出，从第六十四回至六十九回，六回间二尤的故事多姿多彩，把《红楼梦》的剧情又推往另一个高潮。尤二姐柔顺，尤三姐刚烈，这是作者有意设计出来一对强烈对比的人物。二姐与姐夫贾珍有染，后被贾琏收为二房。三姐“风流标致”，贾珍亦有垂涎之意，但她不似二姐随和，因而不敢造次。第六十五回，贾珍欲勾引三姐，贾琏在一旁怂恿，未料却被三姐将两人指斥痛骂一场。这是《红楼梦》写得最精彩、最富戏剧性的片段之一，三姐声容并茂，活跃于纸上。但“庚辰本”这一回却把尤三姐写成了一个水性淫荡之人，早已失足于贾珍，这完全误解了作者有意把三姐塑造成贞烈女子的企图。“庚辰本”如此描写：

> 当下四人一处吃酒。尤二姐知局，便邀他母亲说:“我怪怕的，妈同我到那边走走来。”尤老也会意，便真个同他出来，只剩小丫头们。贾珍便和三姐挨肩擦脸，百般轻薄起来。小丫头子们看不过，也都躲了出去，凭他两个自在取乐，不知作些什么勾当。

这里尤二姐支开母亲尤老娘，母女二人好像故意设局让贾珍得逞，与三姐狎昵。而刚烈如尤三姐竟然随贾珍“百般轻薄”、“挨肩擦脸”，连小丫头们都看不过，躲了出去。这一段把三姐糟蹋得够呛，而且文字拙劣，态度轻浮，全然不像出自原作者曹雪芹之笔。“程乙本”这一段这样写：

> 当下四人一处吃酒。二姐儿此时恐怕贾琏一时走来，彼此不雅，吃了两钟酒便推故往那边去了。贾珍此时也无可奈何，只得看着二姐儿自去，剩下尤老娘和三姐儿相陪。那三姐儿虽向来也和贾珍偶有戏言，但不似他姐姐那样随和儿，所以贾珍虽有垂涎之意，却也不肯造次了，致讨没趣。况且尤老娘在旁边陪着，贾珍也不好意思太露轻薄。

尤二姐离桌是有理由的，怕贾琏闯来看见她陪贾珍饮酒，有些尴尬，因为二姐与贾珍有过一段私情。这一段“程乙本”写得合情合理，三姐与贾珍之间，并无勾当。如果按照“庚辰本”，贾珍百般轻薄，三姐并不在意，而且还有所逢迎，那么下一段贾琏劝酒，企图拉拢三姐与贾珍，三姐就没有理由，也没有立场，暴怒起身，痛斥二人，《红楼梦》这一幕最精彩的场景也就站不住脚了。后来柳湘莲因怀疑尤三姐不贞，索回聘礼鸳鸯剑，三姐羞愤用鸳鸯剑刎颈自杀。如果三姐本来就是水性妇人，与姐夫贾珍早有私情，那么柳湘莲怀疑她乃“淫奔无耻之流”并不冤枉，三姐就更没有自杀以示贞节的理由了。那么尤三姐与柳湘莲的爱情悲剧也就无法自圆其说。尤三姐是烈女，不是淫妇，她的惨死才博得读者的同情。“庚辰本”把尤三姐这个人物写岔了，这绝不是曹雪芹的本意，我怀疑恐怕是抄书的人动了手脚。

例二，芳官。

芳官是大观园众伶人中最重要的一个，她被分发到怡红院，甚得宝玉宠爱。芳官活泼、调皮，还有几分刁钻。她长得又好，“面如满月犹白，眼似秋水还清”。贾母点戏，命她唱《牡丹亭》中的《寻梦》，扮演杜丽娘，是个色艺双全的角色。第六十三回，“寿怡红群芳开夜宴”，曹雪芹下重彩如此描写芳官：

> 穿着一件玉色红青驼绒三色缎子拼的水田小夹袄，束着一条柳绿汗巾；底下是水红洒花夹裤，也散着裤腿。头上齐额编着一圈小辫，总归至顶心，结一根粗辫，拖在脑后，右耳根内只塞着米粒大小的一个小玉塞子，左耳上单一个白果大小的硬红镶金大坠子……

芳官这一身打扮活色生香，可是同一回“庚辰本”突然来上一大段，宝玉命芳官改装，将她“周围的短发剃了去，露出碧青头皮来”，把她改装成一个小厮，并给她取一个番名“耶律雄奴”，一下子杜丽娘变成了一个小匈奴。而且大观园里众姐妹纷纷效尤，湘云把葵官扮成了小子，叫她“韦大英”，李纨、探春把荳官变成了小童，叫她“荳童”。这一段有点莫名其妙，宝玉本来就偏爱女孩儿，“见了男子便觉浊臭逼人”，怎舍得把他怜惜的芳官改变成男装，取个怪诞的“犬戎名姓”。其他姐妹也绝不会如此戏弄跟随他们的小伶人。“程乙本”没有这一段。

例三，晴雯。

第七十七回“俏丫鬟抱屈夭风流”写晴雯之死，是《红楼梦》全书最动人的章节之一。晴雯与宝玉的关系非比一般，她在宝玉的心中地位可与袭人分庭抗礼，在第三十一回“撕扇子作千金一笑”、第五十二回“勇晴雯病补孔雀裘”中，两人的感情有细腻的描写。晴雯貌美自负，“水蛇腰，削肩膀儿，眉眼像林妹妹”，可是“心比天高，身为下贱，风流灵巧招人怨”，后来遭谗被逐出大观园，含冤而死。临终前宝玉到晴雯姑舅哥哥家探望她，晴雯睡在芦席土炕上：

> 幸而被褥还是旧日铺盖的，心内不知自己怎么才好，因上来含泪伸手，轻轻拉他，悄唤两声。当下晴雯又因着了风，又受了哥嫂的歹话，病上加病，

嗽了一日，才朦胧睡了。忽闻有人唤他，强展双眸，一见是宝玉，又惊又喜，又悲又痛，一把死攥住他的手，哽咽了半日，方说道："我只道不得见你了！"接着便嗽个不住。宝玉也只有哽咽之分。晴雯道："阿弥陀佛！你来得好，且把那茶倒半碗我喝。渴了半日，叫半个人也叫不着。"宝玉听说，忙拭泪问："茶在那里？"晴雯道："在炉台上。"宝玉看时，虽有个黑煤乌嘴的吊子，也不像个茶壶。只得桌上去拿一个碗，未到手内，先闻得油膻之气。宝玉只得拿了来，先拿些水，洗了两次，复用自己的绢子拭了，闻了闻，还有些气味，没奈何，提起壶来斟了半碗，看时，绛红的，也不大像茶。晴雯扶枕道："快给我喝一口罢！这就是茶了。那里比得咱们的茶呢！"宝玉听说，先自己尝了一尝，并无茶味，咸涩不堪，只得递给晴雯。只见晴雯如得了甘露一般，一气都灌下去了。

这一段宝玉目睹晴雯悲惨处境，心生无限怜惜，写得细致缠绵，语调哀惋，可是"庚辰本"下面突然接上这么一段：

宝玉心下暗道："往常那样好茶，他尚有不如意之处；今日这样。看来，可知古人说的'饱饫烹宰，饥餍糟糠’，又道是‘饭饱弄粥’，可见都不错了。”

这段有暗贬晴雯之意，语调十分突兀。此时宝玉心中只有疼怜晴雯之分，那里还舍得暗暗批评她！这几句话，破坏了整节的气氛，根本不像宝玉的想法，看来倒像手抄本脂砚斋等人的评语，被抄书的人把这些眉批、夹批抄入正文中去了。“程乙本”没有这一段，只接到下一段：

宝玉看着，眼中泪直流下来，连自己的身子都不知为何物了……

例四，秦钟。

秦钟是《红楼梦》中极少数受宝玉珍惜的男性角色，两人气味相投，惺惺相惜，同进同出，关系亲密。秦钟夭折，宝玉奔往探视，“庚辰本”中秦钟临终竟留给宝玉这一段话：

“以前你我见识自为高过世人，我今日才知误了。以后还该立志功名，以荣耀显达为是。”

这段临终忏悔，完全不符秦钟这个人物的个性口吻，破坏了人物的统一性。秦钟这番老气横秋、立志功名的话，恰恰是宝玉最憎恶的。如果秦钟真有这番利禄之心，宝玉一定会把他归为“禄蠹”，不可能对秦钟还思念不已。再深一层，秦钟这个人物在《红楼梦》中又具有象征意义，秦钟与“情种”谐音，第五回贾宝玉游太虚幻境，听警幻仙姑《红楼梦》曲子第一支〔红楼梦引子〕:“开辟鸿蒙，谁为情种？”“情种”便成为《红楼梦》的关键词，秦钟与姐姐秦可卿其实是启发贾宝玉对男女动情的象征人物，两人是“情”的一体两面。“情”是《红楼梦》的核心。秦钟这个人物象征意义的重要性不言而喻。“庚辰本”中秦钟临终那几句“励志”遗言，把秦钟变成了一个庸俗“禄蠹”，对《红楼梦》有主题性的伤害。“程乙本”没有这一段，秦钟并未醒转留言。“脂本”多为手抄本，抄书的人不一定都有很好的学识见解，“庚辰本”那几句话很可能是抄书者自己加进去的。作者曹雪芹不可能制造这种矛盾。

明显错误

以“绣春囊事件”为例说明。

第七十四回“惑奸谗抄检大观园”，“庚辰本”有一处严重错误。绣春囊事件引发了抄检大观园，凤姐率众抄到迎春处，在迎春的丫鬟司棋箱中查出一个“字帖儿”，上面写道：

上月你来家后，父母已察觉你我之意。但姑娘未出阁，尚不能完你我之心愿。若园内可以相见，你可托张妈给一信息。若得在园内一见，倒比来家得说话，千万，千万。再所赐香袋二个，今已查收外，特寄香珠一串，略表我心。千万收好。表弟潘又安拜具。

司棋与潘又安是姑表姐弟，两人青梅竹马，长大后二人互相已心有所属，第七十一回“鸳鸯女无意遇鸳鸯”，司棋与潘又安果然如帖上所说夜间到大观园中幽会被鸳鸯撞见。绣春囊本是潘又安赠给司棋的定情物，“庚辰本”的字帖上写反了，写成是司棋赠给潘又安的，而且变成两个。司棋不可能弄个绣有“妖精打架”春宫图的香囊给潘又安，必定是潘又安从外面坊间买来赠予司棋的。“程乙本”的帖上如此写道：

再所赐香珠二串，今已查收。外特寄香袋一个，略表我心。

绣春囊是潘又安给司棋的，司棋赠给潘又安则是两串香珠。绣春囊事件是整本小说的重大关键，引发了抄查大观园，大观园由是衰颓崩坏，预示了贾府最后被抄家的命运。像绣春囊如此重要的物件，其来龙去脉，绝对不可以发生错误。

自“程高本”出版以来，争议未曾断过，主要是对后四十回的质疑批评。争论分两方面，一是质疑后四十回的作者。长期以来，几个世代的红学专家都认定后四十回乃高鹗所续，并非曹雪芹的原稿。因此也就引起一连串的争论：后四十回的一些情节不符合曹雪芹的原意、后四十回的文采风格远不如前八十回，这样那样，后四十回遭到各种攻击，有的言论走向极端，把后四十回数落得一无是处，高鹗续书变成了千古罪人。我对后四十回一向不是这样的看法。我还是完全以小说创作、小说艺术的观点来评论后四十回。首先我一直认为后四十回不太可能是另一位作者的续作，世界经典小说，还没有一本是由两位或两位以上作者合写而成的例子。《红楼梦》人物情节发展千头万绪，后四十回如果换一个作者，怎么可能把这些无数根长长短短的线索一一理清接榫，前后成为一体。例如人物性格语调的统一就是一个大难题。贾母在前八十回和后四十回中绝对是同一个人，她的举止言行前后并无矛盾。第一百零六回“贾太君祷天消祸患”，把贾府大家长的风范发挥到极致，老太君跪地求天的一幕，令人动容。后四十回只有拉高贾母的形象，并没有降低她。

《红楼梦》是曹雪芹带有自传性的小说，是他的《追忆似水年华》，全书充满了对过去繁华的追念，尤其后半部写贾府的衰落，可以感受到作者的哀悯之情，跃然纸上，不能自已。高鹗与曹雪芹的家世大不相同，个人遭遇亦迥异，似乎很难由他写出如此真挚的个人情感来。近年来红学界已经有越来越多的学者相信高鹗不是后四十回的续书者，后四十回本来就是曹雪芹的原稿，只是经过高鹗与程伟元整理过罢了。其实在“程甲本”程伟元序及“程乙本”程伟元与高鹗引言中早已说得清楚明白，后四十回的稿子是程伟元搜集得来，与高鹗“细加厘剔，截长补短”修辑而成，引言又说“至其原文，未敢臆改”。在其他铁证还没有出现以前，我们就姑且相信程伟元、高鹗说的是真话吧。

至于不少人认为后四十回文字功夫、艺术成就远不如前八十回，这点我绝不敢苟同。后四十回的文字风采、艺术价值绝对不输前八十回，有几处可能还有过之。《红楼梦》前大半部是写贾府之盛，文字当然应该华丽，后四十回是写贾府之衰，文字自然比较萧疏，这是应情节的需要，而非功力不逮。其实后四十回写得精彩异常的场景真还不少。试举一两个例子：宝玉出家、黛玉之死。这两场是全书的关键，可以说是《红楼梦》的两根柱子，把整本书像一座大厦牢牢撑住。如果两根柱子折断，《红楼梦》就会像座大厦轰然倾颓。

第一百二十回宝玉出家，那几个片段的描写是中国文学中的一座峨峨高峰。宝玉光头赤足，身披大红斗篷，在雪地里向父亲贾政辞别，合十四拜，然后随着一僧一道飘然而去，一声禅唱，归彼大荒，落了片白茫茫大地真干净。《红楼梦》这个画龙点睛式的结尾，恰恰将整本小说撑了起来，其意境之高、其意象之美，是中国抒情文字的极致。我们似乎听到禅唱声充满了整个宇宙，天地为之久低昂。宝玉出家，并不好写，而后四十回中的宝玉出家，必然出自大家手笔。

第九十七回“林黛玉焚稿断痴情”，第九十八回“苦绛珠魂归离恨天”，这两回写黛玉之死又是另一座高峰，是作者精心设计、仔细描写的一幕摧人心肝的悲剧。黛玉夭寿、泪尽人亡的命运，作者明示暗示，早有铺排，可是真正写到苦绛珠临终一刻，作者须煞费苦心，将前面铺排累积的能量一股脑儿全部释放出来，达到震撼人心的效果。作者十分聪明地用黛玉焚稿比喻自焚，林黛玉本来就是“诗魂”，焚诗稿等于毁灭自我，尤其黛玉将宝玉所赠的手帕（上面题有黛玉的情诗）一并掷入火中，手帕是宝玉用过的旧物，是宝玉的一部分，手帕上斑斑点点还有黛玉的泪痕，这是两个人最亲密的结合，两人爱情的信物。如今黛玉如此决绝将手帕扔进火里，霎时间，弱不禁风的林黛玉形象突然暴涨成为一个刚烈如火的殉情女子。手帕的再度出现，体现了曹雪芹善用草蛇灰线、伏笔千里的高妙手法。

后四十回其实还有其他许多亮点：第八十二回“病潇湘痴魂惊恶梦”、第八十七回“感秋声抚琴悲往事”，妙玉、宝玉听琴；第一百零八回“死缠绵潇湘闻鬼哭”，宝玉泪洒潇湘馆；第一百一十三回，“释旧憾情婢感痴郎”，宝玉向紫鹃告白。

张爱玲极不喜欢后四十回，她曾说一生中最感遗憾的事就是曹雪芹写《红楼梦》只写到八十回没有写完。而我感到这一生中最幸运的事情之一，就是能够读到程伟元和高鹗整理出来的一百二十回全本《红楼梦》，这部震古烁今的文学经典巨作。

《红楼梦》的版本众多，“程乙本”是其中最重要的版本之一，应当受到重视。但“程乙本”前八十回有许多与现存手抄“脂本”相异的地方，常为人诟病，认为是程伟元、高鹗擅自更改，但程高时期的手抄本，比现存十二种要多，“程乙本”的异文也有可能是依照当时未能传存下来的抄本更动的。

此次台湾时报出版社不惜重金将以“程乙本”为底本的桂冠版《红楼梦》重印发行（大陆版即将由广西师范大学出版社出版），这是红学界一件大事。这套书装帧美轮美奂，相信会受到爱好《红楼梦》的读者热烈欢迎。

二〇一六年六月十四日

抢救尤三姐的贞操

《红楼梦》程乙本与庚辰本之比较

《红楼梦》第六十三回至六十九回，尤氏两姐妹尤二姐、尤三姐的故事，横空而出，替《红楼梦》掀起另一波高潮。小说情节至此已进行到一半，主要人物都已出场，尤其是一些女性角色，金陵十二钗、贾府大小丫鬟，甚至梨香院的小伶人，个个都刻画得有棱有角，多姿多彩，而且面貌鲜明，各具个性。没料到此时突然间，红楼二尤登场，短短几回，两人的悲剧下场，写得动人心弦，让读者留下不可磨灭的印象，而尤二姐、尤三姐立于众多次要人物群里，出类拔萃，在《红楼梦》中稳稳占有一席之地。

曹雪芹塑造人物最常用的是对比手法，黛玉与宝钗、晴雯与袭人、宝玉与贾政，以此类推，凤姐与李纨、探春与迎春等等，人物个性，强烈反差，形成种种对衬，角色互补，相生相克，使得《红楼梦》的人物关系复杂而有趣。曹雪芹塑造尤二姐、尤三姐本意，亦是如此。尤二姐柔顺软弱，尤三姐刚强贞烈，这两姐妹的性格迥然不同，形成一对强烈对比的人物。可是就在尤三姐的形象个性上，《红楼梦》的两个最流行的版本程乙本与庚辰本却有着严重的分歧，以致影响到情节发展的逻辑。

尤氏姐妹的母亲尤老娘是宁国府贾珍之妻尤氏的继母，出身寒微，嫁进尤家时，是带着两个女儿二姐、三姐过来的，二姐、三姐也就是俗称的“拖油瓶”，家庭社会地位不高。尤老娘一门三口平时还得依靠宁国府贾珍的接济过日子，算是贾家的穷亲戚。可是尤氏姐妹却是一对天生丽质的绝色佳人，宝玉口中的“尤物”。这就使风流成性的贾珍对这两个小姨子起了邪念。二姐水性，很早便跟姐夫有染，可是三姐个性却不好相与，贾珍虽然对三姐垂涎，但不敢轻举妄动，怕自讨没趣，所以三姐始终保持清白，未让姐夫玷污——这是程乙本对尤三姐的描述；可是庚辰本却完全相反，把尤三姐也写成了一个水性杨花的女子，虽然个性比她姐姐刚烈，却照样被姐夫贾珍弄到手，而且有一节形容她当着丫鬟们任由贾珍狎昵调戏，肆无忌惮。庚辰本既然把尤三姐定性为“淫妇”，这样往下六十五、六十六回有关尤三姐的情节便产生了极大的内在矛盾，逻辑上出了问题，严重影响小说情节发展的一贯性。

第六十三回贾敬服金丹身亡，尤氏把尤老娘及二姐、三姐接到宁国府帮忙料理丧事。贾蓉听说两个姨娘来了，便忙赶过去欲跟她们厮混，原来贾蓉跟尤二姐也有情，贾珍父子有“聚麀”之诮。这是尤二姐、尤三姐头一次出场，可是程乙本与庚辰本对尤三姐一开始便有了不同的写法。

贾蓉一到便跟二姐调笑：

> “二姨娘，你又来了？我父亲正想你呢。”

二姐红了脸，骂了几句：

> 说着顺手拿起一个熨斗来，兜头就打，吓的贾蓉抱着头，滚到怀里告饶。尤三姐便转过脸去，说道：“等姐姐来家再告诉她！”（程乙本）

庚辰本却是这样接的：

> 尤三姐便上来撕嘴，又说：“等姐姐来家，咱们告诉他。”贾蓉忙笑着跪在炕上求饶，他两个又笑了。

贾蓉又和他二姨娘抢砂仁吃：

那二姐儿嚼了一嘴渣子，吐他一脸，贾蓉用舌头都舔着吃了。

接着贾蓉信口开河，胡言乱语，把贾琏和凤姐的阴私都揭露出来，尤三姐这下实在看不过去了：

三姐儿沉了脸，早下炕进里间屋里，叫醒尤老娘。（程乙本）

庚辰本没有这一段。

按程乙本这一节写贾蓉下流，二姐轻浮，而三姐看不惯二姐、贾蓉，姨娘外甥两人嬉闹无度，对贾蓉不假辞色，沉下脸来；而庚辰本却把三姐也拖进去这场姨娘外甥的“乱伦”游戏，跟贾蓉打打闹闹起来。

浪荡子贾琏勾动了尤二姐，把她娶为二房，金屋藏娇，新房就设在宁国府后面的花枝巷里。第六十五回：

贾二舍偷娶尤二姨

尤三姐思嫁柳二郎

是《红楼梦》写红楼二尤最精彩的一回。

一日贾珍趁着贾琏不在新屋，来探望二姐、三姐。其实贾珍对上过手的二姐已经厌倦，这时目标转向三姐。二姐命人备下酒馔，尤老娘、三姐作陪，款待贾珍，庚辰本下面这一段，对三姐的描述，至为关键：

> 当下四人一处吃酒。尤二姐知局，便邀他母亲说："我怪怕的，妈同我到那边走走来。"尤老也会意，便真个同他出来，只剩小丫头们。贾珍便和三姐挨肩擦脸，百般轻薄起来。小丫头子们看不过，也都躲了出去，凭他两个自在取乐，不知作些什么勾当。

庚辰本这一段把二姐、三姐都写坏了。二姐虽然举止有点轻浮，但基本上是一个心地善良的女孩子，尤其关心她妹妹的前途归宿，不会在这里设局把母亲调开，制造机会让贾珍狎玩她的妹子。三姐在这里更加写成了"浮花浪蕊"，跟贾珍"挨肩擦脸"，任由贾珍"百般轻薄"，连小丫头们都看不过，躲了出去，"凭他两个自在取乐，不知作些什么勾当。"庚辰本把尤三姐形容得如此不堪，将曹雪芹原本把三姐塑造成"烈女"的形象，完全毁损。

程乙本这段描写不是这样：

当下四人一处吃酒。二姐儿此时恐怕贾琏一时走来，彼此不雅，吃了两钟酒便推故往那边去了。贾珍此时也无可奈何，只得看着二姐儿自去。剩下尤老娘和三姐儿相陪。那三姐儿虽向来也和贾珍偶有戏言，但不似她姐姐那样随和儿，所以贾珍虽有垂涎之意，却也不肯造次了，致讨没趣。况且尤老娘在旁边陪着，贾珍也不好意思太露轻薄。

程乙本这一段写得合情合理，尤二姐自己离席是有理由的，因为她之前与贾珍有染，怕贾琏闯来看见她陪贾珍饮酒，情况尴尬，有碍贾琏面子，可见二姐还有羞耻心，为她丈夫着想。而此处三姐与贾珍并无勾当，因为三姐的脾气“不随和”，贾珍不敢轻举妄动，怕讨没趣，何况尤老娘还在场。

庚辰本特意将尤三姐塑造成一个浪荡女子，这就跟下面的情节发展起了严重的矛盾冲突。

贾琏回来，发觉贾珍偷偷来访，二姐向贾琏告白，讲了一番肺腑之言，并忧心三姐的未来。贾琏自告奋勇，干脆走过西院去公开撮合贾珍与三姐，“索性大家吃个杂会汤”。

程乙本下面这几段，是《红楼梦》中写得最精彩、最戏剧化的情节之一：

贾琏便推门进去，说：“大爷在这里呢，兄弟来请安。”

贾珍听是贾琏的声音，唬了一跳，见贾琏进来，不觉羞惭满面。尤老娘也觉不好意思。贾琏笑道：“这有什么呢！咱们弟兄，从前是怎么样来？大哥为我操心，我粉身碎骨，感激不尽。大哥要多心，我倒不安了。从此，还求大哥照常才好；不然兄弟宁可绝后，再不敢到此处来了。”说着便要跪下，慌得贾珍连忙搀起来，只说：“兄弟怎么说，我无不领命。”贾琏忙命人：“看酒来，我和大哥吃两杯。”因又笑嘻嘻向三姐儿道：“三妹妹为什么不合大哥吃个双钟儿？我也敬一杯，给大哥合三妹妹道喜。”

贾琏和贾珍两人唱双簧、演相声，尤三姐看在眼里，心中早已火冒三丈，经贾琏这样一挑逗，便发作了：

三姐儿听了这话，就跳起来，站在炕上，指着贾琏冷笑道：“你不用和我‘花马掉嘴’的！咱们‘清水下杂面——你吃我看’，‘提着影戏人子上场儿——好歹别戳破这层纸儿’。你别糊涂油蒙了心，打量我们不知道你府上的事呢！这会子花了几个臭钱，你们哥儿俩，拿着我们姊妹两个权当粉头来取乐儿，你们就打错了算盘了！我也知道你那老婆太难缠。如今把我姐姐拐了来做二房，‘偷来的锣鼓儿打不得’。我也要会会这凤奶奶去，看他是几个脑袋？几只手？若大家好取和儿便罢；倘若有一点叫人过不去，我有本事先把你两个的牛黄狗宝掏出来，再和那泼妇拼了这条命！喝酒怕什么？咱们就喝！”说着自己拿起壶来，斟了一杯，自己先喝了半盏，揪过贾琏来就灌，说：“我倒没有和你哥哥喝过，今儿倒要和你喝一喝，咱们也亲近亲近。”吓得贾琏酒都醒了。贾珍也不承望三姐儿这等拉得下脸来。兄弟两个本是风流场中耍惯的，不想今日反被这个女孩儿一席话说得不能搭言。

这一大段作者曹雪芹让他笔下的人物尤三姐尽情表演。三姐痛斥贾珍贾琏兄弟，音容并茂，铿锵有声，可能是《红楼梦》中最富戏剧张力的一段，三姐为了保持自己的尊严，拉下脸来，逼住贾珍、贾琏两个风流老手，不敢轻举妄动。三姐把贾珍、贾琏狠狠数落了一番：斥骂他们仗势欺人，花了几个臭钱，把她们姐妹权当粉头来取乐。曹雪芹批评贾府几个主子荒淫无度，从不直接指摘，总是借着旁人的口来褒贬评论，有名的例子是焦大口中“爬灰的爬灰，养小叔子的养小叔子”。柳湘莲：“你们东府里，除了那两个石头狮子干净罢了！”贾府资深保母赖嬷嬷批评贾珍：“他自己也不管一管自己，这些兄弟侄儿怎么怨得不怕他？”尤三姐对贾珍贾琏的斥责，也有异曲同工之妙。这些都是对贾府道德败坏的批判，贾府后来被抄家败落，与贾珍等人不伦的行为也有关连。但尤三姐痛斥贾珍、贾琏这段情节的成立，有一个前提：尤三姐必须是清白的，与姐夫未曾有过苟且之事。如果像庚辰本先入为主，把三姐描述成一个随便可让贾珍“百般轻薄”的“淫妇”,三姐便没有立场在此处理直气壮地把贾珍、贾琏骂得狗血喷头。如果三姐真的曾被贾珍玩弄过，以贾珍的大爷脾气，绝不容许这样一个失过足的“淫妇”任意辱骂。这一节跟庚辰本的假设前提，有很大矛盾，不合逻辑。

曹雪芹的心思如此缜密，绝不会犯下人物与情节产生严重矛盾的错误。很可能是庚辰本抄书的人动了手脚，擅自把尤三姐从烈女改成了淫妇，但这关键的一节又没有改写，所以留下了前后兜不拢的矛盾。

下面一节形容三姐酒后放浪，镇住贾珍、贾琏，程乙本亦写得十分精彩：

> 只见这三姐索性卸了妆饰，脱了大衣服，松松的挽个鬈儿；身上穿着大红小袄，半掩半开的，故意露出葱绿抹胸，一痕雪脯；底下绿裤红鞋，鲜艳夺目；忽起忽坐，忽喜忽嗔，没半刻斯文，两个坠子就和打秋千一般；灯光之下越显得柳眉笼翠，檀

口含丹；本是一双秋水眼，再吃了几杯酒，越发横波入鬓，转盼流光：真把那珍琏二人弄得欲近不敢，欲远不舍，迷离恍惚，落魄垂涎。再加方才一席话，直将二人禁住。弟兄两个竟全然无一点儿能为，别说调情斗口齿，竟连一句响亮话都没有了。三姐自己高谈阔论，任意挥霍，村俗流言，洒落一阵，由着性儿拿他弟兄二人嘲笑取乐。一时，他的酒足兴尽，更不容他弟兄多坐，竟撵出去了，自己关门睡去了。

庚辰本在描写这一段，有相当大的差别：

这尤三姐松松挽着头发，大红袄子半掩半开，露着葱绿抹胸，一痕雪脯。底下绿裤红鞋，一对金莲或翘或并，没半刻斯文。两个坠子却似打秋千一般，灯光之下，越显得柳眉笼翠雾，檀口点丹砂。本是一双秋水眼，再吃了酒，又添了饧涩淫浪，不独将他二姊压倒，据珍琏评去，所见过的上下贵贱若干女子，皆未有此绰约风流者。二人已酥麻如醉，不禁去招他一招，他那淫态风情，反将二人禁住。那尤三姐放出手眼来略试了一试，他弟兄两个竟全然无一点别识别见，连口中一句响亮话都没了，不

> 过是酒色二字而已。自己高谈阔论，任意挥霍洒落一阵，拿他弟兄二人嘲笑取乐，竟真是他嫖了男人，并非男人淫了他。一时他的酒足兴尽，也不容他弟兄多坐，撵了出去，自己关门睡去了。

程乙本此处虽然把尤三姐的万种风情写得淋漓尽致，但作者的态度对他塑造的人物，基本上是尊重的，没有半点亵渎贬抑的意味。可是庚辰本因为一直要把尤三姐写成“淫妇”，所以直接用“淫浪”、“淫态”来标示她，说她“竟真是他嫖了男人，并非男人淫了他”。庚辰本这一段，格调不高，不能不教人怀疑，抄书人加了许多“淫辞”在里面。

接着程乙本更进一步描画三姐：

> 这尤三姐天生脾气，和人异样诡僻。只因他的模样儿风流标致，他又偏爱打扮得出色，另式另样，做出许多万人不及的风情体态来。那些男子们，别说贾珍贾琏这样风流公子，便是一班老到人，铁石心肠，看见了这般光景，也要动心的。及至到他跟前，他那一种轻狂豪爽、目中无人的光景，早又把人的一团高兴逼住，不敢动手动脚。

至此，程乙本把尤三姐的风情体态以及倾倒众生的吸引力，作了一番全面的刻画，同时更突出她“轻狂豪爽，目中无人，令人不敢招惹”的高傲个性。

但这些都是对尤三姐的正面评价。而庚辰本一直到底对尤三姐都是暗含贬意的负面描述：

> 谁知这尤三姐天生脾气不堪，仗着自己风流标致，偏要打扮的出色，另式作出万人不及的淫情浪态来，哄的男人们垂涎落魄，欲近不能，欲远不舍，迷离颠倒，他以为乐。

尤三姐自此以后，一点不顺心，便将贾珍、贾琏、贾蓉三人厉言痛骂一顿，说他们爷儿三个诓骗她们寡妇孤女，而且天天挑穿拣吃，“打了银的，又要金的；有了珠子，又要宝石；吃着肥鹅，又宰肥鸭；或不趁心，连桌一推；衣裳不如意，不论绫缎新整，便用剪子铰碎，撕一条，骂一句。究竟贾珍等何曾随意了一日，反花了许多昧心钱。”

尤二姐跟母亲看不过去，十分相劝，尤三姐反而说：

> 姐姐糊涂！咱们金玉一般的人，白叫这两个现世宝沾污了去，也算无能！而且他家现放着个极厉害的女人，如今瞒着，自然是好的，倘或一日他知道了，岂肯干休？势必有一场大闹。你二人不知谁

生谁死，这如何便当作安身乐业的去处？

三姐自比金玉，可见她自负自尊，她是不值她姐姐委曲嫁给贾琏做二房。尤家虽然寒微，但亦是正经门户，一般说不肯将闺女被人收为姨娘，何况贾琏家里放着个“极厉害的女人”。三姐看得明白，这绝非安居乐业之地。所以她责怪她姐姐“糊涂”。后来果然尤二姐被凤姐诓进贾府，折磨至死。

二姐看着三姐如此闹法，也不是事，便与贾琏商量，替三姐下聘，找一归宿，二姐备下了酒，特请她妹妹过来和母亲上坐。程乙本下面这一段三姐自白，写得辛酸，把三姐这个人物完全人性化了：

> 刚斟上酒，也不用他姐姐开口，便先滴泪说道：“姐姐今儿请我，自然有一番大道理要说；但只我也不是糊涂人，也不用絮絮叨叨的。从前的事，我已尽知了，说也无益！既如今姐姐也得了好处安身，妈妈也有了安身之处，我也要自寻归结去，才是正礼。但终身大事，一生至一死，非同儿戏。向来人家看着咱们娘儿们微息，不知都安着什么心！我所以破着没脸，人家才不敢欺负。这如今要办正事，不是我女孩儿家没羞耻，必得我拣个素日可心如意

的人，才跟他。要凭你们拣择，虽然有钱有势的，我心里进不去，白过了这一世了！”

三姐看着二姐跟母亲有了定所，虽然她明知那是个火坑，但也不能多说什么了，自己在姐姐家已待不下去，须要找个归宿，她终于向姐姐、母亲说出她的心里话：向来人家看轻她们孤女寡母，无所凭借，任意打她们姐妹的主意，所以她才不顾颜面，放刁撒泼，人家不敢欺负，她在男人面的放浪行为，并非她不知羞耻，也是逼不得已。三姐到底是个非凡女子，婚姻一事，坚持自己择偶。当时女儿家是不作兴自己选夫婿的。这也说明三姐是一个敢爱敢恨的人。她看上了柳湘莲。五年前三姐一家到外祖母家拜寿，柳湘莲跟一班好人家子弟在唱戏，柳湘莲扮小生。其实柳湘莲也是世家子，年轻貌美，生性放任不羁，不拘世俗，亦是个特立独行的人。三姐一见钟情。对她姐夫贾琏这样说：

“若有了姓柳的来，我便嫁他。从今儿起，我吃长斋念佛，伏侍母亲，等来了嫁了他去；若一百年不来，我自己修行去了。”说着将头上一根玉簪拔下来，磕作两段，说：“一句不真，就合这簪子一样！”说着，回房去了，真个竟“非礼不动，非礼不言”起来。

这就是尤三姐刚烈绝决的个性，最后把她引上悲剧的结果。贾琏好不容易找到柳湘莲，向他索了聘礼，一把家传的鸳鸯剑。三姐把剑挂在自己绣房床上，每日望着剑，自喜终身有靠。可是当柳湘莲回来打听到尤三姐是贾珍的小姨子时，登时起了疑心，向宝玉说出了他的名言："你们东府里，除了那两个石头狮子干净罢了！"柳湘莲去向贾琏索回聘礼，贾琏还要跟他理论时，尤三姐好不容易等了他来，今忽见反悔，便知他在贾府中听了什么话来，把自己当作淫奔无耻之流，不屑为妻，"连忙摘下剑来，将一股雌锋隐在肘后，出来便说：'你们也不必出去再议，还你的定礼！'一面泪如雨下，左手将剑并鞘送给湘莲，右手回肘，只往项上一横。"尤三姐以死表明自己的贞节，维持了她最后的尊严。庚辰本把尤三姐描写成早已失足于姐夫贾珍的"淫妇"，在这一节上，又起了严重的矛盾，如果三姐果然与贾珍有染，那么柳湘莲怀疑她乃"淫奔无耻之流"并不冤枉，尤三姐便没有立场自刎了，她的死没有必要，也就毫无意义。庚辰本把尤三姐写岔了，人物与情节发展起了冲突，逻辑上出了问题，尤三姐这个人物变得性格不统一，忽儿刚烈，忽儿淫荡，使得小说情节发展无所适从。

读者对尤三姐的形象性格也就捉摸不定了，整个尤三姐的故事便受了影响，有了瑕疵。当然尤三姐不是不可以写成淫妇，那么她痛斥贾珍、贾琏那一章节就必须重写，而且三姐的结局也不能自杀以示清白。事实上《红楼梦》中尤三姐在程乙本里，她是一个写得极出彩的角色，三姐美艳超群，潇洒不羁，性情刚烈，不畏权势，她敢面斥贾氏兄弟，对情的追求一往而深，执著绝决，当她痴心以待的人对她的贞操起了疑心时，她当场自刎以表清白，死得轰轰烈烈。尤三姐是烈女，不是淫妇，她受冤屈而亡的悲剧下场才能得到读者的同情。这也应该是作者曹雪芹的原意，《红楼梦》中作者曹雪芹创造了一系列为情殉身的烈女，林黛玉、晴雯、司棋，尤三姐也应该归入这个行伍，弱不禁风的林黛玉最后焚稿断痴情，亦自有她一番悲壮。这些人物都属于第一回中茫茫大士所称的“这一干风流孽鬼”下世，到人间去历劫的。尤三姐的故事占的篇幅不多，但牵动颇大，柳湘莲因三姐之死，勘破红尘，遁入了空门。柳湘莲出家也遥遥指引了宝玉最后大出离的结局。其实尤三姐对贾宝玉有着某种的了解，贾琏的仆人兴儿在二姐、三姐面前诋毁宝玉，说他“疯疯癫癫”，三姐马上替宝玉辩护，说他“并不糊涂”，只是一般人不懂他就是了。二姐看三姐护着宝玉，便笑道：“依你说，你两个已是情投意合了。竟把你许了他，岂不好？”连兴儿都说：“若论模样儿行为，倒是一对儿好人！”跟黛玉、晴雯一样，尤三姐也算得上是宝玉的“红颜知己”。第一百十六回“得通灵幻境悟仙缘”，宝玉重返太虚幻境，又看到登载金陵十二钗等人命运的册子，这次他了悟到原来这些人的命运遭遇都是前定，最后竟是尤三姐的鬼魂赶来一剑斩断宝玉的尘缘。

可见尤三姐这个人物在作者整个情节寓意的设计中，占了相当重要的地位。尤三姐的贞操，必须保护，以贯彻她人格的完整性。

《红楼梦》的版本问题非常复杂，大致可分两大类：一类是前八十回的手抄本，因为有脂砚斋等人的批注，简称“脂本”，迄今发现的有十二种，其中以甲戌本、己卯本、庚辰本、甲辰本、戚序本比较重要，这些抄本流行的年代大约四十年不到，从一七五四年至一七九一年，程伟元、高鹗的初次刻印本出现为止。红学大家俞平伯认为“这些抄本，无论旧抄新出都是一例的混乱”(《〈红楼梦〉八十回校本序言》)。原因是这些抄书的人，程度水平不一定很高，错误难免，有的可能因为牟利，竟擅自更改，“故意造出文字的差别来眩惑人”。

这些抄本又以庚辰本比较完整。原书名《脂砚斋重评石头记》，“庚辰”指乾隆二十五年（一七六〇年），现存抄本原为晚清状元协办大学士徐郙旧藏，一九三三年胡适从徐郙之子徐星曙处得见此抄本，撰长文《跋乾隆庚辰本〈脂砚斋重评石头记〉抄本》。一九四八年燕京大学从徐家购得庚辰抄本，现由北京大学馆藏。

庚辰本共七十八回，缺六十四、六十七两回，十七、十八两回未分开共用一个回目。现存的庚辰本并非原稿，乃后人的过录本，抄写者不止一人，现存的抄本乃有不少错讹遗漏的地方。但作为研究材料，庚辰本自有其无可取代的重要性，因为在各抄本中，其回数最多，而脂砚斋等人的各种批注竟有两千多条，这是一笔研究作者身世、创作过程等的珍贵资料。又因其年代较早，曹雪芹还在世，于是有些红学家便认为庚辰本最靠近曹雪芹的原稿，虽然曹雪芹的原稿迄今尚未面世，而且作者“增删五次”，庚辰本亦不确定靠近哪一稿。

一九八二年人民文学出版社出版以庚辰本为底本的《红楼梦》，这在《红楼梦》出版史上是一道重要的分水岭。此后在中国大陆，这个版本基本上取代了程乙本《红楼梦》，成为中国大陆最具权威的版本。这个版本经由冯其庸领衔，聚集了中国艺术研究院《红楼梦》研究所一批专家共同校订的，所以又称“《红楼梦》研究所校注本”，一共修订三次，三十多年来，销售量达七百多万册，影响了几代的读者。

乾隆五十六年（辛亥），一七九一年程伟元、高鹗整理出版木活字刻本一百二十回《新镌全部绣像红楼梦》，世称“程甲本”，翌年一七九二（壬子）又复刻修正本，世称“程乙本”。“程甲本”乃《红楼梦》首次面世的刻印全本，一时洛阳纸贵，成为后世诸刻本的祖本。相对而言，“程乙本”在当时却没有引起太大的注意，发行不广。至近世上海亚东图书馆汪原放于民国十年（一九二一）又重刻《红楼梦》，以道光十二年（一八三二）双清仙馆刊行的王希廉评本《新评绣像红楼梦》为底本，此亦属“程甲本”系统，并加新式标点，分段落。书前附胡适的《〈红楼梦〉考证》。这个版本重印了六版。可是汪原放发觉胡适收藏了一套“程乙本”，于是一九二七年汪原放又以“程乙本”为底本重刻《红楼梦》。

胡适又作了一篇《重印乾隆壬子本〈红楼梦〉序》。这个亚东版程乙本《红楼梦》因为有胡适大力推荐，一时风行海内外，港、台、新、马地区流行的《红楼梦》亦多以程乙本为主，于是程乙本《红楼梦》成了流传最广的普及本。中国大陆也要等到八十年代初，庚辰本《红楼梦》开始垄断出版界后，程乙本《红楼梦》才渐渐销声匿迹。台湾远东图书公司、启明书局等出版的《红楼梦》，基本上都是亚东版的翻版。一九八三年台湾桂冠图书公司印行了以乾隆壬子年程乙本为底本的《红楼梦》，这在《红楼梦》出版史上另立一道里程碑。桂冠版《红楼梦》的校注特别严谨，曾参校以下各个重要版本：王希廉评刻本、金玉缘本、藤花榭本、本衙藏板本、程甲本，这些都是一百二十回刻本。脂本有庚辰本、戚蓼生序本，每回后面并列有各版本比较的校记。这个版本的注释最为详备，是以启功注释本为底本，加上唐敏等人的注解，重新整理而成，书中的诗赋并有白话翻译，对于一般读者，甚有助益。我在美国加州大学圣塔芭芭拉分部教授《红楼梦》二十多年，一直采用桂冠版做教科书，桂冠版优点甚多，非常适合学生阅读。

自上世纪八十年代初，人民文学出版社出版庚辰本《红楼梦》后，这个版本的影响也跨海传到台湾来，台湾多家出版社纷纷改换版本，庚辰本在台湾亦渐渐压倒程乙本。二〇〇四年桂冠版程乙本《红楼梦》终于断版。二〇一四至二〇一五年，我应台湾大学之请，讲授《红楼梦》导读课程，共一年半三个学期，一百个钟头的时间，因为市上已无桂冠版销售，我便采用台北里仁书局出版，冯其庸等人校注的庚辰本《红楼梦》为教课本，此本即为大陆红楼梦研究所的校注本。我在授课时，同时参照桂冠版《红楼梦》，因此有机会把两个最流行的版本，一个以程乙本为底本，一个以庚辰本为底本的《红楼梦》从头到尾，仔细比对了一次。我比较两个版本，完全以小说艺术、美学观点来衡量，我发觉庚辰本作为研究本，至为珍贵，但作为普及本则有不少大大小小的问题。《红楼梦》以人物塑造多姿多彩、栩栩如生取胜，作者曹雪芹创造了一连串大大小小令人难忘的小说人物，其中次要人物又以红楼二尤——尤二姐、尤三姐的故事最为哀艳。庚辰本在好几位人物形象及性格的刻画上产生了矛盾，留下败笔。其中尤三姐一案最为严重，本文前面已有详细对照分析。其他人物如秦钟、晴雯、芳官、袭人等也有各种描述上的瑕疵，我在拙著《白先勇细说〈红楼梦〉》中都已一一指出。

《红楼梦》之所以成为中国最伟大的小说，主要还是归功于曹雪芹的文字艺术，《红楼梦》是一本集大成之书，曹雪芹继承了中国文学诗词歌赋、戏曲小说的大传统，又能样样推陈出新，《红楼梦》兼容各种文类，浑然一体，文白相兼，雅俗并存。《红楼梦》的对话艺术，巧妙无比，人物一张口，便有了生命，这是曹雪芹特有的本事，他对当时口语白话文的运用，到达炉火纯青的地步。《红楼梦》的对话，精确地标示出人物的个性、心理、身份、处境，人物都有个人化的语调、特征，凤姐是凤姐，李纨是李纨，绝不混淆。《红楼梦》写的虽然是贵族之家，但曹雪芹并不避俗，该用粗鄙言语时，一样得心应手，完全合乎人物的身份及说话场合。可是庚辰本中有几处的骂人粗口，却用得并不恰当：

例一：第二十九回

贾母率领贾府众人往清虚观打醮，观里一个十二、三岁正在剪烛的小道士，来不及躲避，一头撞到凤姐怀里。凤姐一巴掌，把那个小孩子打了一个筋斗，骂道：

> “野牛肏的，胡朝那里跑？”（庚辰本）
>
> “小野杂种！往那里跑？”（程乙本）

凤姐个性泼辣，骂脏话并不稀罕，例如她骂自己的下人兴儿、旺儿，但在清虚观里当着贾母以及贾府中上上下下的人，对一个小道士骂出“野牛肏的”这样的粗口就有失身份了，到底凤姐是贾府的少奶奶，荣国府的大管家呢，在道观里不致如此撒泼失礼，何况清虚观不比平常，住持张道士乃是荣国公贾代善的替身，皇帝封为“终了真人”，是个有地位的所在。程乙本作“小野杂种”，就没有那样突兀了。

例二：第六十五回

贾琏娶了尤二姐做二房，并在贾府后面巷子里金屋藏娇，一日贾琏的心腹跟班兴儿来请贾琏外出，二姐留下兴儿话家常。兴儿平日受尽凤姐欺压，此刻在二姐面前狠狠把凤姐数落了一顿，二姐说：“你背着他这么说他，将来背着我还不知怎么说我呢！”兴儿忙跪下赌咒发誓，尤二姐笑道：

> “猴儿肏的，还不起来呢。说句顽话，就唬的那样起来。”（庚辰本）
>
> “你这小猾贼儿，还不起来！说句玩话儿，就吓的这样儿。”（程乙本）

尤二姐的性格也许有点轻浮，跟贾琏、贾蓉打情骂俏，也会说些浮言浪语，但基本上二姐是个温柔好心肠的女子，不会撒泼放刁，尤其嫁给贾琏后，已是个姨奶奶的身份，对贾琏的心腹男佣不至于动粗口说出“猴儿肏的”这样的话，程乙本“小猾贼儿”比较像二姐的口气。

例三：第七十五回

宁国府贾敬服金丹身亡，贾珍借着居丧期间，在府内竟然引进一干游侠纨绔“放头开局，大赌起来”，薛蟠还有邢夫人的胞弟外号傻大舅的邢德全也参与其中，这晚尤氏带了丫鬟媳妇返来，停在厅外偷看。里面正值傻大舅输了钱，抱怨陪酒的两个小么儿只赶赢家不理输家，座中有一个客人问道：“方才是谁得罪了舅太爷？我们竟没有听明白。且告诉我们评评理。”邢德全把两个孩子不理的话说了一遍，那人接过来就说：“可恼！怨不得舅太爷生气。——我问你：舅太爷不过输了几个钱罢咧，并没有输掉了㞗毬，怎么你们就不理了？”说着，大家都笑起来。

尤氏在外面听了这话，悄悄的啐了一口，骂道：

“你听听，这一起没廉耻的小挨刀的，才丢了脑袋骨子，就胡吣嚼毛了，再肏攮下黄汤去，还不知吣出什么来呢。”（庚辰本）

“你听听，这一起没廉耻的小挨刀的！再灌丧

了黄汤，还不知吣出什么新样儿来呢！”（程乙本）

“肏攮”原本是“长安”郊区的方言粗口，现在沛县一带还在流行，在这里就是硬灌下去的意思。尤氏到底是宁国府的大奶奶，受过封诰的夫人，而且尤氏个性软弱顺从，这句粗口用得与她身份性格不符。曹雪芹在《红楼梦》里并不避俗，这一节纨绔赌客的粗话却达到了制造热闹的喜剧效果。但庚辰本中贾府的少奶奶们满口“肏”来“肏”去，实在不成体统。

例四：第六十回

小伶人蕊官托春燕带一包蔷薇硝送给在怡红院的芳官，贾环看到了，不识相向宝玉索取一些蔷薇硝赠给彩云。芳官不愿意，暗中将茉莉粉代替了蔷薇硝，贾环兴冲冲拿回去，被彩云发觉讥笑了一顿。赵姨娘知道火冒三丈，拱着贾环到怡红院去大闹一场，贾环畏怯不前，被赵姨娘痛斥：

“呸！你这下流没刚性的，也只好受那些毛崽子的气！平白我说你一句儿，或是无心错拿了一件东西给你，你倒会扭头暴筋，瞪着眼蹾摔娘，这会子被那起屄崽子耍弄也罢了，你明儿还想这些家里人怕你呢。你没有屄本事，我也替你羞。”（庚辰本）

赵姨娘虽然愚昧无知，但她是宠爱贾环的，骂起儿子来不至于满口脏话。程乙本没有用到“屄”字。

例五：第五十九回

宝钗的丫头莺儿手巧，善编织，一日宝钗遣莺儿到黛玉处索取蔷薇硝，莺儿回转时，带领蕊官、藕官同行，经过柳叶渚便采了些初春的柳条来编花篮。怡红院小丫头春燕走来，警告莺儿，这一带的花柳已分给她姑妈管辖，如果她姑妈看到这些嫩柳枝被摘，必定心痛抱怨。说着她姑妈果然过来了，这些婆子平日便对园里的大丫头、小伶人心怀不满，这时乘机把春燕打骂一番泄愤，给莺儿难堪，随即春燕自己的妈妈（即芳官的干娘）也到来，伙同着春燕的姑妈一齐把春燕又打骂一顿：

> “小娼妇，你能上去了几年？你也跟那起轻狂浪小妇学，怎么就管不得你们了？干的我管不得，你是我屄里掉出来的，难道也不敢管你不成！既是你们这起蹄子到的去的地方我到不去，你就该死在那里伺候，又跑出来浪汉。”一面抓起柳条子来，直送到他脸上，问道：“这叫作什么？这编的是你娘的屄！”（庚辰本）

要么春燕母亲骂得起劲骂滑了嘴，骂到自己头上去了。或者是抄书的人抄到这里忘掉这婆子是春燕的亲娘。这些“屄”字用得不妥，程乙本没有这些字。

程高本如果把程甲本、程乙本算在一起，广为流行已有二百多年，亚东版程乙本到今年也有九十年了，程高本两百多年来曾影响无数读者。作为普及本，程乙本一直是胡适的首选，这个版本，就文字精确、人物性格统一、情节发展符合情理，各方优点来看，自有其重要的历史地位，不少红学专家学者都予以极高的评价，如中国红楼梦学会首任会长吴组缃、海外红学重镇“五四运动”研究专家周策纵等都曾为文推崇程乙本。最近北京曹雪芹学会副会长郑铁生在香港《明报月刊》发表了一篇有关程乙本重要的文章：《先有大众欣赏的普及，才有小众学术的可能：论〈红楼梦〉程乙本的重要性》。文中指出一个重要的观念：“大众欣赏”与“小众学术”。他认为《红楼梦》的各种版本都有其重要性，但其功用目的不同，有的版本用于学术研究，属于“小众学术”，只适合少数学者研究运用，但“大众欣赏”则应该选择“相对语言通俗明快、结构完整、人物鲜明生动的版本推向大众。”他的结论是程乙本即是“大众欣赏”最合适的普及本。

笔者不惮其烦把庚辰本的毛病一一挑出来分析，目的不在贬低庚辰本的价值，前面我一再强调庚辰本作为学术研究亦即“小众学术”，当然有其无可比拟的重要性，但作为“大众欣赏”的普及本，其间隐藏着的许多问题不能不指明出来，提醒读者。《红楼梦》是中国最伟大的小说，当然应当由一个最佳版本印行广为流传。曾经流传九十年，影响好几代读者的程乙本，实在不应该任由其被边缘化。

二〇一七年十一月七日完稿

贾宝玉的大红斗篷与林黛玉的染泪手帕

《红楼梦》后四十回的悲剧力量

近百年来，红学界最大的一个争论题目就是《红楼梦》后四十回到底是曹雪芹的原稿，还是高鹗或其他人的续书。这场争论牵涉甚广，不仅对后四十回的作者身份起了质疑，而且对《红楼梦》这部小说的前后情节、人物的结局、主题的一贯性，甚至文字风格、文采高下，最后牵涉到小说艺术评价，通通受到严格检验、严厉批评。“新红学”的开山祖师胡适，于一九二一年为上海亚东图书馆出版的新式标点程甲本《红楼梦》写了一篇长序：《〈红楼梦〉考证》。这篇长序是“新红学”最重要的文献之一，其中两大论点：证明曹雪芹即是《红楼梦》的作者；断定后四十回并非曹雪芹原著，而是高鹗伪托续书。自从胡适一锤定音，判决《红楼梦》后四十回是高鹗的“伪书”以来，几个世代甚至一些重量级的红学家都沿着胡适这条思路，对高鹗续书作了各种评论，有的走向极端，把后四十回数落得一无是处，高鹗变成了千古罪人。而且这种论调也扩散影响到一般读者。

在进一步讨论《红楼梦》后四十回的功过得失之前，先简单回顾一下后四十回诞生的来龙去脉。乾隆五十六年（一七九一）由程伟元、高鹗整理出版木刻活字版排印一百二十回《红楼梦》，中国最伟大的小说第一次以全貌面世，这在中国文学史上应是划时代的一件大事。这个版本胡适称为“程甲本”，因为是全本，一时洛阳纸贵，成为后世诸刻本的祖本。翌年（一七九二），程、高又刻印了壬子年的修订本，即胡适大力推荐的“程乙本”，合称“程高本”。在“程高本”出版之前，三十多年间便有各种手抄本出现，流传坊间，这些抄本全都止于前八十回，因为有脂砚斋等人的批注，又称“脂本”。迄今发现的“脂本”共十二种，其中以“甲戌本”、“己卯本”、“庚辰本”、“甲辰本”、“戚序本”（亦称“有正本”）比较重要。程伟元在“程甲本”的序中说明后四十回的由来：是他多年从藏书家及故纸堆中搜集得曹雪芹原稿二十多卷，又在鼓担上发现了十余卷，并在一起，凑成了后四十回，原稿多处残缺，因而邀高鹗共同修补，乃成全书。“爰为竭力搜罗，自藏书家甚至故纸堆中无不留心，数年以来，仅积有廿余卷。一日偶于鼓担上得十余卷，遂重价购之，欣然翻阅，见其前后起伏，尚属接榫，然漶漫不可收拾。乃同友人细加厘剔，截长补短，抄成全部，复为镌版，以公同好。”

程乙本的引言中，程伟元和高鹗又有了如下申明：

> 书本后四十回，系就历年所得，集腋成裘，更无他本可考。惟按其前后关照者，略为修辑，使其有应接而无矛盾。至其原文，未敢臆改，俟再得善本，更为厘定。且不欲尽掩其本来面目也。

程伟元与高鹗对后四十回的来龙去脉，以及修补的手法原则说得清楚明白，可是胡适就是不相信程、高，说他们撒谎，断定后四十回是高鹗伪托。胡适做学问有一句名言：拿出证据来。胡适证明高鹗“伪作”的证据，他认为最有力的一项就是张问陶的诗及注。张问陶是乾隆、嘉庆时代的大诗人，与高鹗乡试同年，他赠高鹗的一首诗《赠高兰墅鹗同年》的注有“《红楼梦》八十回以后，俱兰墅所补”这一条，兰墅是高鹗的号。于是胡适便拿住这项证据，一口咬定后四十回是由高鹗“补写”的。但张问陶所说的“补”字，也可能有“修补”的意思，这个注恐怕无法当作高鹗“伪作”的铁证。胡适又认为程序说先得二十余卷，后又在鼓担上得十余卷，“世间没有这样奇巧的事！”那也未必，世间巧事，有时确实令人匪夷所思。何况程伟元多年处心积虑四处搜集，并非偶然获得，也许皇天不负苦心人，居然让程伟元收齐了《红楼梦》后四十回原稿，使得我们最伟大的小说能以全貌面世。

近二、三十年来，倒是愈来愈多的学者相信高鹗最多只参与了修补工作，《红楼梦》后四十回不可能是高鹗一个人的“伪作”，后四十回本来就是曹雪芹的原稿。例如海外红学重镇、研究“五四运动”的权威周策纵；台湾著名历史小说家、红学专家高阳；中国大陆几辈红学专家，中国红楼梦学会首任会长吴组缃、中国艺术研究院研究员胡文彬、中国红楼梦学会顾问吴新雷、中国红楼梦学会理事宁宗一、北京曹雪芹学会副会长郑铁生，这些对《红楼梦》有深刻研究的专家学者们，不约而同，对后四十回的作者问题，都一致达到以上的看法。

我个人对后四十回尝试从一个写作者的观点及经验来看。首先，世界上的经典小说似乎还找不出一部是由两位或两位以上的作者合著的。因为如果两位作家才华一样高，一定个人各有自己风格，彼此不服，无法融洽，如果两人的才华一高一低，才低的那一位亦无法模仿才高那位的风格，还是无法融成一体。何况《红楼梦》前八十回已经撒下天罗地网，千头万绪，换一个作者，如何把那些长长短短的线索一一接榫、前后贯彻、人物语调一致，就是一个难上加难、不易克服的问题。《红楼梦》第五回，把书中主要人物的命运结局，以及贾府的兴衰早已用诗谜判词点明了，后四十回大致也遵从这些预言的发展。至于有些批评认为前八十回与后四十回的文字风格有差异，这也很正常，因前八十回写贾府之盛，文字应当华丽，后四十回写贾府之衰，文字自然比较萧疏，这是情节发展所需。其实自从七十七回“俏丫鬟抱屈夭风流，美优伶斩情归水月”，抄大观园后晴雯遭谗屈死，芳官等被逐，小说的调子已经开始转向暗淡凄凉，宝玉的心情也变得沉重哀伤，所以才在“杜撰芙蓉诔”时对黛玉脱口讲出“茜纱窗下，我本无缘；黄土陇中，卿何薄命”这样摧人心肝的悼词来。到了第八十一回，宝玉心情不好，随手拿了一本《古乐府》翻开来，却是曹操的《短歌行》:“对酒当歌，人生几何。”一代枭雄曹孟德感到人生苦短，世事无常的沧桑悲凉，也感染了宝玉。其实后四十回底层的基调也布满了这种悲凉的氛围，所以前八十回与后四十回的调子，事实上是前后渐进过渡衔接得上的。

周策纵教授在威斯康辛大学执教时，他的弟子陈炳藻博士等人用电脑统计分析的结果，虽然后四十回与前八十回在文字上有些差异，但并未差异到出于两人之手那么大。如果程高本后四十回诚然如一些评论家所说那样矛盾百出，这二百多年来，程高本《红楼梦》怎么可能感动世世代代那么多的读者？如果后四十回程伟元、高鹗果真撒谎伪续，恐怕不会等到一百三十年后由新红学大师胡适等人来戳破他们的谎言，程、高同时代那么多红迷早就群起而攻之了。在没有如山铁证出现以前，我们还是姑且相信程伟元、高鹗说的是真话吧。

至于不少人认为后四十回的文字功夫、艺术价值远不如前八十回，这点我绝对不敢苟同，后四十回的文字风采、艺术成就绝对不输给前八十回，有几处感人的程度恐怕还有过之。胡适虽然认为后四十回是高鹗补作的，但对后四十回的悲剧下场却十分赞赏："高鹗居然忍心害理的教黛玉病死，教宝玉出家，作一个大悲剧的结束，打破中国小说的团圆迷信。这一点悲剧眼光，不能不令人佩服。"

《红楼梦》后四十回的悲剧力量，建筑在几处关键情节上，宝玉出家、黛玉之死，更是重中之重，如同两根梁柱把《红楼梦》整本书这一座高楼牢牢撑住。这两场书写，是真正考验作者功夫才能的关键时刻，如果功力不逮，这座红楼，辄会轰然倾塌。

《红楼梦》这部小说始于一则中国古老神话：女娲炼石补天。共工氏撞折天柱，天塌了西北角，女娲炼三万六千五百零一块顽石补天，只有一块未用，弃在青埂（情根）峰下。这块顽石通灵，由是生了情根，下凡后便是大观园情榜中的第一号情种贾宝玉，宝玉的前身灵石是带着情根下凡的，"情根一点是无生债"，情一旦生根，便缠上还不完的情债。黛玉第一次见到宝玉："虽怒时而似笑，即瞋视而有情"、"平生万种情思，悉堆眼角"。其实贾宝玉即是"情"的化身，那块灵石便是"情"的结晶。

“情”是《红楼梦》的主题、主旋律，在书中呈现了多层次的复杂意涵，曹雪芹的“情观”近乎汤显祖，“情不知所起，一往而深，生者可以死，死可以生。”《红楼梦》的“情”远远超过一般男女之情，几乎是一种可以掌握生死宇宙间的一股莫之能御的神秘力量了。本来灵石在青埂峰下因未能选上补天，“自怨自愧”，其实灵石下凡负有更大的使命：到人间去补情天。第五回“贾宝玉神游太虚境”，宝玉到了太虚幻境的宫门看到上面横书四个大字：孽海情天。两旁一副对联：

厚地高天，堪叹古今情不尽；
痴男怨女，可怜风月债难酬。

所以宝玉在人间要以他大悲之“情”，去普度那些情鬼下凡的“痴男怨女”。宝玉就是那个“情僧”，所以《红楼梦》又名《情僧录》，讲的就是情僧贾宝玉历劫成佛的故事。《红楼梦》第一回，空空道人将“石头记”检阅一遍以后，“因空见色，由色生情，传情入色，自色悟空，遂改名情僧，改《石头记》为《情僧录》。”此处读者不要被作者瞒过，“情僧”指的当然是贾宝玉，空空道人不过是一个虚空符号而已。在此曹雪芹提出了一个极为吊诡而又惊世的概念：本来“情”与“僧”相悖无法并立，有“情”不能成“僧”，成“憎”必须断“情”。“文妙真人”贾宝玉绝不是一个普通的和尚，

“情”是他的宗教，是他的信仰，才有资格称为“情僧”。宝玉出家，悟道成佛，并非一蹴而就，他也必须经过色空转换、自色悟空的漫长彻悟过程，就如同唐玄奘西天取经要经历九九八十一劫的考验，才能修成正果。贾宝玉的悟道历程，与悉达多太子有相似之处。悉达多太子饱受父亲净饭王宠爱，享尽荣华富贵，美色娇妻，出四门，看尽人世间老病死苦，终于大出离，寻找解脱人生痛苦之道。《情僧录》也可以说是一本“佛陀前传”。曹雪芹有意无意把贾宝玉写成了佛陀型的人物。

贾宝玉身在贾府大观园的红尘里，对于人世间枯荣无常的了悟体验，是一步一步来的。第五回贾宝玉梦游太虚幻境，在“薄命司”里看到“金陵十二钗”以及其他与宝玉亲近的女性之命册，当时他还未能了解她们一个个的悲惨下场，警幻仙姑把自己乳名兼美、表字可卿的妹子跟宝玉成姻，并秘以云雨之事，宝玉一觉惊醒，叫了一声：“可卿救我！”可卿其实就是秦氏的小名。秦氏纳闷，因为她的小名从无人知。梦中的可卿即秦氏的复制。秦氏是贾蓉之妻，貌兼黛玉、宝钗之美，又得贾母等人宠爱，是重孙中第一个得意人物。但这样一个得意人，却突然夭折病亡。宝玉听闻噩耗，“心中似戳了一刀……直喷出一口血来。”宝玉这种过度的反应，值得深究，有人认为宝玉与秦氏或有暧昧之情，这不可能。我认为是因为宝玉第一次面临死亡，敏感如宝玉，其刺激之大，令他口吐鲜血，就如同悉达多太子出四门、遇到死亡同样的感受。在贾府极盛之时，突然传来云板四声的丧音，似乎在警告：好景不常，一个兼世间之美的得意人，一夕间竟会香消玉殒。彩云易散琉璃脆，世上美好的事物，必不常久。秦氏鬼魂托梦凤姐，警示她："月满则亏，水满则溢"，已经兴盛百年的贾家终有走向衰败的一日。头一回，宝玉惊觉到人生的"无常"。

未几，宝玉的挚友秦钟又突然夭折，使宝玉伤心欲绝。秦氏与秦钟是两姐弟，在象征意义上，秦与"情"谐音，秦氏手足其实是"情"的一体二面，二人是启发宝玉对男女动情的象征人物，二人极端貌美，同时寿延甚短，这对情僧贾宝玉来说，"情"固然是世间最美的事物，但亦最脆弱，最容易斫伤。

所以情僧贾宝玉的大愿是：抚慰世上为"情"所伤的有情人。

贾宝玉本来天生佛性，虽在大观园里，锦绣丛中，过的是锦衣玉食的富贵生涯，但往往一声禅音，一偈禅语，便会启动他向往出世的慧根。在二十二回"听曲文宝玉悟禅机"，宝钗生日，贾母命宝钗点戏，宝钗点了一出"山门"，说的是鲁智深出家当和尚的故事，宝玉以为是出"热闹戏"，宝钗称赞这出戏的排场词藻俱佳，便念了一支《寄生草》的曲牌给他听：

漫揾英雄泪，相离处士家。谢慈悲，剃度在莲台下。没缘法，转眼分离乍。赤条条，来去无牵挂。那里讨，烟蓑雨笠卷单行？一任俺，芒鞋破钵随缘化！

鲁智深踽踽独行在出家道上的身影，即将是宝玉最后的写照。难怪宝玉听曲猛然触动禅机，遂有自己“赤条条无牵挂”之叹。

大观园是贾宝玉心中的人间太虚幻境，是他的“儿童乐园”，怡红公子在大观园的人间仙境里，度过他最欢乐的青少年，跟大观园里众姐妹花前月下，饮酒赋诗，无忧无虑地做他的“富贵闲人”。天上的太虚幻境里，时间是停顿的，所以花常开，人常好，可是人间的太虚幻境却有时序的推移，春去秋来，大观园终不免百花凋零，受到外界凡尘的污染，最后走向崩溃。第七十四回因绣春囊事件抄检大观园，这是人间乐园解体的转折点，接着晴雯遭谗被逐，司棋、入画、四儿以及十二小伶人统统被赶出大观园，连宝钗避嫌也搬了出去，一夕间大观园繁华骤歇，变成了一座荒园。大观园本是宝玉的理想世界，大观园的毁坏，也就是宝玉的“失乐园”，理想国的幻灭。

晴雯之死，在宝玉出家的心路历程上又是一劫。第七十七回"俏丫鬟抱屈夭风流"，晴雯临死，宝玉探访，是全书写得最感人肺腑的章节之一。在此，情僧贾宝玉对于芙蓉女儿晴雯的屈死，展现了无限的悲悯与怜惜。一腔哀思，化作了缠绵凄怆、字字血泪的《芙蓉女儿诔》，既悼晴雯，更是暗悼另一位芙蓉仙子林黛玉，无意间，遂有"茜纱窗下，我本无缘；黄土陇中，卿何薄命"摧人心肝之语。自此后，怡红公子遂变成了伤心人，青少年时的欢乐，不复再得。

搜查大观园指向贾府抄家，晴雯之死，暗示黛玉泪尽人亡。后四十回这两大关键统统引导宝玉走向出家之路。在大观园里，怡红公子以护花使者自居，庇护园内百花众女孩，不使她们受到风雨摧残，灵石下凡，本来就是要补情天的，宝玉对众女孩的怜惜，不分贵贱，雨露均沾，甚至对小伶人芳官、藕官、龄官也持一种哀矜。当然，情僧贾宝玉用情最深的是与他缘定三生、前身为绛珠仙草的林黛玉。宝玉对黛玉之情，也就是汤显祖所谓的情真、情深、情至，是一股超越生死的神秘力量。林黛玉的夭折，是情僧贾宝玉最大的"情殇"。贾府抄家，遂彻底颠覆了宝玉的现实世界。经历过重重的生关死劫，第一百一十六回"得通灵幻境悟仙缘"。宝玉再度梦回太虚幻境，二度看到姐妹们那些命册，这次终于了悟人生寿夭穷通、分离聚合皆是前定，醒来犹如黄粱一梦，一切皆是"镜花水月"。《红楼梦》的情节发展至此，已为第一百二十回最后宝玉出家的大结局做好了充分的准备。

《红楼梦》作为佛家的一则寓言则是顽石历劫，堕入红尘，最后归真的故事。宝玉出家当然是最重要的一条主线，作者费尽心思在前面大大小小的场景里埋下种种伏笔，就等着这一刻的大结局（grand finale）是否能释放出所有累积爆炸性的能量，震撼人心。宝玉出家并不好写，作者须以大手笔，精心擘划，才能达到目的。《红楼梦》是一本大书，架构恢宏，内容丰富，当然应该以大格局的手法收尾。宝玉的“大出离”实际上分开两场。第一场第一百一十九回：“中乡魁宝玉却尘缘”，宝玉拜别家人赴考，是个十分动人的场面，宝玉“走过来给王夫人跪下，满眼流泪，磕了三个头，说道：‘母亲生我一世，我也无可答报，只有这一入场，用心作了文章，好好的中个举人出来，那时太太喜欢喜欢，便是儿子一辈子的事也完了，一辈子的不好，也都遮过去了。’”宝玉出家之前，必须了结一切世缘；他报答父母的是中举功名，留给他妻子的是腹中一子，替袭人这个与他俗缘最深的侍妾，下聘一个丈夫蒋玉菡。宝玉出门时，仰面大笑道：“走了，走了！不用胡闹了！完了事了！”，“宝玉嘻天哈地，大有疯傻之状，遂从此出门而去。”宝玉笑什么？笑他自己的荒唐、荒谬，一生像大梦一场，也笑世人在滚滚红尘里，还在做梦。应了“好了歌”的旨意，“好便是了，了便是好。”

第一百二十回，我们终于来到这本书的最高峰，小说的大结局。

贾政扶送贾母的灵柩到金陵安葬，然后返回京城：

一日，行到毗陵驿地方，那天乍寒，下雪，泊在一个清静去处。贾政打发众人上岸投帖，辞谢朋友，总说即刻开船，都不敢劳动。船上只留一个小厮伺候，自己在船中写家书，先要打发人起早到家。写到宝玉的事，便停笔。抬头忽见船头上微微雪影里面一个人，光着头，赤着脚，身上披着一领大红猩猩毡的斗篷，向贾政倒身下拜。贾政尚未认清，急忙出船，欲待扶住问他是谁。那人已拜了四拜，站起来打了个问讯。贾政才要还揖，迎面一看，不是别人，却是宝玉。贾政吃一大惊，忙问道："可是宝玉么？"那人不言语，似喜似悲。贾政又问道："你若是宝玉，如何这样打扮，跑到这里来？"宝玉未及回言，只见船头上来了两人，一僧一道，夹住宝玉道："俗缘已毕，还不快走？"说着，三个人飘然登岸而去。贾政不顾地滑，疾忙来赶，见那三人在前，那里赶得上？只听得他们三人口中不知那个作歌曰：

我所居兮，青埂之峰；我所游兮，鸿蒙太空。谁与我逝兮，吾谁与从？渺渺茫茫兮，归彼大荒。

贾政一面听着，一面赶去，转过一小坡，倏然

> 不见。贾政已赶得心虚气喘，惊疑不定。……贾政还欲前走，只见白茫茫一片旷野，并无一人。

《红楼梦》这段章节是中国文学一座巍巍高峰，宝玉光头赤足，身披大红斗篷，在雪地里向父亲贾政辞别，合十四拜，然后随着一僧一道飘然而去，一声禅唱，归彼大荒，“落了片白茫茫大地真干净。”《红楼梦》这个画龙点睛式的结尾，其意境之高，其意象之美，是中国抒情文学的极品。我们似乎听到禅唱声充彻了整个宇宙，《红楼梦》五色缤纷的锦绣世界，到此骤然消歇，变成白茫茫一片混沌；所有世上七情六欲，所有嗔贪痴爱，都被白雪掩盖，为之冰消，最后只剩一“空”字。

王国维在《人间词话》中论李后主词“真所谓以血书者也”，“俨有释迦、基督担荷人类罪恶之意。”此处王国维意指后主亡国后之词，感慨遂深，以一己之痛，道出世人之悲，故譬之为释迦、基督。这句话，我觉得用在此刻贾宝玉身上，更为恰当。情僧贾宝玉，以大悲之心，替世人担负了一切“情殇”而去，一片白茫茫大地上只剩下宝玉身上大斗篷的一点红。然而贾宝玉身上那袭大红猩猩毡的斗篷又是何其沉重，宛如基督替世人背负的十字架，情僧贾宝玉也为世上所有为情所伤的人扛起了“情”的十字架。最后宝玉出家身上穿的不是褐色袈裟，而是大红厚重的斗篷，这雪地里的一点红，就是全书的玄机所在。

“红”是《红楼梦》一书的主要象征,其涵义丰富复杂。“红”的首层意义当然指的是“红尘”,“红楼”可实指贾府,亦可泛指我们这个尘世。但“红”的另一面则蕴涵了“情”的象征,贾宝玉身上最特殊的征象就是一个“红”字,因为他本人即是“情”的化身。宝玉前身为赤霞宫的神瑛侍者,与灵河畔的绛珠仙草缘定三生。“赤”、“绛”都是“红”的衍化,这本书的男女主角贾宝玉与林黛玉之间的一段生死缠绵的“情”即启发于“红”的色彩之中。宝玉周岁抓阄,专选脂粉,长大了喜欢吃女孩儿唇上的胭脂,宝玉生来有爱红的癖好,因为他天生就是个情种,所以他住在怡红院号称怡红公子,院里满栽海棠,他唱的曲是“滴不尽相思血泪抛红豆。”“红”是他的情根。最后情僧贾宝玉披着大红猩猩毡的斗篷担负起世上所有的“情殇”,在一片禅唱声中飘然而去,回归到青埂峰下,情根所在处。《红楼梦》收尾这一幕,宇宙苍茫,超越悲喜,达到一种宗教式的庄严肃穆。

生离死别是考验小说家的两大课题,于是“黛玉之死”便成为《红楼梦》全书书写中的“警句”了,这也是后四十回悲剧力量至为重要的支撑点,作者当然须经过一番苦心孤诣的铺陈经营,才达到最后女主角林黛玉泪尽人亡,震撼人心的悲剧效果。

黛玉前身乃灵河岸上三生石畔一棵绛珠仙草，因受神瑛侍者甘露的灌溉，幻化成人形，游于“离恨天”外，饥餐“秘情果”，渴饮“灌愁水”，为了报答神瑛侍者雨露之恩，故乃下凡把“一生的眼泪还他”。黛玉的前生便集了“情”与“愁”于一身，宝玉第一次见到她：“态生两靥之愁，娇袭一身之病”；“闲静似娇花照水，行动如弱柳扶风”。是个多愁善感、西子捧心的病美人。黛玉诗才出众，乃大观园诸姐妹之冠，孤标傲世，她本人就是“诗”的化身，“秉绝代之姿容，具稀世之俊美”，因此她特具灵性，对自己的命运分外敏感，常惧蒲柳之姿寿延不长。第二十三回“牡丹亭艳曲警芳心”，黛玉经过梨香院听到小伶人演唱《牡丹亭》：

> “原来姹紫嫣红开遍，似这般都付与断井颓垣。”
>
> “只为你如花美眷，似水流年。”

黛玉“不觉心动神摇”，“心痛神驰，眼中落泪”。为什么黛玉听了《牡丹亭》这几句戏词，会有如此强烈反应？因为汤显祖《惊梦》这几句伤春之词正好触动黛玉花无常好、青春难保的感慨情思，因而启发了第二十七回《葬花词》自挽诗的形成：

> 尔今死去侬收葬，未卜侬身何日丧？

侬今葬花人笑痴，他年葬侬知是谁？

试看春残花渐落，便是红颜老死时。

一朝春尽红颜老，花落人亡两不知！

黛玉挽花——世上最美的事物，不可避免走向凋残的命运。

亦是自挽：红颜易老，世事无常。

事实上整本《红楼梦》辄为一阕史诗式的挽歌，哀挽人世枯荣无常之不可挽转，人生命运起伏之不可预测。《葬花词》便是这阕挽歌的主调。李后主有词《乌夜啼》：

林花谢了春红，太匆匆。

无奈朝来寒雨晚来风。

胭脂泪，留人醉，几时重？

自是人生长恨水长东！

后主以一己之悲，道出世人之痛，黛玉的《葬花词》亦如是。

绛珠仙草林黛玉，谪落人间是为了还泪，当然也就是来还神瑛侍者贾宝玉的无生情债。宝、黛之情超越一般男女，是心灵的契合，是神魂的交融，是一段仙缘，是一则爱情神话。

可是在现实世界中，林黛玉却是一个孤女，因贾母怜惜外孙女，接入贾府。黛玉在自己家中本来也是惟我独尊的娇女，一旦寄人篱下，不得不步步留心，处处提防，生怕落人褒贬；又因生性孤傲，率直天真，有时不免讲话尖刻，出口伤人，在大观园里其实处境相当孤立。

黛玉对宝玉一往情深，林妹妹一心一意都在表哥身上，但满腹缠绵情思又无法启口，只得时时要小性儿试探宝玉。小儿女试来试去，终于在第三十四回中“情中情因情感妹妹，错里错以错劝哥哥”两人真情毕露：

宝玉因与蒋玉菡交往又因金钏儿投井，被贾政痛挞，伤痕累累，黛玉去探视，“两个眼睛肿得桃儿一般，满面泪光”。晚上宝玉遣晴雯送两条旧手帕给黛玉，黛玉猛然体会到宝玉送她旧手帕的深意，不觉“神痴心醉”，左思右想，一时“五内沸然”，“余意缠绵”，在两块手帕上写下了三首情诗，吐露出她最隐秘的心事：

其一

眼空蓄泪泪空垂，暗洒闲抛更向谁？

尺幅鲛绡劳惠赠，为君那得不伤悲！

其二

抛珠滚玉只偷潸，镇日无心镇日闲；

枕上袖边难拂拭，任他点点与斑斑。

其三

彩线难收面上珠，湘江旧迹已模糊；
窗前亦有千竿竹，不识香痕渍也无？

写完，黛玉“觉得浑身火热，面上作烧，走至镜台，揭起锦袱一照，只见腮上通红，真合压倒桃花——却不知病由此起”。黛玉的病其实是因为她那薄弱的身子，实在无法承受她跟宝玉之间“情”的负荷。黛玉最敏感，也最容易受到“情”的斫伤。

黛玉与宝玉虽然两人情投意合，但当时中国社会婚嫁全由家中长辈父母作主。黛玉是孤女，没有父母撑腰，对于自己的婚姻前途，是否能与宝玉两人百年好合，一直忐忑不安，耿耿于怀，酿成她最重的“心病”。宝玉了解她，安慰她道：“你皆因都是不放心的缘故，才弄了一身的病了。”但宝、黛婚事却由不得这一对情侣自己作主。最后贾府最高权威贾母选择了宝钗而不是黛玉作为贾府的孙媳妇，完全基于理性考虑，因为宝钗最适合儒家系统宗法社会贾府中那个孙媳妇的位置，宝钗是儒家礼教下的理想女性，贾母选中这个戴金锁、服冷香丸的媳妇，当然是希望她能撑起贾府的重担，就像她自己在贾府扮演的角色。

“林丫头的乖僻，虽也是他的好处，我的心里

> 不把林丫头配给他（宝玉），也是为这点子；况且林丫头这样虚弱，恐不是有寿的。只有宝丫头最妥。”

贾母如此评论（第九十回）。

第八十二回“病潇湘痴魂惊恶梦”，黛玉这场恶梦是《红楼梦》后四十回写得最惊心动魄的场景之一。在梦中，黛玉突然看清楚了自己孤立无助的处境：贾府长辈们要把黛玉嫁出去当续弦，黛玉四处求告无门，只得去抱住贾母的腿哭求，“但见贾母呆着脸儿笑道：‘这个不干我的事。’”黛玉撞在贾母怀里还要求救，贾母吩咐鸳鸯：“你来送姑娘出去歇歇，我倒被他闹乏了。”一瞬间黛玉了悟到：“外祖母与舅母姐妹们，平时何等待得好，可见都是假的。”

最后黛玉去见宝玉，宝玉为表真心，当着黛玉，“就拿着一把小刀子往胸口上一划，只见鲜血直流。”黛玉吓得魂飞魄散，宝玉“还把手在划开的地方儿乱抓”，然后大叫“不好了！我的心没有了，活不得了！”，说着，眼睛往上一翻，“咕咚”就倒了。黛玉惊醒后，开始呕血：“痰中一缕紫血，簌簌乱跳。”

这场梦魇完全合乎弗洛伊德潜意识的运作，现代心理学的阐释，黛玉在潜意识里，剖开了她的心病，看清楚贾母对待她的真面孔，她一直要宝玉的真心，宝玉果然划开胸膛，把心血淋淋掏出来给她。自此后，黛玉的病体日愈虚弱恶化，终于泪尽人亡。

黛玉之死是《红楼梦》另一条重要主线，作者从头到尾明示暗示，许多关键环节，一场接一场，一浪翻一浪，都指向黛玉最后悲惨的结局。可是真正写到黛玉临终的一刻，作者须煞费苦心将前面累积的能量，全部释放出来才能达到震撼人心的效果，一如宝玉出家之精心铺排。黛玉之死，过分描写，容易滥情，下笔太轻，又达不到悲剧的力量，如何拿捏分寸，考验作者功力。第九十七回“林黛玉焚稿断痴情，薛宝钗出闺成大礼”，第九十八回“苦绛珠魂归离恨天，病神瑛泪洒相思地”，这两回作者精彩的描写，巧妙的安排，情绪的收放，气氛的营造，步步推向高峰，应该成为小说“死别”书写的典范。

黛玉得知宝玉即将娶宝钗，一时急怒，迷惑了本性，吐血晕倒，醒来后，“此时反不伤心，惟求速死，以完此债”。多年的“心病”，一旦爆发。黛玉一生的梦想，一生的追求，一生的执著，就是一个“情”字，她与宝玉之间的“情”，“情”一旦失落，黛玉的生命顿时一空，完全失去了意义。以往黛玉生病，“自贾母起直到姊妹们的下人，常来问候；今见贾府中上下人等都不过来，连一个问的人都没有，睁开眼，只有紫鹃一人，自料万无生理”。黛玉挣扎起身，叫雪雁把诗本子拿出来，又要那块题诗的旧帕，“只见黛玉接到手里也不瞧，扎挣着伸出那只手来，狠命的撕那绢子，却只有打颤的分儿，那里撕得动？紫鹃早已知她是恨宝玉，却也不敢说破，只说：‘姑娘，何苦自己又生气！’黛玉微微的点头，便掖在袖里。说叫：‘点灯！’”点了灯又要笼上火盆，还要挪到炕上来：

> “那黛玉却又把身子欠起，紫鹃只得两只手来扶着他。黛玉这才将方才的绢子拿在手中，瞅着那火，点点头儿，往上一撂。”

随即黛玉把诗稿也撂在火上，一并焚烧掉。

题诗的手帕，宝玉曾经用过，是宝玉送给黛玉的定情物，因是宝玉的旧物，也是宝玉身体的一部分；上面黛玉题诗写下她心中最隐秘的情思，滴满了绛珠仙子的情泪，也是黛玉身体的一部分——染泪手帕象征了宝、黛二人最亲密的结合，黛玉断然将题诗手帕焚毁，也就是烧掉了宝、黛两人缠绵不休一段痴情。染泪手帕首次出现在第三十四回，隔了六十三回后，在此处发挥了巨大的力量，是作者曹雪芹草蛇灰线、伏脉千里的妙笔。

黛玉是诗的化身，是“诗魂”，第七十六回中秋夜黛玉与湘云在凹晶馆联诗，黛玉咏了一句谶诗：“冷月葬诗魂”。黛玉焚稿，也就是自焚。烧掉染泪手帕，是焚毁身体信物，烧掉诗稿，是焚毁灵魂、诗魂。黛玉如此决绝斩断情根，自我毁灭，此一刻，黛玉不再是一个弱柳扶风的病美人，而是一个刚烈如火的殉情女子。黛玉之死，自有其悲壮的一面。黛玉临终时交代紫鹃:“我这里并没亲人，我的身子是干净的，你好歹叫他们送我回去！”至此，黛玉保持了她的最后尊严，与贾府了断一切俗缘。

宝玉跟黛玉的性格行为，都不符合儒家系统宗法社会的道德规范，可以说两人都是儒家社会的“叛徒”，注定只能以悲剧收场，一个出家，一个为情而亡，应了第五回太虚幻境里对他们的情缘一曲判词《枉凝眉》：

> 一个是阆苑仙葩，一个是美玉无瑕。
> 若说没奇缘，今生偏又遇着他；
> 若说有奇缘，如何心事终虚话？
> 一个枉自嗟呀，一个空劳牵挂。
> 一个是水中月，一个是镜中花。
> 想眼中能有多少泪珠儿，
> 怎禁得秋流到冬，春流到夏！

宝、黛之情，终究是镜花水月，一场空话。

《红楼梦》后四十回，因为“宝玉出家”、“黛玉之死”这两则关键章节写得辽阔苍茫，哀惋凄怆，双峰并起，把整本小说提高升华，感动了世世代代的读者。其实后四十回还有许多其他亮点，例如第八十七回“感秋声抚琴悲往事”，妙玉、宝玉听琴；第一百零五回“锦衣军查抄宁国府”贾府抄家；第一百零六回“贾太君祷天消祸患”，贾母祈天；第一百零八回“死缠绵潇湘闻鬼哭”，宝玉泪洒潇湘馆——实在都是好文章。

程伟元有幸，搜集到曹雪芹《红楼梦》后四十回遗稿，与高鹗共同修补，于乾隆五十六年（一七九一）及乾隆五十七年（一七九二）刻印了《红楼梦》一百二十回全本，中国最伟大的小说得以保存全貌，程伟元与高鹗对中国文学、中国文化，做出了莫大的贡献，功不可没。

二〇一七年十一月二十五日

声音

与白先勇论小说艺术[1]

胡菊人、白先勇谈话录（节选）

技巧与内容

胡菊人（以下简称“胡”）：谈到小说艺术，我看的小说也不算少了。当编辑嘛，收到小说稿很多，总觉得很多人写的小说，不大对头，不像小说，主要就在技巧不好。在现代的小说家中，我觉得先勇兄你是把小说当成艺术品，如雕刻、绘画一样，由内容到形式，精雕细描，完整浑一的。我想代表对文学有热情的年轻人向你请教，写小说最应该注意的是什么？

白先勇（以下简称“白”）：我想先抓着“技巧”两个字讲讲。文学技巧，小说技巧，中国人常常对“技巧”两个字发生很

1　访谈时间为 1976 年 8 月 21 日星期六，地点为香港假日酒店，刘逍记录。

大的误会。文学技巧可能是从英文“technique”或者是其他字翻译过来，我们传统里面没有这个名词。在中文里面，“技”跟“巧”都不是好的字眼，所谓“雕虫小技”、“巧言令色”这一类，以为文学技巧就是“雕虫小技”，我们的传统对小说有偏见。其实，我们想想，古人写诗，非常注重技巧，所谓“语不惊人死不休”。传统小说，因为一直没有批评的系统，从“五四”以后，对小说的批评是从西方借过来；但清朝的金圣叹是非常好的，可惜没有成为系统，大家便以为作品注重技巧，就是注重雕虫小技，是表面形式。形式，英文叫“form”，“形式”这个中文翻译也不好。我看我们一般的文学观对文学的技巧与形式（technique & form）发生很大的误会，加上新文学的“五四”传统，社会改革、文学革命、注重内容、注重思想，那时的文学批评，大部分是说这本小说写的是什么东西，很少讨论这本小说是怎样写的，哪里写得好。像丁玲的《水》，都说这本小说写普罗阶级写工农兵的——那时还没有人写过普罗阶级——是了不得的，有同情心，写这样的东西。从“五四”以来，大多数以内容决定作品的好坏，而不以文学的技巧形式、艺术价值来决定。到今日更是每况愈下，在大陆尤其厉害，写某种人某种事情就是好文学，写另外一个阶级就是坏文学，这个观念在台湾现在也很盛行，在香港也是。

胡：这是中国人一向的观念，文以载道嘛！

白：“文以载道”，要在文里找个“道”，没有“道”的文就不是好文章。道，也很难说，每个人的观点、立场不一样，以前是儒家圣王之学的道统，现在是主义。“道”因时代背景、地点不同有了不同的意义，但整个观念——“文以载道”，我觉得一直以这个为主。这样发生了很偏差的观念，以为文学的内容决定了好坏，而不以技巧形式来评判艺术的高低。我个人认为小说是 art，是种艺术，绝对要以艺术形式、技巧来判断是否完整。这是个比较靠得住、比较客观的批评方法。但也不是为技巧而技巧，我想没有伟大的作家会为了表现某种文学技巧、形式来写小说。一定是先有了题材，才找最合适的文学形式来表现它的内容。愈深奥的题材所需要的技巧愈高，像《红楼梦》。

胡：从你这段话，我想到清代的小说。就它的内容、它的意识，有些是很写实的，像谴责小说，《二十年目睹之怪现状》、《官场现形记》、《儒林外史》等这类小说，就某一角度看，它们反映了社会，抗议、暴露了社会；在内容和主题方面，就某些人来看，或者很不错，可是坏就坏在作者表现能力不够，虽然有很好或“道高”的内容，技巧不好，便不发生作用。但我们看外国的，如巴尔扎克、左拉、莫泊桑，他们表现社会，写的是写实或自然主义，对社会的影响就不同，它们的技巧好呵。就是从对社会的影响力这观点来看，也决定于怎样表达才是重要。

白：是的，我觉得最重要的是表达方式。我们研究一个作品，像西方的作品，不能说因为它写基督教的文学就是好文学，写异教的文学就是坏文学，像杜斯妥也夫斯基。杜斯妥也夫斯基之所以伟大，并不是他写上帝与人的关系，而是他把上帝与人的关系那么深奥的思想、那么深刻的人性，以那样高超的技巧、文字能够表现出来，这是他伟大的地方。刚才你提到的清朝小说，我觉得比较接近报导文学，要揭露社会黑暗，以这个为主题中心，像《二十年目睹之怪现状》，而不是要写成很伟大完整的艺术品。我以为小说的高下不能以当时的社会意义来决定，社会意义或许在当时很重要，时代过了，不一定重要。很有趣的一个比较，曹雪芹写的《红楼梦》，在某方面说，他写中国大家庭制度——当然他不是只写这个，巴金的《家》也是写中国的大家庭制度；曹雪芹是十八世纪的，距离我们远很多，我们看《红楼梦》，对那种大家庭的了解和感觉，远比巴金的《家》要强烈得多、真实得多。这就因为巴金表现的技巧不好，他有一个先入为主的观念，要攻击大家庭制度，要宣布大家庭制度的死刑。他这样先入为主，便丧失了很多客观的看法。伟大文学之所以可贵，是把人生复杂面，面面观，能够透视。愈伟大的文学愈复杂，面愈多，社会人生没有绝对的标准，没有黑白二分法，一定不能用二分法，一定有好处有坏处，这才是真实的人生。曹雪芹之所以写得好，因为他把当时的大家庭很真实地写出来，不加以道德判断，或只有很微妙的道德判断，不是那种理直气壮、讲得很明显的。好的文学作品为什么是艺术的，可以耐看，是因为每看一次就发现新的意义，三言两语讲明就根本不是好的文学。《家》的缺点就在这里，它把上下两代一分为二，上一代都是坏的，或者是过去的，没有看作真实人物来处理。当时巴金的《家》之所以那么轰动，因为当时社会意义最大，中国几千年大家庭制度正崩溃到最后的阶段，在那时，家庭革命对青年是最贴身的问题，但今天我们已经没有大家庭制度。

胡：现在已经失掉意义。

白：失掉意义了。小说先要反映时代意义、社会意义，这个很危险。我们看看世界很伟大的文学，它们有些不见得是反映当时社会意义的，像曹雪芹是写他童年时代的回忆，与他当时无关；托尔斯泰的《战争与和平》是写拿破仑侵俄，他也不是拿破仑侵俄时代的人物；莎士比亚的伟大悲剧都不是写英国发生的事情。我想文学之所以可贵，是因为表现永恒的人性。

胡：《浮士德》也不是。

白：是。像《诗经》之所以能传到今天，因为写的是永恒的人性，这个比时代意义和社会意义更重要。基本人性不变。文学题材最重要的还是表现“人”，也许在不同的社会制度下，以不同的方式去表现。

“观点”的运用

胡：我常看到初写小说的人多以叙述方式写，他自己在讲故事……

白：我看是初学者没有把作者与小说人物的距离弄清楚。有些人往往以为小说人物的观点就是作者的观点，这常常是不对的。他明明写的是老管家，没有受过教育的，思想非常陈旧的，但他自己是个知识分子，很年轻的。他以自己的思想方法、语言来表现老管家那个观点（point of view），常常看来不真实，他们犯了作者与小说人物的距离弄不清楚的毛病……

胡：这是个问题了。很多初写小说的人，譬如是写一个人物，人物的个性是好的、坏的、阴险的或者是多愁善感的，往往是作者自己直说了出来，我觉得很不好。

白：这是所谓作者干扰（author's intrusion），不让小说人物有独特的生命、有自己的个性发展。初学者最大的毛病是什么？生怕读者不了解他的意思，自己要跳出来，加以评判、旁白，这是非常大的毛病。小说里很重要的技巧，很重要的表现手法，是在对话。对话一方面表现小说人物的个性，一方面推动故事的发展，初学者往往不大懂得利用对话，表现小说人物的个性、故事的推展。《红楼梦》的技巧之所以伟大，有一点，是对话了不起，曹雪芹很少旁白，解释人物的个性、人物的意念……

胡：几乎没有……

白：是呀，几乎没有。他总是让人物自己来表现自己，用对话的方式。像西方有时不同，用心理分析。像一些心理分析的作家，亨利·詹姆斯；一些法国作家，也从内心写起。不是作者旁白，而是钻到小说人物的意识里面，从小说人物的观点出发，来表现他自己。作家加了旁白，有经验的读者一看，马上发现作者是要告诉你说这是好人，这是坏人，你便失掉兴趣。读小说有一点，是要你猜，这个人的个性，到底是什么样子，他的意义到底在哪里，有经验的作者一定不会三言两语把它讲尽，一定从多方面反映。像《红楼梦》，凤姐这个人，到底是怎么样一个人，你三言两语很难讲。但曹雪芹就厉害了，他设了很多线，每条线都表现了凤姐的一面：她应对长辈的，应对同辈的，应对下人的，应对情敌的，应对丈夫的……他从来不讲凤姐是怎么样的一个人，他是从各方面表现出来，这才是戏剧化。

胡：曹雪芹是有意这样子的，里面有些线，固然是为了表现她的个性，但有些线本来可以没有，甚至有些人物也可以没有。想想，焦大这个人不一定需要的，为什么要写这么精彩的一场呢？其中目的之一也是为了对凤姐他们下批评。另一方面，也是交代贾家历史。有些初写小说的人，对故事本身或故事人物，他们过去的背景，不懂得去交待，作者自己去交待，完全用复述方式来弄。曹雪芹就不是，焦大那段话和他这个人，我们从中可以了解到贾家过去的几代是怎么样的。

白：对，你提出焦大很有意思。譬如曹雪芹自己写一段交待贾家过去的历史，或是对东府贾珍他们生活的批评，不是取胜；但是从一个几代的忠仆——他吃马尿，省下水给贾代化，从这忠仆来看他们的家势。第一是可信，因为他经过呀；第二，以这样一个忠心耿耿的义仆来批评他的少主，一方面戏剧化，一方面有说服力（convincing），比作者自己写一段骂贾珍有效得多。曹雪芹尤其了不得，焦大只出场两次，第一次就是骂公公爬灰，对贾珍下了道德判断；第二次出场——我真是欣赏曹雪芹——那时焦大又出来了，你记得吗？在抄家以后。我记得他讲，我只是跟太爷去绑别人的，到这个时候，我怎么会给别人绑的呀。你想想，一个八九十岁的义仆到贾政面前痛哭，这一场非常动人，表现了贾家的没落，使到一个忠心耿耿的义仆，在抄家时还是要给绑起来。从义仆的眼光来叙述贵族家庭的没落，远比曹雪芹自己说有效得多。

如何表现贾家的荣华富贵，那种气势凌人？从作者的观点无从表现，写得怎样细致细腻，也无法表现那种气势、那种气派，从贾家任何的亲戚也无法表现出来，但是从一个乡下老太婆的观点来看就可以了。这就是观点的运用。自从刘姥姥进了大观园，便用她的观点来看大观园，这个效果加了多少倍呀。我想观点的运用是小说里面最重要的特质之一。

胡：这确实是非常重要。

白：非常重要。西方现代小说非常注意观点，他们有许多书，特别讨论观点。我忘记是哪一位小说家或者是批评家讲的，你选的观点已决定了这部小说成败的一半。观点的应用非常重要，因为观点决定了文字的风格，决定了人物的个性，有时甚至决定了主题的意义。像刘姥姥进大观园一段，发生了很大的意义，非常细腻、非常精微地来批评贾家那种朱门酒肉臭的生活，也暗伏了它后面的败亡。从一个乡下人的眼光来看，这一场也是和主题有关，因为主题之一是贾家的兴亡。刘姥姥问凤姐茄子怎么做的？凤姐说这些茄子用多少只鸡来配……又问贾家吃几箩螃蟹，刘姥姥在算，五五二十五，三五一十五，够我们乡下人一年的生活了。那种穷奢极侈的生活由刘姥姥的嘴来批评，可信得多。由作家直言说这是贾家的生活腐败，那这本书就完了。曹雪芹伟大，很多人都讲佛道思想、时间感、影响整个中国的儒家形象，但是为什么他可以表现这些伟大的主题，却没有看出来。这些在别人看起来以为是小的地方，其实是很重要很重要的。

胡：曹雪芹对他这部书的人物，凤姐当然他很欣赏，可是对她也有严酷的批评，最严酷的一次是他们去清虚观打醮，有个十二三岁剪蜡烛的小孩……

白：对，她一巴掌就打……

胡：这是骂凤姐……

白：骂凤姐……

胡：作者这种同情心不需要自己讲出来……

白：不要讲出来，以小说人物的动作……

胡：他一方面对小孩同情，一方面对有权势如凤姐的人鞭挞，不像“五四”许多小说，作者先讲了出来。

白：先讲了……这一场讲了凤姐，也讲了贾母仁厚的地方。凤姐打了之后，贾母非常可怜这个孩子，叫贾珍不要难为他，还给了他钱。贾母可以说有儒家思想的“象征”在里面。

胡：但他也讽刺贾母……

白：是，很多地方，不止一次。曹雪芹之所以伟大，他看人不是单面的，不是一度空间的。他写凤姐的刻薄毒辣，还有很多地方；但我觉得曹雪芹了不得，他对这样凶、这样心毒手辣的女人，她极人性的一面，他也顾全得到。因为人不可能完全坏的，而且凤姐，讲起来，整个来说也不算是百分之百丧失道德能力的人，她临死对女儿那种母爱，我觉得是很动人的一幕。是贤妻良母的话，写她临死对女儿关切，不会怎样动人，但像凤姐这样的人物，到死的时候如此凄凉，尤见曹雪芹悲天悯人之心。凤姐之死非常感动人，我认为是他写得极精彩之一幕。凤姐临死，刘姥姥出场，多大的讽刺。过去她对刘姥姥是爱理不理，最后是她求姥姥。《红楼梦》里面没有十全十美的人，也没有一个十恶不赦的人。这部书伟大，一方面在它的象征意义非常深刻，一方面写实能力达到了高峰。

胡：真奇怪，他在这么早的时代就能够运用这个西方现代小说非常重要的进步技巧——“转移观点”（shifting of view-point）……

白：而且他观点的改变，不露痕迹，这个了不起。普通一部小说，观点移动一次，对写的人来说，不是容易的。等于开车，最好不要“更换车道”（change Lane），可能就会撞车。转换观点很难的，很危险的，曹雪芹却运用自如。宝玉在场时，大部分用宝玉的观点看；在别的场时，他觉得应该以什么人来当这一场的主角，他就转到那个人的观点去，转得非常自然。每一次转动都有它的意义在。从观点的运用看，这部书很了不得。因为这么复杂的一部书，不可能用单一观点，不能以第一人称叙述（first person narrator），一定要用全知观点来表现。全知观点里面又由各种人物的观点出发，而且运用了现代小说的技巧，用第三者的对话来批评某一个人物，不直接地讲。像兴儿在尤二姐家讲起凤姐、贾宝玉、林黛玉，是对他们的批评。

胡：林黛玉一到贾家，这一场就写得好的，从她的眼睛看一个一个人物出场，其中又混了别的观点。

白：到了凤姐出场，我真是佩服他。

胡：初学写小说的人，往往爱用全知观点，什么都由作者讲，总是不大好！我觉得你的小说观点运用得好。像你的《那片血一般红的杜鹃花》，你是用了闪回（flashback），之外又用了旁观观点。说故事人不是故事里的主角，只有这样来处理才可以，否则，作者怎样知道那些事呢。

白：也不能用全知观点。

胡：用全知观点不亲切。

白：而且太麻烦了，要交待人物之间的关系……全知观点、单一观点或第一人称叙述者的观点，这些观点本身没有好坏，不能说哪种观点比另一种观点高超，完全决定于题材。这种题材需要这种观点，就要采用这种观点。初学者犯的毛病，恐怕是不会判断他的题材应该用什么观点来叙述。有些小说人物，要远一点来看，像菲茨杰拉德的《了不起的盖茨比》。盖茨比是个很神秘的人物，他的个性，整个的意义，对他可有各种不同的诠释（interpretation），你不能从他的观点来看，以他的观点看，很难讲出他到底是个什么人。这个小说绝对不能用全知观点。这本书用的观点非常好，叙述者与盖茨比没有什么关系，但又认识他，是一个旁观者来看他……

胡：就是隔壁那个人……

白：是尼克。尼克是盖茨比爱人的表亲，从他的观点看，像把距离推远，很难看清盖茨比，不写他的大特写。远远地看盖茨比，增加他的神秘性。这本小说整个来说是很神秘，到底盖茨比是个怎么样的人物，很难下判断。像《红楼梦》、《战争与和平》，这样复杂的小说，绝对不能用单一观点，以第一人称的观点来写。很多现代小说如亨利·詹姆斯常常用单一观点，从一个人物的眼光看出去。这种观点当然有它很多的优点，常常免除了作者干扰，因为从人物来看，不受作者全知来批评：人物知道的事物，读者知道；人物不知道的事情，读者不知道。

胡：不过，好的小说，总是几个观点一起用的。

白：大的小说常常有几个观点。亨利·詹姆斯用单一观点写的小说《使节》，单一观点非常统一，几乎由头到尾。西方的名著《波华荔夫人传》（即《包法利夫人》），里面观点的运用是非常有名的。这本小说一开始，就用全知法来描写，写完之后，就转用艾玛的观点来写，变成单一观点。用单一观点的优点之一，是可以把主角的内心、想法的来龙去脉弄得清清楚楚，从他的内心来想，所以读者与人物之间非常接近。

人物出场及场景

胡：有些人写小说，不大懂得交待人物出场，结果要自己把那个人说出来，这一点也是很多人忽略的。

白：这也是要紧的一点。等于京戏，人物出场，一出来形象就马上显出来。第一次出场非常要紧的。有些人物出来属于高调（high key），有些属于低调（low key）。有些人出场是不着痕迹的，因为在那一场他不是主要人物，不让他表现，衣着的描写或是动作，都很低调的；有些一出来，焦点就落在他身上。人物出场时，由作者自己出来交待，是很低劣的办法。等于京戏出场时，先自己讲自己，道名道姓。我觉得写得好的出场，一出场就了解到他的个性，像凤姐出场，多了不起，曹雪芹真了不得，你不能想象出另一种写法，你不能改。人未见，声音先来，声势凌人，等于京戏台后的一声。像梅兰芳出场，他唱苏三，一声哭头，在后台压场，他一叫，还未出场来，观众给他压住了，那种架势。凤姐出场就有这种架势。

胡：场景的安排，也很重要。《红楼梦》中秋夜宴那一场，他们在赏月时，黛玉和湘云早已半途走去联诗，贾母赏月和黛玉、湘云吟诗是同时进行的，两场连接得极好。

白：场景的安排，在小说很是重要。这一场这个时候出，那一场那个时候出，很要紧。等于戏剧，场景的转换在戏剧里更重要，某一场在整个戏的先后，不能乱来。

胡：前晚和你谈到端木蕻良的《科尔沁旗草原》，我记得大山出场的一章。在这一章之前是写丁宁，这一章完了，下一章就写与上一章完全无关的。大山完全是另外一个地方、另外的人、另外的背景，没有连起来。

白：我觉得这本小说场景的跳跃太厉害，“结构”相当有问题。端木蕻良写的时候还年轻，只有二十二岁，对整个小说结构照顾不够周到。整个来说，《红楼梦》里，每个人出场的先后，每个场景安排的先后，都很好的。你刚提到中秋夜宴那一场写得非常好。这一场相当重要，很少人提到。他们在凸碧山庄赏月，在这次以前，过年过节都是喜气洋洋的，是他们全盛的时期；一直发展，到了中秋一场，应该是团圆、喜庆的事，忽然贾母感伤了，大概是觉得人生无常，月亮不能永远团圆，人不能永远团圆。人生聚散无常，就是《红楼梦》的主题嘛！过去都是喜气洋洋的，这一场的气氛却改变了，贾母不肯睡，这一点很有意思。他们听笛子，勉强说些笑话逗她高兴，但她高兴不起来呀！她很感伤的，张开眼睛时，人都走了，只有探春一人在。这一场很重要，因为表示了由盛而衰，人生到了顶点，走下坡了，我想贾母感觉到这一点。只写贾母感觉，还不够力量，曹雪芹非常好，马上接上黛玉和湘云联诗，最后一句是“冷月葬诗魂”，这样一方面讲到贾府的衰亡，第二方面暗示了黛玉的死亡。上面的一节完的时候，笛音很凄凉，贾母很伤感。大家讲笑话，贾母只能勉强笑一笑，便去睡觉，这个气氛（mood）是非常凄凉的。下一节完的时候，是黛玉和湘云上床，湘云问黛玉说：身体怎样？大家都睡不着。黛玉也很感伤，人不能长保。人生无常，上面贾母感觉到，下面黛玉感觉到。这两个场景相互辉映。若没有黛玉一场，直接写贾母的话，是不够的。若黛玉一场晚一点的话，也不对。紧接了两个，太好了，把《红楼梦》的主题也丰富了一层。所以说在小说里，场景的前后安排是很重要的。

胡：中秋夜宴，贾母之前写贾珍一场也非常精彩，他们喝酒，忽听墙下有人叹气……

白：接着一阵风，哗喇，直翻过墙，撞得家祠的窗门啪喇响，真是鬼气森森，很恐怖，这段写得很好。

胡：曹雪芹没写恐怖一字，只写景象，气氛就出了。

白：忽然而来，好像一种"警告"（warning）。《红楼梦》常常出现警告，好几种预兆。为什么在贾家最兴盛的时候，忽然，秦可卿死了。秦可卿之死，很多人说是天香楼的事，不错，这是事实，但象征意义不止于此，她"兼美"嘛，一个人美到极点时就会衰亡。

胡：兼美就是可卿，贾宝玉做梦与她初试云雨情，她"兼美"是兼宝钗、黛玉之美嘛……

白：宝钗与黛玉之美是两种美的极点，也表示她兼所有的美于一身。兼所有的美是不可能长持的，这是《红楼梦》的主题之一。美的事情不长存，便是人生的遗憾了。秦可卿之死、中秋夜宴、海棠花开、宝玉失玉，这些都是"警告"。曹雪芹用了很多 warning。谈技巧，《红楼梦》就是一个很好的例子。《红楼梦》写得好，绝不只因为内容丰富，而且是表达技巧非常非常高超。不错，《红楼梦》的主题非常大，把我们基本哲学——儒家、佛家、道家统统表现出来，但如何表现这样深刻的思想，当然需要相当高超的技巧。

胡：所以我常常说，不论你讲什么，怎么样讲出来才是最重要。大口号谁不可以讲？大感情嘛，人人都有。

白：感情人人都有，人的感情也是相通的，就看你如何表现。题材嘛，从古到今，实在很有限，生老病死、战争爱情，八个字。讲人事嘛，太阳底下无新事，没有很多与以前不同的事。

胡：我们把小说主题分类，分不出很多类的。

白：小说到现在还能够层出不穷，那就因为表达技巧不同，因为讲生老病死、战争爱情，这个老主题，到今天为止，还是有各种各样的方式，在不同时代以不同看法来表现同样的老故事。问题是怎么样把它讲好。就中国文学的传统来说，这些主题，诗也好，小说也好，从古到今，已经讲了很多，今天是要用不同的方式来讲。

对话和文学

胡：你写小说，程序是怎么样的？

白：多是先有人物。我觉得人物在小说里占非常重要的地位，人物比故事还要重要。就算有好的故事，却没有一个真实的人物，故事再好也没有用。因为人物推动故事。我是先想人物，然后编故事；编故事时，我想主题。有了人物，我常在脑海转，这个人物有什么意义呢？有时是很着意用心地想，有时是不自觉地一下得到。有了故事和主题，便考虑用什么技巧、什么表达方法最有效。以前我写小说不想到这些，不太懂，慢慢才注意技巧了。运用正确的技巧，观点（point of view）选得好，很重要。当然内容决定技巧，但是技巧决定故事的成败。故事的成败第一要看技巧，是不是以最有效的技巧表现它的主题，然后再欣赏里面的意义、主题等。有时不能一分为二，两者合起来，技巧本身就是主题。一位美国批评家马克·舒勒写了一篇很有名的论文 *Technique as Discovery*，某一种技巧就表现某种主题。

胡：就小说文字说，你觉得“五四”以来，是个怎样的情况？

白：三言两语很难讲。中国文字受西方冲击，到了最后，坏处多于好处。很多作家对中国旧小说和诗词的陶冶不够，没有传统文字作为基础，就一下子接受了西方的影响。当时的作家常常看翻译小说。翻译小说的文字有时翻译得很坏，对中国文字的影响很大，很不好。

胡：而且文字上弄了西方的文法，不是真正的中国白话了。在口语上也很坏。我读老舍最先写的《老张的哲学》，讲两个十几岁的小孩，一个要到城市去，他们蹲在路边讲话，一个就给另一个说：李应，我爱你，我爱你的叔父。这不可以的，中国人怎会讲这种话呢。

白：中国人不讲“我爱你”这种话的，这从西方学来的。

胡：像这种例子真是很坏的影响。

白：中国的小说，不好的，大部分是对话不好，讲得一点不像那个人物的个性。

胡：文字怎么样可以成为风格，不是写出来人人一样？

白：这与每人的禀赋和敏感有关系，但与个人训练又很有关系。我很相信训练。像海明威，看来很简单的文字，其实千锤百炼，锻炼得很厉害。

胡：文字没有天才。

白：有些人对文字可能天赋敏感，但训练绝对需要。写诗还可靠天才，像法国的兰波，十六岁就开始写诗，但十几岁很少能够写了不起的小说。诗可以主观，写主观经验；写小说，人生经验是很要紧的，写得很成熟时，可能要历尽沧桑了。如果不是经过客观真正的大变动，也要个人内心的磨练，内心七情六欲的磨练，这个很要紧。

胡：所以有些人说，纯粹文字好，可以写出好的散文，甚至诗；但是纯粹文字好，不能写出一本好小说。

白：对，因为小说里很重要的部门是人物，作家一定要有人生经验，才可以对人物了解深刻。单是好文字，不能写出好小说；但是好小说，一定有好的文字。

胡：文字是最基本的。

白：有几本好小说，一段段文字抽出来看，不见得好，但整个合成一本书——像福克纳的小说，抽出一段来看念念，不见得是好英文，合成一本，哗，简直是长江大海，气势磅礴，滔滔不绝。

胡：我读你的小说，觉得你文字的修养很高，又是生活的语言，人物什么身份讲什么话，有时更创了新词汇。把中国文字练好，达成这个修养很不容易，可不可以给青年人说出你自己一些经验？

白：我还在中学时，看了很多中国旧诗词，恐怕对文字的运用、文字的节奏，有潜移默化的功效；然后我爱看旧小说，尤其《红楼梦》，十一岁就看《红楼梦》，中学又看，一直也看，这本书对我文字的影响很大；又看武侠小说，那时看还珠楼主，还珠楼主的文字很好，我看了很多他的书。这一类中国旧的传统的书看很多。我不是看翻译小说开始的，我后来才看。我一直不喜欢看翻译小说。

胡：因为你中国文学根基好，你看翻译小说，便觉得里面文字不妥。若先看翻译小说，就坏了根柢了。

白：我的文字的来源有两种，一方面是中国传统文学的陶冶，另一方面是中国方言。我的家乡桂林是说官话的，说的话就可以写出来。桂林人很会讲话，城市的人能说惯道；

我从小又走过很多地方，会说四川话、上海话、广东话，到台湾后，懂一点闽南话，湖南话我也会说一点。所以是南腔北调，一方面令文字丰富，写对话时，也可能占了些优势，因为我后来研究小说的结果，对话是小说里非常重要的部分。小说分两部分，一部分是叙述，一部分是对话，对话占了二分之一。对话一定要写得非常好，但对话难写。写对话绝对是真实生活里面的话，当然不是拿没有经过修饰的。不是这样讲的话，你就不要写。受过很高教育的人，大学教授平日讲话，也不会咬文嚼字。最糟糕的话，是时常有“五四”新文艺腔，像老舍写“我爱你”这种话，而且爱用对话来讨论抽象问题。用对话来讨论抽象问题，在真实人生里并不多，而且中国人不大有这个习惯，有时西方人倒有，看英文时我们不觉得怪，但在中国人里却很少的。

具象与抽象

胡：像罗曼·罗兰的《约翰·克利斯朵夫》，不少段落，大讲抽象理论，我就都跳过去，不想看……

白：这个例子很好。这一部小说，思想这么高洁，有这么一个超凡的理想，而中译译笔又那么好，我从前实在是对它着迷，然而讨论那么些抽象的问题。我觉得，中国文字不长于抽象的分析、阐述，却长于实际象征性的运用，应用于象征（symbol）、应用于实际的对话。像《红楼梦》，用象征讨论佛道问题，用宝玉的通灵玉，用宝钗的金锁，很实在（concrete）的文字。中国诗也是嘛，诗不直讲抽象玄理的，是具体的。这是中国文字的优点，我们要了解。很多人学西方讲一大堆抽象的道理，一来就大理论。很危险。形而上学并不是我们的长处，即使像大哲学小说，像杜斯妥也夫斯基，他倒是写非常实在的事，不过有时也长篇大论，论宗教问题，我觉得非常沉闷，跳过去看。我讲的文字问题，像卡缪的《异乡人》，所以写得好，那样动人，因为没有讨论抽象的问题，从头到尾完全是非常实在的情节（action），非常实在的人物，表达了非常抽象的问题，我觉得这是值得效法的。

胡：文学的语言是不抽象的。中国的哲学也很少抽象推理，像庄子，大都是寓言、故事、对话。

白：是，非常实在的。对话一定要生动，一定像生活里的人所说的，不是坏的舞台剧里面所说的。所谓文艺腔，最要不得，装模作样。要学对话吗？熟读《红楼梦》。《红楼梦》的男孩子、女孩子都是受过教育的，很少讲抽象的问题。黛玉与宝玉谈禅谈玄，都是带开玩笑讲出来，全是日常生活的语言。这是它伟大的地方，那么平凡的日常生活的方式，却有那么深奥的东西。

胡：我读《红楼梦》，觉得它最厉害的地方，若是形容什么，像形容雪白、雪光，整段就不用一个“白”字，却说“琉璃世界”，因为“白”是抽象的，雪本身就是白色。

白：《红楼梦》的文字扎实得不得了，非常实在。

胡：甚至时间，曹雪芹也不直讲出来。大观园一盖好，我就想这是几月呢，什么时候？我就查，一时查不出来，不过透过两点，我就知道了。那次贾政带着清客游大观园，试贾宝玉的文才，里面说天气倒暖和，又讲到杏花开，杏花开不会在夏天，不会在冬天，凭这线索我查本草纲目，杏花一定是在二月开花……

白：一定在春天。

胡：所以大观园盖好是在二月底，杏花开得很灿烂。这是我们中国人的哲学，时间也包括在实在的（concrete）世界里。

白：这是我们最拿手的了，以时节表现时间的经过，中国人最会。

胡：人物的内心意识，曹雪芹也以具象手法来写。《红楼梦》内一真一假宝玉，一般就考证，真的或在南方，假的或在北方，一南一北先先后后，当作事实来考据，我觉得曹雪芹其实要表现的……

白：象征意义。

胡：宝玉内心的挣扎，出世和入世……

白：我很赞同你这一点。贾宝玉真正的思想是要出家，甄宝玉呢，是社会化的（social being），走社会要求的路，求功名，象征意义重。

胡：如那一幕，他在睡觉……

白：看见镜子……

胡：对！镜子里的人完全和自己一样，但个性完全不一样……

白：其实指他有两面……

胡：每人都有两面斗争嘛……

白：对，对，是入世儒家与出世佛家，两种思想的斗争。

原载于《明报月刊》及《联合报》

树立我们文化的新模式[1]

“实验剧场”扩大戏剧领域

白先勇：七十年代台湾最重要的特点是经济起飞，在这十年中，台湾正在努力开发。到了八十年代，台湾在文化上已有相当的基础。我们期待文化起飞，在文化起飞中，应该有一种新模式出现。各种迹象显示，我们的音乐、绘画、文学、戏剧都在朝着新方向走，这种现象一方面表现我们的经济已达到某种程度，可以支持文化建设；另一方面也显示台湾的文化界已具相当的自信，自信可以树立真正属于台湾的新文化。因此，往后的十年，文化界人士将是任重道远的，一方面要继承中国一脉相传的文化传统，还要加上台湾本土的创

1 白先勇主持访谈，出席嘉宾为李欧梵、吴美云、林怀民、姚一苇、殷允芃、许博允。

新与建设，这样延续下去，自成一种文化新潮流。

今天先请姚一苇教授来谈谈。姚教授多年来不遗余力地推展戏剧，请他讲讲目前台湾戏剧的新方向——实验剧场。

姚一苇：我想首先要了解舞台剧和电视剧性质有什么不同。我们不谈理论，先从观众来了解。在“国立艺术馆”欣赏舞台剧，坐满了人，也不过六百人，但是电视观众最少也有百万人以上，所以观众数字就差很多，无从比较，这代表两个不同的文化层次。我并不是在批评电视剧，而是电视剧接触面很广，必须适合广大群众，因此它是通俗的；而舞台剧观众很少，就文化层次来讲，我想借用孙院长在“国建会”所提的“精致文化”来说，它是精致的。像今天这样的大热天，在家里可以穿得很舒服，坐得很舒服，只要开关一扭，就有电视剧可看；可是看舞台剧，除了要花钱买票外，还要冒着大热天，坐老远的车，坐在满屋子都是人的地方，一坐就是两三个钟头。所以舞台剧一定要和电视剧有不同的地方，有其特点。如果舞台剧是“精致文化”，那么舞台剧的观众也可以说是“精致观众”，他们的要求也多，希望从戏剧中看到思想、哲学的、可以带回家思考的东西。因此，如果舞台剧仍沿着电视剧的通俗路线走，将无法走下去，这就是我们要开创实验剧场的基本原因。

实验剧场，“实验”二字和科学上的意义相同，只是做一种试验，不一定能成功，甚至失败的机会比成功大。既是实验，先要有构想，就是剧场先要有自己的看法，并且要有一套设计精密的蓝图。之后，根据这套设计蓝图，搬上舞台。这种做法有几个重要意义：首先，鼓励创新的戏剧。既是实验，什么样的戏剧都可以尝试，这样就会引起大家编剧的风气，敢于编非商业性的剧本。

第二，是对演员及舞台工作人员的训练。剧场是专门的艺术，就舞台工作人员来说，灯光设计、灯光操作已进入电脑操作的时代，舞台设计、服装设计都是专业的。至于演员也是要训练的，比方说话的声音。如果在五六百人的场子里，有部分死角不能听清楚，这场戏就没有达到效果。声音必须受训练。此外，身体的动作要准确，就是要能控制得当，运用自如，这也是要训练的。实验剧场同时也是个工作室，予爱好戏剧者必要的训练环境。

第三，它是自由的。一般大的剧场，要花一大笔钱，一般人负担不起。但实验剧场就不需要花太多钱，比方，人在舞台上也可以是道具：我也许无法演戏，可是我站在台上当一棵树，总还可以。这样就把成本减到最低的程度。同时，活动范围不受限制。比方我们可以组团到中小学演出，我甚至想到幼稚园去演出，给三四岁的孩子看。我女儿也是学戏剧的，她曾参加一个剧团，到幼稚园演出；用一个大麻袋，人钻到里面，随便做个姿势，问小朋友这是什么，小朋友说像就是像，这也是戏剧。所以，戏剧的范围可以扩大。同时，戏剧就是游戏，戏剧和游戏共一个“戏”字，这非常妙。

实验剧场有这么多好处，所以，我尽个人能力来推广——虽然个人能力很小。

“云门”也下乡也放洋，搞内销又搞外销

白先勇：我在“国父纪念馆”看过一次“云门舞集”，在洛杉矶也看过一次，两次的演出都非常轰动。完全不同的观众，完全不同的文化背景。我想云门舞集融合了中国传统和西方现代舞，再加上台湾本土的文化，三者合在一起，自创一种新形式，而在太平洋两岸都能被接受。现在云门舞集一面下乡又一面放洋，我想请林怀民来谈谈他的构想。

林怀民：有时我们做一件事只是很自然地做了，而不问为什么。上个礼拜我看了姚先生实验剧场的演出，在一个多小时的演出当中，我从头笑到尾。我感动，我兴奋，觉得剧场跨出了一大步。他们工作了两年，才有这样的成绩，这使我联想到云门刚开始时的那段时间。今天云门做“外销”又做“内销”，在开始时并没有想这么多，只是喜欢跳舞，一直跳到今天，也没有什么计划。

有两个因素造成云门，一方面是舞者本身的努力，另

一方面是客观环境促成。刚开始我们不知怎么跳中国人的舞——我是中国人，跳的当然是中国舞，事实上并不是这样。我刚回国时，形式上很受西方现代舞影响，但我还是很自然的把自己所想到的东西，用自己的方式表现出来。

这样做下来，我发现了一个问题，我不是从六岁就开始跳的专业芭蕾舞者，也不是科班出身的平剧（即京剧）演员。我什么都不是，却什么都懂一点点。就因为我是这样的贫乏，也总是知道自己不足的地方，有时会为某个东西感动，想要讲出来，就得想办法吸收。到最后，我和云门舞者的个人生活就表现在作品中。做一个中国人还是不够的，做到某一程度时，必须努力去了解什么是中国，去接触本乡本土的东西。刚开始时，我们看书，看平剧，起初是认为是应该看才去看，到后来变成是喜欢看了；因此，这东西很自然就成为生活的一部分。就这样，我们做出了早期的作品。

我觉得云门舞者的努力是根植于客观环境的鼓励。同时，在台湾的舞蹈工作者有很大的责任，因为这儿有最热切的观众。如果早期的云门到纽约演出，会有人买票来看吗？没有！基于这个原因，我们今天愿意到乡下、社区去演出，我们所能带给观众的，远不及他们所给云门的鼓励和鞭策。我想文化就是这样，在各方面交流推动下产生的。我个人在其中只是做着穿针引线的工作。

《汉声》掀起报导乡土的“田野工作”风气

白先勇：我昨晚看一本杂志，杂志封面有很多照片。照片中的人很多是我的朋友。我看得入迷，刚好吴美云打电话来，我就问她为什么不把我的照片放上去，因为这杂志就是她主编的《汉声》杂志。记得有一次，一篇访问记中，问到办《汉声》的动机。她说要让外国人了解到中国文化的内涵，她必须回来从自己的乡土做起，于是便有了《汉声》。大家都能感受到这本杂志的震撼，它对文化的推展确是功不可没，现在请吴美云来谈谈她的心路历程。

吴美云：未办《汉声》时，我在海外念书，常被邀请到妇女会、扶轮社去演讲，介绍中国的节庆、文化。碰上这种情形，我就要到图书馆去找资料，找资料时常会发现外国人写我们的书，尤其是十九世纪末、二十世纪初年的，都是从西方文化的角度来写中国，从迷信、落伍的角度来写，虽然并不是所有的书都如此。偶尔看到一些这种报导，心里便很不平，为什么不能由我们自己来介绍中国文化，从了解的角度来做报导，又同时具有世界水准。回来后，就和几个朋友一起办了《汉声》。

《汉声》本来是要把中国的文化、历史、地理，一切都要介绍，但因限于只在台湾做，而且又要求是报导性的田野工作，因此，对台湾的民俗、历史、地理、建筑各方面特别注意，因为只有这些是我们能直接触摸的东西。因为《汉声》在海外获好评，文化界对《汉声》报导的题材也特别注意，于是对乡土的东西开始感兴趣，继而有信心，并参与了这方面的工作。看到这种成果，我一直很开心。

三年前，有许多关心《汉声》的朋友，问我为什么不办中文版的《汉声》。很多传统习俗，连我们自己都忘了是怎么一回事，像大家都过年，却不知道怎样过年，过年为什么要蒸萝卜糕、迎财神，尤其是年轻一代更不晓得。《汉声》英文版是用来平衡、交流东西文化的工具，中文版则是用来介绍自己的文化给国人看，固然很有意义，但嫌不够。现在大家在追求现代化，追求一个新的文化模式，因此，《汉声》的任务是介绍传统文化，让国人了解自己文化的精华，从而知道什么东西是适合自己的。而在面临西方文化冲击时，懂得选择最恰当的加以吸收，创造新文化。《汉声》最近推出“中国人造型专辑”，探讨到底中国人的形象是什么，什么样才是美的。我们学美术的人，成天在画维纳斯，甚至在国画中的人像也出现高鼻子蓝眼睛。在被好莱坞电影轰炸了三十年后，我们的审美观点也变成了好莱坞式的。爱美的小姐跑去美容时，要割双眼皮、垫高鼻子，事实上东方人有东方人的美，我们应该创造自己的审美观点，这从美术、文学，甚至化妆、服装都可以谈，《汉声》就是在做这方面的工作。

我们抛弃太多祖先遗留的声音了

白先勇：我跟李欧梵是同班同学，记得那时在校园里很难听到歌声。在同学会中，若要请谁唱歌，恐怕拖拖拉拉的才肯唱。那时，是一个“无声的时代”。可是这一次回来就大不相同了。七十多岁的老太太，十几岁的小姑娘，还有许多大学生都想去唱歌：在新公园唱，在“国父纪念馆”唱，在夜总会唱，在咖啡店唱。我们这一代能够把心声大声地、不保留地唱出来。可见，我们的音乐确实已到了一个“新的纪元”。“新象中心”的许博允先生自己就是个音乐家，我想，在这方面，他有更多话要讲。

许博允：刚才吴美云女士提到《汉声》的种种。我经常跟吴美云抱怨说这份杂志取名叫《汉声》，每一期《汉声》不管怎样，有看没看，都翻了，发现音乐方面提到的最少。实在是我们在音乐方面的资料留下来的确很少，埋怨也没用。不过，我想在座的几位，大部分先学了西洋的东西，然后再自己去找寻中国的东西。在这方面，我也是先学西方音乐，研究西方音乐语法。有一次，我听了日本的“雅乐”，很感叹。虽然这种音乐气势庞大，震撼力是那么强，可是，几年前日本雅乐团来的时候，居然许多在座的学生说：这真是我们的古乐吗？这好像是外国的音乐，也好像是另外一个世界的音乐。这点也令我非常惊讶。我想：是不是先要学了西洋音乐，到某一个程度，然后才能够体会自己古人的音乐？这是一个问题。

莫扎特的音乐那么流畅，那么美，可是当我听到拉维·香卡（Ravi Shanka）的西塔琴音乐，我就决定有生之年一定要把他请来。我们终于把他请来了。虽然他年事那么高，可是，当你听了五分钟以后，便越听越进去了。有一度，我曾经对西洋中古时期的音乐非常着迷，因为那音乐那么纯净，不像浪漫派把那么多的东西、那么多感情加在一起。后来听到西藏的梵唱，我才真正地感觉到宗教力量是那么大，无法抗拒的。有一次我无意中听到《成吉思汗赞颂》录音，是我从来没听过的声音。思古的心油然而生，于是我写了《寒食》。“唱”的观念是什么？我们以前的说法分为说白、朗诵、唱歌、吟诗，在音乐的术语里统统是“唱”，只是方法各不相同。因此，我觉得我们自己实在抛弃了太多的祖先遗产。这是很惨的事。就像“可口可乐”或是“好莱坞”三十年的轰炸让我们不能自持。我们这时不只要回过头来找，而且现在西洋已经发展到一种程度，譬如他们的实验音乐，达到音乐厅中每一个人在任何座位上，都可听到同样的音效，因为可以用电脑来控制，所以听到的时间几乎是一致的，听到的音量是一致的。他们甚至可以把声音控制到跟青苹果的味道一样，使你听到这声音就可以想到青苹果。音乐的领域已经到了这一地步，而我们今天还在谈许多音乐的教育问题。另外，德国的电子音乐家，把电子音乐应用作为新的雅乐的语言诠释，像这些东西，美国人把西藏禅颂融入作品，我们第一次听到时，不知道如何处理，只有慢慢学习。这不过是七十年代的事情，还不太远。我们在八十年代应该怎么做，尤其是现在“艺术学院”即将成立，我觉得这是一个关键。如果“艺术学院”的音乐教育还是跟以前一样的话，那么，又会造成另外一个危机。我觉得应该全面地去做教育方式的整理及改革。

我们的文化尝试是经得起比较的

白先勇：我们大家都知道，从“五四”到现在，中国的新文学走了非常崎岖的路，而我们的文艺思潮，可以说经过了许多许多不同的阶段。这个问题相当复杂。今天，很高兴李欧梵也在这里。他专门研究“五四”以来的现代文学，对文艺思潮的方向，他有非常独到的见解。

李欧梵：我觉得中国自“五四”以来，至少有两三种非常非常重要的现象，第一种现象是非常强烈的民族的、乡土的、写实的社会感，这个现象是一贯而成的。关于文学的主流，在座的葛浩文先生可能跟我的意见不一样。就是说，当“五四”我们文学革命开始，即二十年代、三十年代，也正是我们逐渐接受西方影响的时候，所以当时最认真的文学家、艺术家、音乐家都希望能站在中国的立场，表现出现代中国人对中国文化的一种创新的看法。我觉得这是真正的中国现代文学、现代文化的开始。所以，我的重点在“现代”这两个字。我所说的是广义的“现代”，而不是狭义的“现代”。在西方，狭义的“现代主义”早已过时，台湾的所谓“现代文学”也已经过时了，我们现在已经超越了这个阶段。由此看来，我个人觉得目前台湾所走的方向对我是一种很好的鼓励，因为我觉得大家不约而同地在早期受到西方影响之后，重新找回自我。我举一个非常明显的例子来印证我的看法，就是最近在“国立艺术馆”演出的实验剧场《荷珠新配》。我跟林怀民去看时，也是从头笑到尾，笑完之后，我觉得这真是不得了的作品。为什么不得了呢？因为它是一种创新，把中国的旧戏，把中国平剧的种种，用新的眼光表现出来。如果要把它表现成哭哭啼啼，赚一把眼泪的话，并不是一件难事。可是把它表现成一出“闹剧”，这是一件非常困难的事。在西方，“闹剧”也是最难演的。看完后，我问林怀民：“那个人是谁呀？”林怀民说：“不只是一个人哪，他们是一堆人组织起来的。”我问：“这些人是不是什么博士、学者之类？”林怀民说：“不是，如果让你们这些博士去搞的话，那就完蛋了！”我想这很有道理。因为，有时我们学院派的（姚一苇教授当然不在此列）往往与现实脱节。而真正的戏剧应该是来自生活的经验，而不受教条等的影响。我个人对这些人非常钦佩。

我在此呼吁，这出戏能够继续演下去，不要只演一场。在座各位，不知有多少人看过这出戏。

何不主动向外国人介绍我们的文化活动

白先勇：从刚才李欧梵所说，我们可以说，大陆现在也在“文学学台北”。可见，他们正在开步走我们的路子。吴美云刚才提到，说她在海外时常常好生气，就是无法使外国人了解我们文化中可贵之处。

今天在座的殷张兰熙女士在这方面作了很多的努力，可是她到美国时常常给我电话：“气死了，气死了！”因为很多时候，她跟外国人讲中国文化，有种种困难。我们要检讨自己，要用什么方面来使人家接受我们的文化？我们在哪些地方做得不够？哪些地方做得不对？我们常常说我们有悠久的历史，有五千年文化，光讲我们的老传统是不行的，我们今天如何把我们成就的新的文化推展到海外，是一件很急迫的工作。殷允芃女士在国际传播工作上很有经验，我们今天请她给我们提供一些意见。

殷允芃：这些年来，我们在经济上的成就，在世界上获得一致的承认。我们的产品几乎遍布世界各个角落。但是，在文化建设的成就上并没有受到世界上应有的重视。世界上对我们的文化建设或者完全忽视，或者只注意到其中的一分或二分。我们希望怎样让外国人认识我们的文化，与其批评抱怨外国人无知，有偏见，或者带着歧视的眼光等等，不如把这些精神放在研究我们自己该怎么做才能吸引外国人的注意。要将我们的文化介绍到海外去，主要的权利和责任还是在我们自己的身上。有些事情，只要我们每一个人努力一下，都可以有一份贡献的。譬如，现在每一年大约有一百多万海外观光客到台湾来，其中有些也许是我们自己的朋友。他们想到台湾来看的，除了太鲁阁、台北故宫，以及台北近郊之外，我们在节目安排方面，也许可以注意一下在“国艺中心”是否有平剧演出，在青年公园是否有“云门舞集”表演，在“国父纪念馆”是否有“雅音小集”等等。在这方面多花点心思，多尽一份努力，就可以让他们了解，我们现在已经有那些充满活力的文化活动。另一方面，近年来积极邀请了许多外宾来访问，他们来参观时，大多偏重于请他们参观“十项建设”，有空的话，也许再看看台北故宫。其实在安排节目时，我们可主动提醒他们，我们有许多文化活动可供欣赏。也许我们在安排行程时，可以把请客吃饭的时间缩短一点。有些海外朋友到台湾来，会抱怨吃个晚饭就要花三个钟头。如果能缩成一个钟头，则节省下来的时间就可以请他们参加一些文化活动。

“翻译中心”的成立刻不容缓

殷允芃：我们以前邀请的大部分是政界人物，也有些教育界或新闻界人上，较少注意到邀请文化、艺术界的人士。文化、艺术界的影响也许是比较无形的，需要长时间的，然而可能他们的影响会是最大的。我想这并不难做到。至于我们要怎样把我们的文化介绍到海外去，“国建会”中，许多学人提议成立“文化部”和强有力的“翻译中心”。如果真能成立的话，自然是最理想的，可以把我们的文化很有系统地介绍出去。根据过去的经验，这样的请求、呼吁，不知要等多少年才能实现。如果要争取时效的话，不知能否先由鼓励民间的企业团体来负责推动。

最近，我看到社会上许多企业界的领袖已经很热心社会公益的工作，如王永庆先生就率先捐献体育场，建医院、眼库，他甚至最近也注意到生活素质的提高。我们希望这些企业巨子也能够把他们的注意力以及关怀扩展到文化方面，也许可以在免税方面或在其他方面给予奖励。这样一来，也许比较可能争取时效产生立竿见影的效果。如果企业界拿出足够经费成立各种文化基金会的活，我们可以藉此提供研究及翻译的经费。譬如在翻译方面，有一笔经费在那里，只要翻译的是中国文学作品，就可以获得资助。这样，我们许多海外学人，甚至许多海外朋友如在座的葛浩文先生等都可能会愿意从事这样的工作，那么不出几年，就能有成套的作品介绍出去。若有人提出计划，研究我们的平剧或者其他文艺，我们也可提供经费补助。同时，如果要增加海外对我们的认识，也希望能够多多参加国际会议。如果我们能成立这样的“文化基金会”，便可提供出席这些会议的经费，也许惟一的条件是参加者要提供一篇论文。如果他懂得会议当地的语言最好，不然，也可提供翻译的经费，帮他把我们的文化介绍出去。总归而言，就我个人的意见，我们与其批评别人不注意我们，不如自己多花一点精神、一点心思，多花一点经费来研究怎样吸引人家来注意我们。这是我的基本看法。

“雅音小集”太卖力了

白先勇：本来，我今天也打算邀请郭小庄来参加我们的座谈，可惜，她在上次演出时受了伤，因此不能来参加。平剧可以说是我们表演艺术中最古老、最有成就且影响最大的艺术形式。可是，不可讳言的是这个已有几百年历史的艺术已逐渐在走下坡，主要的原因我敢说是因为青年观众越来越少。可是，最近郭小庄女士组织的“雅音小集”演出时，常常有许多青年观众去看、去听。可见，平剧是可以引起青年人兴趣的，所以今天我想借这个机会来谈谈，如何把新的生命注入平剧表演艺术里面。是不是能更有效地利用现代的舞台来表演平剧，同时在服装、剧本上也可以有所斟酌？

姚一苇：首先一个，是剧目的问题。现在可以演出的平剧剧目数量越来越少，老是看《四郎探母》、《武家坡》，实在是连我都不要看，所以我们希望有新的剧本创作。第二，平剧的任何动作、任何细节都是习惯的，而且在一般平剧爱好者而言，你这个动作稍稍跟他不一样，他就要指责你不对，这样一来师父教徒弟，徒弟不可能知道得比师父多，再传下去，当然是越传越少。所以我说这种方式是死的，僵化的。所以平剧也应该有实验剧场，在一定的范围，有一定的构想，在现代人接受的范围之内，做某种改革。当然，要如何改革，还应该请教专家。

白先勇：对于刚才的问题，我想林怀民应该有些意见，因为在感觉上雅音小集与云门舞集有很密切的关系，好像有种血缘的关系，像云门舞集里的《白蛇传》有很多动作是由平剧移植过来加以现代化，我觉得平剧里还是可以注入新生命的。

林怀民：云门用了许多平剧动作，但是我们并不是演平剧，因为我们演不了那么好，但是我们有了平剧的经验以后，肌肉就有这样的记忆，就可以衍生新的动作。整个雅音小集到目前只有两岁，不必太早作成败的定论。像早期的平剧，雅音是个“实验剧场”。雅音小集的成就目前我们不能肯定，从戏剧的观点，从剧场的观点，很多地方还有待成熟，但是当初梅兰芳如果唱一两句，大家就大叫“不对！不对！不对！”那么我想今天平剧界津津乐道的“梅派”就没有了。雅音小集到现在最大的特色，就是“卖力”。有些内行人会说他们太卖力了，所以不像平剧。可是我觉得好就好在非常地卖力；如果不卖力，在“国父纪念馆”怎么跟三十五排后的观众沟通？我觉得雅音小集目前最大的贡献是替原来的平剧剧场带来了新观众。年轻人看了雅音，对平剧有了兴趣，就跑到“国军文艺中心”去，给平剧剧场带来了新希望。雅音小集即使最后因很多原因没办法延续下去，没办法成为很伟大的剧场的形式，可是他们的贡献已显现了出来，他们为平剧注入新的生命和新的观众。没有生命力、没有观众的剧场是不能称为剧场的。

重视中国音乐的瑰宝——雅乐

白先勇：我们大家是观众也好，表演者也好，都有义不容辞的义务，维持发扬最精致的文化。平剧的音乐究竟应该以什么样的方式来改变？我们既然有新的舞台形式，音乐的形式也就很重要了。是不是在音乐上我们请教一下许博允先生，他是位音乐专家，我们听听他的意见。

许博允：我小时候祖父很喜欢顾正秋的平剧，所以大概是在我五岁时，每天下午就被规定去看平剧。所以当林怀民很热衷平剧的时候，我心里几乎有一种抗拒感，因为我也去“国军文艺中心”听过，总觉得没有顾正秋好。顾正秋那么好，有好几年而不是几个月，我都是天天去听她的戏。

我觉得平剧如果去掉音乐就变成“北平默剧”。平剧从以前到现在，可以说音乐的进展不大，改变的只是增加乐器，从这一点上把平剧的音乐和雅乐来比较，目前留下来的中国表演艺术，雅乐应该是最古老的，平剧应该是受到雅乐的某些影响。为什么没把雅乐好的地方多流传一点、多加入一点，这是个课题。有许多平剧的大师，如果问我说你喜欢平剧的什么地方？可能我说出来比林怀民说出来还让他们惊讶：我喜欢他们唱“咿——咿——呀”，给我一种飘动感，所以我们今天谈论目前的歌曲，怎么样探讨都找不出中国，实际上活生生的中国就在你的眼前（平剧、雅乐），因为它们的特色在西洋音乐里完全没有。比方说在中国音乐里是讲求音型，而不是音高，这是很重要的。另外，我很喜欢平剧打鼓的点数。我做过一些归纳，发现多是奇数，尤其要角出现的时候。虽然可以自由的转几圈，但最后总是停在奇数上面，这可增加它的效果及气氛。乐班的头子如果不干的话，这戏也演不下去，因此音乐这么重要，我们却没有在音乐上做一点贡献。

曾经有一次俞大纲先生有心要做这件事，所以把林怀民、我、史惟亮先生找去，每个星期在“中视”会议室研究这方面的事。可是俞先生和史先生却逝世了，这是很可惜的事。

白先勇：平剧改革是很重要的问题，我们再请吴美云女士表达她的意见，她的《汉声》杂志也曾特别做平剧的报导。

吴美云：我觉得雅音现在走的路子，就是我们现在文化的趋向。平剧是传统的艺术，但是它要有现代社会的观众、现代化的舞台表演，这本身是很难很难的。怎么样来平衡，不丢掉真正好的传统，又可以在新的环境里生存，我们树立新的文化模式，基本上就是探讨这个问题。

林怀民：我们可以说平剧已经是十全十美，形式非常完整，任何从这里面滋长出来的东西只能是荣耀平剧这位母亲。平剧本身没问题，只是我们的社会有一点小问题，我们希望在“国军文艺中心”都能看到卖力的演出。

现代主义是一种反叛社会成规的精神

白先勇：我记得在六十年代时我们创办了《现代文学》杂志，似乎是一种自觉，有意识无意识要在那时创一种新的文学形式。那时我们非常大胆，为什么大胆呢？因为没有人理我们，爱怎么写就怎么写，反正没人看。就是我们几个人，像李欧梵，我们自己传阅，各人摸自己的新路子。现在，现代文学已经二十年，回顾所走的路子，我觉得我们那时是对的。假如那时我们不创新，不那么大胆，因循老路子的话，不可能写出一些文学作品。在西方影响方面，再请李欧梵教授讲几句话，他写了好几本书都很重要，也写到“五四”时代的浪漫精神，那时的文人受西方相当的影响的。

李欧梵：用广义来说，从“五四”时代以来到三十年代；从大地方来讲，中国文艺界所受到西方的影响，多多少少停留在十九世纪那个时代。二十世纪开始到第一次世界大战之后，在西方所引起所谓现代主义，当时在中国只是刚刚开始，可是受当时中国社会政治环境的影响，一般人并没对这问题加以研究。一直到六十年代台湾这个环境，《现代文学》的一些大学生才开始对西方现代主义提出了自己的一些看法。当时我们当然都非常幼稚，很多看法都不太成熟，可是有一点我觉得非常重要的，就是为什么在台湾那个时代会提出这个现代主义？我想这种形式的现代主义是对于社会成规的一种反叛，也是一种观念上的革命。这种反叛是现代主义真正的精神。譬如西方现代主义刚刚开始，有人是说从波特莱尔的诗开始，他就是觉得，在西方一切的社会成规，到了十九世纪末期已经变成俗套，变成不值得真正爱好艺术的人来重视，所以就开始建立他们自己艺术上的世界，表现对当时世界的一种反抗，所以当时是相当革命性的东西。我要再提到一点，就是现代的所谓“西方”，应该把这定义加以扩大。现在所指的“西方”，绝对不是英美，说实在话，七十年代的美国——至少在小说界我所知道的、最被推崇的作家几乎没有美国人。美国犹太作家以撒·辛格得诺贝尔文学奖,他是用意第绪文写的。另外一位印度作家叫奈保尔（V. S. Naipaul），被公认是用英文文体写得最好的作家，他的东西越来越受到美国的重视。所以我们不只要重视美国，而是要重视全世界的作家。

我们的传统在我们的血液里

白先勇：现在我们还有半个小时，各位有什么问题可以提出来，分别由出席的先生们来回答。

问：我当仁不让第一个发问，因为我是从南部赶来的。我想请问白先勇先生，写完《台北人》到推出《孽子》之间这段好长的日子里，没有其他作品发表，不知道白先生是在慢工出细活，还是偷懒?

白先勇：写作对我来说是很痛苦的。当我在写一篇东西时，我不可能同时写第二篇。我真羡慕那些创作既快又多的作家。

问：白先勇先生的小说《游园惊梦》写得很美、很动人，不知道它的真实性如何？

白先勇：我想，所有的小说都是假的，这是小说的第一个要素。“小说”的英文叫“fiction”，就是“虚拟”的意思；若写的是真的，就近于报导，不是小说了。小说里的真实，就是叫人看起来觉得真。

问：在“树立我们文化的新模式”这个大题目下，必然包含一个大前提——我们要保持的传统到底在哪里？如果我们没有先认识自己的传统，要从何创新起？标准何在？

姚一苇：第一个问题，我可以用一句话来回答——我们的传统在我们的血液里面。我们生而为中国人，从小所接受学习的祖先一代一代流传下来的东西，就是传统。

问：请问林怀民先生，当您接触中西舞蹈及艺术后，您认为两者真正藉以结合的精神在哪里？

林怀民：一个人接触的面越大、经验越丰富后，因为你自己的丰富，你希望你的表达工具多一点，你的语汇多一点。举例说，你去看一个戏，觉得很好，但多看几个戏后，你发觉原来的戏并没有那么好——所谓好、不好，是因为有比较。你见多了东西后，你会发觉，这样的错误不应该犯，这样的好处应该做，而最后你必须把它的优点表达出，这取决于你。

我认为每一件作品都有它的生命，不能单套公式进去就整个成立了，所以不要管它的形式是什么，它什么都不是，它是什么都不要紧，最重要的是它给观众的感受，使观众能把回音带过来。为了达成这种效果，我们应当多懂点东西。所以一件作品的呈现，只是一个人的素养和他的观点。

问：各位对于艺术学院的“学制”有何构想？是类似“科班”形式、其他形式或是一种“新形式”？

白先勇：我曾建议这个学院绝对不能参加联考，因为联考只是适应我们的通才教育，而艺术学院绝对是一种天才教育。它若从联考中招生，则不但对它的学生是一种浪费，对国家也是一种浪费。培养天才，必须从很年轻时就开始，若到大学再培养就来不及了。艺术学院培养人才，也要注意到这点才是。

问：请问李欧梵先生，由您对海峡两岸的了解，谈谈整个中国文化的展望，尤其是透过文化的号召达成“统一”的可能性。

李欧梵：台湾和大陆的文化，有相当的差距。就台湾的文化来说，我觉得对于中国传统文化的延续性应该有一个整体的认识。我在“国建会”上提出，适度地开放三十年代文学，因为这一个时期的文学，也是中国文化传统的一部分，我们应该对它有所了解。

努力去做，自然可以得到外人的肯定

问：请问姚教授，如果我们想参与实验剧场的实际工作，应找谁联络？

姚一苇：我有一个梦想，希望将来能有一个永久性的实验剧场。我们现在所办的是第一届的实验剧展，这个剧展已经筹备了很久，也经过许多的周折。所谓“永久性的实验剧场”，并不是想要有一个豪华的房子，但我们希望能有一个场地，可容百多人或几十个人，就可以的。它必须有两个条件——它要有一个表演的区域，它也要有一个工作室，作为演员训练演技和灯光、布景的场所。目前我们没有这些，但我们期待将来会有。

问：请问殷允芃女士，在文化传播上，我们经常是处于被动的接受，尤其是西方通讯社所灌输给我们的“文化侵略”，往往是以西方的模式，或是带着西方人的偏见。您认为我们应如何“自卫”进而“输出”？

殷允芃：我认为与其自己变得非常地紧张，然后说如何来抗拒外来的“侵略”，不如把我们的精神放在研究怎样建立我们的自信心，怎样制造好的“产品”，吸引外人的注意，从而达到文化的输出。举个例，前不久《华尔街日报》的总编辑来台，刚好云门在美浓下乡演出，我们就带他去观赏。他就和当地的老太太、老公公和小孩一起坐在地板上看了一场表演，看完后非常感动，说这是他来台湾最感动的一件事，甚至对我们的某些观感也有了改变。他回去后，见了人就宣传，成了云门的义务推广者。他之所以这样，第一是云门自有其文化上的成就，第二是他被安排有机会看到了云门的表演。我们不必太紧张，只要我们努力地做，有自信，输出并不难。

主动去支持面临式微的文化活动

问：请问林怀民先生，就文化的新模式而言，地域的普遍性是不可缺乏的。而今日的文化活动集中于台北，如何带动其他城市的跟进呢？我是以高雄居民的身份提出问题的。

林怀民：今天晚上我们谈很多的文化活动，我个人认为这是我们有很好的生活环境，让我们现在能很奢侈地坐在这里，谈我们的长一辈在他们年轻成长时所没有办法谈论的文化、艺术问题，这是他们全体努力的结果，所以我们觉得应该到各处去。文化所包含的范围太广，是不是可以像消除脏乱一样从个人做起？是不是可以好好地排队上公共汽车？这样可以在生活中表现出文化素质。最重要的是，文化不是任何一个个人或团体甚或政府所能左右的，文化是一个民族的活动。即使是在封建时代，它也是一个民族的活动，所以每个人都有它的权利，也有他的义务——如果你关心的话——来参与、赞同，或者排斥、拒绝。举例说，你晚上在家里，你可以打开电视看《六十分钟》或连续剧；你可以关上电视看一本有益的书；可是，你如果认为平剧不应该式微，你可以去看一场，主动去支持它。你的行动影响了自己的文化素养，影响了家人、朋友、子女，乃至整个社会文化的方向。如果每一个人都能有这小小的行为，我想这将是树立文化新模式最需要的行为。当每一个人都有他的意见，这么多的意见加起来，譬如说都喜欢梅兰芳，梅兰芳才能成为我们意识的梅兰芳；每一个人都守秩序，国家社会才能上轨道。文化是不经过投票的选举，是民主的。

问：平剧无法让一般民众接受，是否因为它的服装及特色只能演古代剧？现在要突破，是否能用平剧来演有关现代的体裁？

林怀民：当你问平剧能否为年轻人接受，则这个问题只有年轻人能解答——只有看过、关心过的人才能解答。我们不能只在这边讨论而缺乏行动，这将永远触不着问题的核心。我觉得平剧里面的语言、平剧中人的世界应该是我们最熟悉的，虽然它的形式叫我们在第一次看时不能立刻进入状况。这里有一个小小的步子要跨越：如果你能像接近贝多芬一样来接受平剧，我想平剧没有不被接受的可能。给平剧，给我们传统文化，给我们自己一点机会吧！

问：请问李欧梵先生，您是研究鲁迅的专家，正在写的有关鲁迅的书几时问世？您为什么研究鲁迅？他对整个中国现代文学有什么影响呢？

李欧梵：一九八一年问世，英文版先出，中文版后出，如果生活情况正常的话。我觉得“五四”时代写小说最创新的就是鲁迅，这一点是应该肯定的；其次，鲁迅代表“五四”时代中国知识分子的良心，这也应该肯定。我们不能因为鲁迅的后来，就一下子把他打为“左派”，这是很不公正的。

“新象中心”列入世界音乐年鉴

问：“新象中心”办艺术节，亏空很大，请问新象，针对这种情形有什么新计划？希望观众有什么认同？

许博允：有苦说不出……有这么多可爱的艺术家，要怎么样来帮忙他们呢？于是新象硬起头皮，就有一场又一场的演出了。我们希望在八十年代——如果新象还在的话——邀请到全世界各类型艺术最好的团体或个人来台湾演出，让我们对全世界的表演艺术都能有一番了解；到时也希望当局能有勇气在许多方面更开放点。文化艺术毕竟是人类最可爱的事，何况它还有助于松弛人际的紧张状况。

新象没有政府或财团的支持，完全是一群年轻人凭一股热忱去做的，我们的财源最主要还是来自观众，如果观众不参与，我们就没办法持续。我们的收入绝对不做其他用途，能投入的全部再投入文艺活动，这样一再循环下去。

有些工作人员，曾因不愿再看到我的经济困扰及压力，而准备求去，可是当我接到今年的《世界音乐年鉴》，发觉它三十年来未曾把台湾的任何代表性的文化机构摆进去，今年却把“新象中心”摆了进去。当我宣布这件事时，几乎所有的工作人员都要掉下眼泪来，而继续工作下去。我们薪水待遇并不高，但他们从来不吭气。我们总算已度过了最艰苦的三个月，目前新象正在筹划明年的第二届国际艺术节。

问：谈及“树立我们文化的新模式”之前，身为一个文化人，应具备怎样的素养或条件？

白先勇：我想文化人除了要知用功以外，应该还有勇气、胆识和创新的精神。

一九八〇年《联合报》

中国需要一次新的“五四”运动

丁果、白先勇谈话录

丁果（以下简称“丁”）：巴金说，作家是靠作品说话，但是，现在不该写的劣质小说充斥于世，而大家喜欢的小说家偏偏又惜墨如金。像您，白先勇先生，自《孽子》以后，几乎没有作品问世。而您以前的小说，部部都是“精品”。为什么写得那么少？

白先勇（以下简称“白”）：写作对我来说是一件很痛苦的事情，我写得很慢，是典型的“慢笔”，绝不是快笔，写作计划是有，但笔很“拙”。

写父亲白崇禧

丁：退休后应可多写一些吧？

白:希望如此。最主要精力是写我父亲(白崇禧)的传记。

丁：国内曾经出版了程思远先生的《白崇禧传》，他过去是您父亲的秘书，您认为程先生的《白崇禧传》如何?

白：我觉得基本上史实方面是靠得住的，蛮正确的，因为程先生跟我父亲在一起许多年，对我父亲一生很清楚。至于观点方面则另当别论。

丁：从军政方面描述白崇禧事迹的文章书籍已不计其数，您写父亲，会不会对他不太为人知的家庭或其他方面更多着墨?

白：书正在写，我不能透露太多。一些人或许以为我只关注文学，其实不然。我对中国现代史是很感兴趣的。

丁：白崇禧先生到台湾后就不是十分快乐，而您自己也在台湾生活了很长时间。您觉得台湾变化大么?

白：台湾变化极大，包括社会、政治和文化各个方面。令我印象最深刻的是台湾“百无禁忌”、“百家争鸣”的景象，这与解禁前的情况截然不同。

丁：以前台湾文学界有激烈的“乡土文学”之争，如今本土化已成主流，您觉得本土化趋势对台湾文学是利多还是弊多?

白：我觉得台湾真的蜕变成了民主社会。没有一个人或者一个流派可以影响全体作家。台湾作家已经十分个性化，各写各的，各讲各的，风格迥异，可说没有一定的流派。

在台湾谁也不听谁

丁：余光中和洛夫都提到，现在开文学研讨会，不会讲闽南话的作家很受气，本土化似乎有点"矫枉过正、走火入魔"的情景，这对繁荣台湾的文学创作并不十分有利。

白：我认为开会与创作毕竟不是一回事，本土化对中文写作威胁不是很大，况且很多作家从来都不参加开会，自己写自己的。开会只是几个声音大的人要讲话而已。一个普通埋头写作的作家根本不去听，也不去在意别人讲什么。一个真正有独立思想的作家，外头吵翻天了对他也无甚影响。听别人讲什么再去写的作家，就不是很好的作家了。

丁：以前的作家，像您都是从国家、历史、民族的大格局中，写家庭、个人的命运，看起来很过瘾。但现在台湾的文学，一碰到政治就有"泛政治化"的情绪，像李昂的《北港香炉人人插》，政治的象征性或者政治斗争的含沙射影十分强烈，您如何看待这个问题？

白：我还是认为台湾作家五花八门，其中有一两个作家喜欢写政治性小说，这是他们的风格，不能以此概括整个台湾作家群都有如此倾向，在台湾文学多元化发展过程中，什么可能性都会出现，什么"异色"作家都会有，现在是一个谁也不听谁、谁也不怕谁的时代。更有意思的是，现在台湾社会是讲话的人很多，听话的人很少。大家一起讲，谁也不听谁。

集体的文化意识

丁：正像武汉作家池莉所说，现在大陆十分风行您的小说、余光中先生的散文、洛夫先生的新诗等等，您对大陆的这种阅读现象是怎么看的？

白：台湾文学和大陆文学有几点不尽相同，第一是文字。两岸相隔几十年。文字用法和风格都已十分迥异；第二是题材、感性不一样；还有一点是，我、余光中、洛夫等人，好像都是现代派、先锋派，但骨子和潜意识里还是有传统文学的东西起作用，因此，我们的作品和大陆读者一遭遇，既提供了新鲜感，又有心灵深处一碰就通的共鸣，大概这就是原因。我有一个想法，无论是两岸的中国人，还是东南亚或者北美的华人，都有一种集体的中华民族文化意识，就是荣格所说的集体的文化潜意识。大陆虽然发生了“文革”浩劫，但这种集体意识仍在。无论是小说还是其他艺术形式，只要在感情上触动了这根弦，就会引起共鸣。

这对台湾也是一样。大陆昆曲团到台湾演出，许多台湾观众都是第一次接触，但引起的轰动出人意料。尤其是年轻知识分子，对昆曲这一古老精致的艺术剧种普遍有一种“惊艳”的感受。

丁：依您所说，即使是台湾的年轻人，他们心中也有一种讲不清、道不白的对中国传统文化之根的纠缠与恋情。

白：一定有的。我想，今天的美国人到了希腊，看到西方文化的源头，也会有某种内心的感动。文化的伟大，不仅仅是表面讲的那么肤浅、理性。

心灵自由最重要

丁：您在演讲中已经提到，中国“五四”新文学运动其实是在海外发其端的，胡适、鲁迅、冰心、巴金等作家，都是在海外写下了轰动文坛、引发文化新潮的杰作。但是，这些大师们基本上是在海外客居，然后人与文章都回到本土发挥威力。但现在不少著名中国作家是长期定居海外，已在他乡“落叶生根”。这两类作家的区别何在？

白：“五四”时期中国的情况与现在不同。鲁迅他们出国的目的就是寻求救国的途径，然后是带着使命感从海外回归。而现在作家移居海外，是有各种因素造成，他们常常走着一条孤独的创作道路。终生定居海外并非坏事，二十世纪最有影响力的世界级作家，不少人是被放逐或自我放逐一辈子，在异国他乡写出旷世之作。对作家而言，心灵自由最为重要。

丁：刘再复说，他刚移居海外，常有流放感；但后来就上升到自我放逐家园的精神状态，由此心灵得到释放。您是否认同这种说法？

白：我不讲对与错，因为每个人的具体处境不一样。有的人一定要回到故乡才文思泉涌；有的人非要与故地有距离感，才能把那儿的生活经验诉诸文字。因此，给作家定流派、套模式是值得商榷的。以鲁迅为例，他把绍兴房子卖掉后再没回去过，跑到北京去写绍兴，写得很好。沈从文在北京不一定能写好北京，但他写湘西就很棒。

丁：对海外华人来说，常常有处在中西文化边缘的困惑感与悬空感，而他们又需要有文化上安身立命的保证。因此，我在这两年提出“第三种文化”的思路，期待华人知识分子在中西文化的融合上走出一条新路。

白：这就再要提到“五四”运动。其实，没有西方文化冲击，就不可能有新文学运动。换句话说，中西文化已在历史中结下不解之缘，不可能再截然割裂。世界上已经没有“纯文化”，中国文化本来就不纯。但话又要说回来，中国毕竟有自己的一条文化系统，这就是文化的根，比如唐诗宋词。中国人如果没有这个根基，就不可能很好地吸收西方文化，吸收了也无法融会贯通。

需要新“五四”运动

丁：这一代学生有勇气有理想，然而对中国传统文化则没有基础，吸收西方的东西就流于皮毛和肤浅，这是一个好例子。

白：我觉得海内外中国人最需要的，是在二〇一九年即“五四”运动一百周年前，有一个中国文化的复兴。这个“文艺复兴”必须是重新发掘中国几千年文化传统的精髓，然后接续上现代世界的新文化，在此基础上完成中国文化重建或重构的工作。换句话说，我们需要一场新的“五四”运动。

丁：我觉得中国知识分子对如何反省传统尚没有形成共识。

白：是的。其实，新的“五四”运动起来的时候，并不是反传统，而是探讨如何去正确地反省传统。鸦片战争以来，中国人给“古今中外”四个字搞得晕头转向，一个世纪过去了，大家对现代化有答案了吗？讲得尖刻一些，仍在学习人家的一点皮毛。

丁：我在电视评论节目中说，从形式上看，本世纪初是八国联军攻陷北京。火烧圆明园，彻底地暴露了清王朝的腐败；而到了世纪末，克林顿这个世界惟一超强美国的领袖踏着红地毯进入北京，要跟中国建立战略伙伴关系，这就象征从军事到外交，中国已经强大起来。但是从文化角度来看，仍然是积重难返。

白：旧的文化传统被打倒了，新的文化形态又没建立起来，大家都无所适从。所以说，中国现在最大的危机就是文化危机，大陆有，台湾也有。中国知识分子摸索了一百年文化重建的道路，仍然是“白茫茫一片”。

两类知识分子的交集

丁：依您看，新文化运动的路具体该怎么走？

白：这是一个大问题，一言难尽。但我刚才说过，必不可少的一环是重新审视传统文化，寻找一条让辉煌的古文化在当今急剧变化的世界潮流中再现辉煌的恰当路径，光学西方是不够的。

丁：那您对中国知识分子的期待是什么？

白：我接触过一些文化人。有些人在十分清贫困苦的环境下坚持学术研究，体现了“贫贱不能移”的风骨，这就是希望。当然，中国知识分子一定要在培养下一代上做努力，文化是要“薪传”的。除了研究传统文化的一群人以外，中国还有一群对西方十分有研究的知识分子。新“五四”运动需要这两群知识分子走在一起，而目前这两群知识分子是各干各的，没有很好的交集。

丁：文化建设需要团队工作，文学创作则应该走个性化道路吧，您觉得中国大陆文学前景如何？

白：那当然。从历史来看，文学常常会有一个伟大的时代出伟大的作品，这是“英雄造时势”和“时势造英雄”互动的结果。天才是突然出现的，有时甚至是莫名其妙出现的，曹雪芹和《红楼梦》就是明证。中国有那么多人才，应该会出大作家。文化建设需要几十年甚至几百年，但破坏它几年就成。德国也是一个例子，这个出过歌德、贝多芬、康德的文化，一夕之间就被希特勒破坏殆尽，日耳曼民族就变成野蛮民族，这是十分可怕的。这就需要知识分子有独立的思考，有独立的声音，打破历史风化和集体遗忘的藩篱。

丁：是的，我们对百年历史的沧桑还没有好好总结，就有人提出要解构那段历史了。看来，我们还得好好下功夫把二十世纪的历史梳理一下。

原载一九九八年八月一日《明报》(加西版)

现在是文化复兴的好时光

《瞭望东方周刊》访谈白先勇

“二十一世纪，我希望我们中华民族像欧洲那样，迎来‘文艺复兴’。现在内忧外患都没有，经济都起来了，正是建设文化的最好时光。”台湾著名作家白先勇在接受《瞭望东方周刊》采访时说。

文学评论家夏志清认为，白先勇是中国当代短篇小说家中少见的奇才。近年来，白先勇的名字更多是以中华优秀传统文学艺术的推广者出现在大众视野中。八十岁高龄的他，如今正怀着纯粹的心，为推广昆曲艺术和古典文学名著《红楼梦》不遗余力。

白先勇认为，中国有几千年的浪漫抒情文学传统，中华文化有大美底蕴。复兴中国传统文化需要有标杆作品作支柱，而《牡丹亭》和《红楼梦》刚好代表着中国浪漫主义文学的两座高峰。

白先勇在大陆和台湾都开设了有关《牡丹亭》和《红楼梦》的传统文化课程，在他看来，文化是人与人之间沟通的最好媒介，“两岸青年应该在文化上有共同的阅读经典。”

颂扬“感性之美”

问：你曾多次表示，一生中对你影响最大的两本书，一本是《牡丹亭》，另一本是《红楼梦》。《牡丹亭》是讲“情”的，《红楼梦》则别名《情僧录》。你致力推广的经典作品都是歌颂人类感情世界的感性之美的。为什么是这样？

白先勇（以下简称“白”）：我相信，几千年下来，不管社会习俗、人类表达爱情的方式怎么变，人性基本上是不变的。即使是手机时代，每个人内心还是追求那种天长地久的爱情。

这两部作品是浪漫主义文学的两座高峰。十六世纪，晚明时期的宋明理学已经发展到极端了。“存天理，灭人欲”把人天生的情感压抑得很厉害，这时汤显祖举起“情”的旗帜，《牡丹亭》可以说是当时文艺思潮的一个代表。

到了《红楼梦》，对于“情”的解释进一步延伸，有儒释道的哲学思辨味道。我认为《红楼梦》是“天下第一书”，对于情感的诠释和呈现更加复杂，更加全面，更加浪漫。

青春版《牡丹亭》到北大演出四次，大学生们看得如痴如狂，我觉得是牵动了他们的春心。《红楼梦》也是。对于感情的追求，是共同的人性。

问：杜丽娘与林黛玉都是至情至性的诗化形象，如果一定要有个比较的话，你更欣赏哪个？

白：两个我都爱。一定要比的话，我更偏向黛玉。

杜丽娘也非常可爱，但她身上多少还有些神话色彩，包括最后大团圆的结局。而黛玉更富悲剧性。《红楼梦》是一个悲剧，黛玉之死非常关键：为了情，林黛玉最后把自己的诗稿烧了。

林黛玉本身是诗魂，她代表诗，把诗稿烧了等于是自焚了。为爱情自焚，这种牺牲是很震撼的。我觉得曹雪芹把林黛玉这个角色写得更好、更悲壮。

问：你对《红楼梦》感情格外深，除了作品本身有巨大的艺术魅力外，这种感情是否与你的个人际遇有关？

白：肯定有一些的。我的童年是在抗战中度过的，又经历了内战，我的青少年都在逃难，历史天翻地覆的变化，我都经历了。我家是个大家族，我感受过家族的兴起和没落，所以看到《红楼梦》里写到这些，感触很深。我在台大讲《红楼梦》，常常讲得自己情不自禁地投入进去。

看过《红楼梦》的和没看过的，是有差别的

问：在当下信息爆炸的背景下，向青年人推广传统文化，会遇到什么困难？

白：比如说《红楼梦》，很多年轻的学生说看不下去，很难受。我想说并不是这样的。向学生推广《红楼梦》，很重要的一点是老师怎么导读。一旦把学生引进去，他们自己就会沉醉在里面，到时候他们就会开始寻找《红楼梦》里的那个世界。

开始推广昆曲时，很多年轻人说这是给爷爷奶奶们看的。可是他们看了以后就爱上了。

每个民族都有自己的文化传统。我觉得不管时代怎么变，文化传统里的经典标杆作品一定要阅读。中国学生一定要读一些中国经典著作，包括文学经典、戏曲经典。要是英国学生说没有看过莎士比亚，这是不可想象的。

我最近听到一个非常兴奋的消息，北京高考指定《红楼梦》为必考经典之一，而且今年北京高考题目里就有一篇小作文是关于《红楼梦》的。我在想，这就好啦，至少北京的学生都得看《红楼梦》啦。北京开创的这个风气，我想会带动全国的。

问：纯粹艺术美学上的感染，对于两岸青年来说意味着什么？

白：台湾的大学里，传统文化课程远远不够。二〇一四年，我在台大特别开了一门《红楼梦》的课，从第一回讲到一百二十回，讲了一百个钟头。当时有一千个学生注册要听这门课，教室坐不下，只好用电脑挑了四百个。可见台湾青年对于古典的东西还是有兴趣的。

大陆更不用说了。我在北大设立了昆曲中心，今年已是第九年。北大有两三千名学生都上过这门课，将昆曲在北大很好地扩散开来。我在台大也开昆曲课，在两岸同时推广《牡丹亭》和《红楼梦》。

我觉得文化是人与人之间沟通的最好媒介。两岸都属于中国文化系统，从文化交流上来说，两岸青年应该在文化上有共同的阅读经典。

问：你希望今天的大学生阅读《红楼梦》，除了感知古典的情与美，还能从中得到什么？

白：我多次讲到，《红楼梦》是中国文学史上最重要的一本小说。在乾隆的全盛时期，《红楼梦》对中国传统文化作了集大成的总结。

这本书在文学上很了不得，是诗词歌赋小说戏曲的集大成之作。从文化的角度来看，它是一部文化百科全书，体现了中国十八世纪贵族时代的林林总总，譬如描写衣食住行、中国社会的礼仪和美学，这种写实笔法达到了顶点。

而且，《红楼梦》是对中国人情世故诠释得非常通达的一本书。看过、看通《红楼梦》的人和没有看过《红楼梦》的人，是有差别的。

希望中华民族迎来“文艺复兴”

问：你如何看待中华传统文化的生存现状?

白：中国传统文化非常美，昆曲就完全代表这种美的极致。

最近我们的《牡丹亭》在雅典阿迪库斯那个有两千年历史的古剧场演出，效果惊人。过去那里演著名的希腊悲剧，索福克勒斯的《俄狄浦斯王》，而今我们的《牡丹亭》居然在那古老的剧场演出，希腊观众反应热烈，很令人欣慰。

《牡丹亭》的精髓就是一个“情”字，中国人讲“情”的方式感动了希腊观众，我觉得是很了不起的一项成就。

问：中国的文脉底蕴通过商业运作能得到有效传承吗?

白：我认为文化复兴无论通过什么方式达成，都没有关系，只要能引起大家的注意和兴趣，大家就会自己去探索更高层面的东西。我们有几千年辉煌的文化传统，不可能不去回望、吸收营养。

过去我们有很多地方文化失去了发展的信心。现在应该把信心找回来，而且还要大力地提倡。

问：有人说你是“一个人的‘文艺复兴’”，在复兴中华传统文化这条路上，你最希望看到的是一个什么样的文化中国？

白：“一个人的‘文艺复兴’”真是一种太夸大的讲法。我是有这个大愿，希望二十一世纪我们中华民族像欧洲那样迎来“文艺复兴”。现在是最好的时候，没有内忧外患，而且经济都起来了，正是建设文化的好时光。我也是因缘际会，替汤显祖、曹雪芹做了一些事情。

我希望看到的是真正有传统文化精神的中国。几千年来，儒家文化已在我们的民族意识里根深蒂固，我觉得很重要的是重拾中国以前做人的方式，比如孔子讲“己所不欲，勿施于人”。佛家、道家也很重要，儒释道基本上构成了我们中国人的思想体系。

问：利用戏剧在大众中传播传统文化，往往效果惊人。但昆剧版《红楼梦》为什么传播上远远不及《牡丹亭》？

白：制作《红楼梦》远远比《牡丹亭》复杂，男女主角真的不好找。大家心中都有一个贾宝玉和林黛玉，成功的几率比较小。当然也不是不可能，因为清朝也有一些蛮好的本子留了下来。我和一些朋友几次聊到，做整本《红楼梦》是不可能的事情，取几个精华段落做成折子戏，好好地做、精致地做，是有可能的。而且《红楼梦》和昆曲非常搭调，是同一种文化符号，同一种文化调子。《红楼梦》用昆曲展现，如果成功的话，肯定是非常美的。

问：你会用做青春版《牡丹亭》的热情去做白先勇版《红楼梦》吗？

白：虽然我今年已经八十高龄了，但是我对传统文化的热情还没有减退。《红楼梦》比《牡丹亭》难度高很多，不容易做，要有天时地利人和，如果有机缘，我会尽力的。

像保存青铜器一样保存昆曲[1]

央视《文明之旅》访谈白先勇

白先勇是台湾著名作家，曾经创作很多脍炙人口的作品，如短篇小说集《寂寞的十七岁》、《台北人》、《纽约客》，散文集《蓦然回首》，长篇小说《孽子》等，奠定他在华语文坛的地位。一九三七年，白先勇出生在广西桂林，父亲是国民党高级将领白崇禧，童年的白先勇经历了生于忧患、长于离乱的动荡生活。一九四八年底，白先勇随家人迁居香港，之后于一九五二年移居台湾，由于受到猜忌，曾经风光无限的白家遭受冷遇。一次次残酷的现实变故，让青年时期的白先勇将内心的忧伤和挣扎付诸笔端，在文学世界寻找出路。作为深受中华传统文化影响又常年旅居海外的华人作家，白先勇深感中华传统文化受到的挑战和威胁。昆曲的婉转唱腔

1 此档节目播出时间为 2011 年 6 月 28 日。

和曼妙身姿，在白先勇幼年时就深深地印在他的脑海里。后来，年过六旬的他四处奔走，开始了传承昆曲青春的梦想。如今，白先勇多了一个身份，昆曲青春版《牡丹亭》的制作人，他也常被人们称为“昆曲义工”。

任志宏（以下简称“任”）：今天我们邀请了一位嘉宾，他曾经说过一句话，整个民族文化到了一个十字路口，那么中国文化怎么走下去，是我们每一个人都应该做出的思考。这位嘉宾就是坐在我身旁的这位，昆曲制作人、台湾著名作家白先勇先生。（转向白先勇）您的青春版《牡丹亭》可以说家喻户晓了，让这个“青春版”能活起来，能使今天的青少年主动地接受，这个切入点您是怎么找的？

白先勇（以下简称“白”）：是这样的，“青春版”有几层意义。我们昆曲有六百年的历史，它是一个很老的剧种，可是我觉得它是永远保持它的青春的。虽说它衰微了，可是一直到现在，它的生命力还是很强韧的。所以，第一个，“青春版”的意思，希望唤回昆曲这个古老剧种的青春活力。第二个，汤显祖的《牡丹亭》是一段非常浪漫的爱情故事，一个爱情神话。它本来就是歌颂青春、歌颂爱情、歌颂生命的这么一个故事。第三个，我觉得昆曲有很大的危机，就是传承的问题。因为第一线的老师傅们——昆曲的大师都到了退休的年纪，中间有个断层；我现在就很希望，用一个经典的大戏，培养一群年轻的演员去接班，所以我们这个戏是青春的、年轻的演员演的，也打破了一些陈规。第四个，我们的受众、观众也得传承，希望一些年轻的观众进到剧场来看我们的戏。所以，观众、演员都是年轻人，所以它也应该是一种青春的。

任：也就是用青春的演员，来讲述青春的爱情故事。

白：希望年轻的观众能够认同。

任：事实证明，明代的剧作家汤显祖这个代表作《牡丹亭》，四百年之后用一种新的演绎手段呈现给广大观众，他们也接受了。

白：是的，接受了。主要是因为昆曲的美学，它的四功五法，唱腔、身段的美，达到了某个高度，打破了一些不同的文化生态、语言，都不是隔阂了，美学高度超出这些了。所以它也对于观众，尤其大学生们知识水平比较高了，也吸引他们。不管是哪里的大学生，也让他感受到了昆曲的美，还有《牡丹亭》这个剧本的美。这一点，第一是“美”，第二是“情”。因为它是很动人的一段爱情故事，是普世的，不分中外的。我选这个也是费了一番心思，怎么选一个剧本出来能够让它普世，让人们都能够接受这么一个剧，所以就选了《牡丹亭》。

任：杜丽娘和柳梦梅跨越时空的这种生死离别，感动了非常多的观众。可是有一点，白先生，就是很多电视机前的观众朋友们，可能没有看到青春版的《牡丹亭》。他们又能从哪个方面去认识、或者揣摩、或者感触您的这个作品的魅力呢？

白：我想大家对昆曲有一个误解，“曲高和寡”。说昆曲不容易懂，不容易看，完全不对。像《牡丹亭》这个昆曲，它是一个综合艺术，集合文学、音乐、舞蹈、美术、戏剧，甚至于武术，这么一个综合艺术。而这个综合艺术，它的文学、音乐、舞蹈方面那个成就都到了顶峰了。就文学来说，它继承了中国的抒情诗，在唐诗、宋词、元曲的大传统下走到了传奇，有时是几个曲牌一套，套曲是十几个曲牌，它把抒情诗又往前推一步，几个曲牌描述同一个感情，所以它的幅度更宽了。而我把昆曲做一个很简单的定义，就是昆曲是把中国传统诗的意境用“歌”和“舞”具体地表现在舞台上。所以观众一进去，第一就被它的音乐和舞蹈吸引住了。

昆曲有一个很重要的特点，它是一个载歌载舞的戏剧艺术，叫作“无歌不舞”，唱曲的时候，它一定有很优美的动作、身段来配合它的。所以你在看的时候，它是一连串的舞蹈动作跟歌唱动作，没有停止的。它唱的时候，每一个画面都不一样，非常丰富、复杂，所以你不会觉得倦怠。它不像有些戏曲可以站着唱半天，还有过门。在歌舞方面，它是非常地赏心悦目。你一看，它的舞蹈当然美，它的水袖动作特别美，它的歌曲是用竹笛伴奏的，所以非常地婉转缠绵，一唱三叹，体现了吴文化、江南文化的非常柔美的这种特色。它的音乐、舞蹈这些就把你吸住了。它的戏曲里边，很多是表现人的感情，爱情、亲情、人情，在“情”字上面，它的传奇本子特别着力，很合乎中国人的表“情”的方式。各种感情，尤其是爱情。现在能够吸引青少年，这个也是主要的原因之一。还有服装，我们用的服装是苏绣，每一件服装都是手绣出来的，两百多套服装都是设计过的，美得不得了，所以先声夺人。当然，我们选的两个男女主角也美。温家宝温总理去看了，在京剧院看的。戏美、人美、舞美、词美，四美。他看了觉得昆曲美得很，他还写了一副对联给我们两个男女主角。

任：内容您还记得么？

白：“姹紫嫣红牡丹开，良辰美景新秀来”。都是《牡丹亭》里的词“姹紫嫣红”、“良辰美景”，写了给他们，鼓励他们两个。

任：有人把昆曲称为“百戏之祖”，还有人说昆曲是“中华戏院里面的一朵兰花”，这个评价是从什么地方来的呢？

白：第一，在现存的剧种里面，昆曲是历史最悠久的，在明朝就开始了，有六百年的历史。它的那些文本都在，这个很难得；它的音乐——很多曲谱也在，那个工尺谱我们可以解读，可以演奏的。所以有很丰富的一笔昆曲的遗产。昆曲的年代久，独霸两百年，很多文人、艺术家参与，把表演艺术提升得非常高，文本传奇的剧目也多，最多的时候好像有两千多部传奇，现在留下来的还有两百多本。像京剧、越剧的很多剧目，也是有着昆曲的因素的。京剧里面，有些音乐、曲牌是从昆曲来的，还有很多武戏，也是昆曲里面来的，比如身段什么的。所以昆曲是“百戏之祖”是有它的由来。说它是一朵幽兰、兰花，因为它“雅”。昆曲属于雅部，是个高雅艺术、精英艺术，所以称之为“幽兰”、“兰花”是对的。

任：白先生，说心里话，我们平常也很忙，很少能够到剧场去看一场演出。比方说京剧，念白我们听得懂，唱腔也能听得懂，但是很难有机会去看。戏曲有种程序化的东西，首先我就觉得它的节奏慢。您刚才强调了很多它的“情”和“美”，那么这种古典美的境界，能不能给我们举一个例子。

白：我觉得是这样子的，昆曲它的节奏更加缓慢、更加优雅，所以我的看法是反其道而行。现在的社会步骤那么高速度，我觉得不管是谁，即使是年轻人也需要一种心灵上的安宁。因为现在太浮躁了，太闹了，他们也需要一些心灵上的安慰、安宁的这种沉淀，那么昆曲正好在音乐上让他去到另外一个世界，至少在那几个钟头内，他们能够沉下来欣赏这个“美”和“情”，而且这是中国古典的。

我觉得他们会说，这个似曾相识，是我们中国的东西，但是很久没看到了，又觉得很新鲜。所以我觉得，基本上还是勾动了我们。我相信，现在的大学生，他们在血液里边流的，还是中华文明的基因。明朝的一个剧种，因为它那么美，触动了他们，能够产生我们这个民族的血液里的这种基本的共鸣。我举一个例子。我们到伦敦去演出，演出完了以后就有一群年轻人很热情地来找我，有中国大陆去的留学生，有台湾去的，有香港去的，完全不同背景的，大家的眼眶是红的，看得流了泪，很受感动的。在伦敦那个地方，看到自己的文化在异国的舞台上大放光彩，那个眼泪有点复杂了，是对自己民族文化的这种骄傲，也是一种乡愁，这种东西触动他们不同的心态。留学生很诚恳地告诉我说，白先生，我们真高兴你能把这么美的东西带到英国来。

任：您在制作青春版《牡丹亭》的时候，在保留传统和创新这两方面，您做了一个非常精确的取舍。您是怎么开始、从什么时候开始思考“青春版”这三个字，结果是《牡丹亭》？

白：我从很小就看过昆曲，我九岁的时候在上海，看到梅兰芳跟俞振飞的一折《游园惊梦》，就是《牡丹亭》。当时年纪小，后来因为在台湾也很少有昆曲的演出，不过在台湾有很多的曲社在保存这个东西。我真正看的第一次大规模演出是一九八七年，我经过三十九年又回上海去了。很碰巧的，我离开上海前两天，上海昆剧院演《长生殿》。经过“文革”十年，停了十年，昆曲又恢复了，第一次演了全本的《长生殿》。我有幸看到了，是蔡正仁和华文漪演的全本《长生殿》。那几个演员盛年的时候把这个戏演出来，演得非常精彩。我非常感动，经过“文革”以后，我们这么了不起的戏曲，这么了不起的表演艺术，还能在舞台上面大放光彩。我那时激动得不得了。那天晚上我就拍手，人家不拍了我还在那儿拍。我不光是为那天晚上的戏，我也觉得，我们的昆曲，它的生命力居然还能保存住。那时我就想，这么了不起的中国的艺术，应该把它保存起来，不能让它衰微下去。那是一九八七年动心起念，没想到，那时绝对没想到，后来到了二〇〇四年自己来制作。

任：作为创新来讲，青春版《牡丹亭》可能应该由年轻人一代来做，有那种激情，有那种冲劲。没想到是您这把年纪的人冲在了第一线，把它成功地推出。您的这种原动力到底来自于哪？

白：我有个看法，一个表演艺术，它一定是反映它的时代的审美观，要不然它不会生存，没有时代的审美观，不会引起观众的共鸣。所以我觉得，那个表演一定要加个新的生命进去，才能够沉下去。我自己年纪很大了，在制作的时候已经六十几岁了，可是我觉得应该合乎时代，而不能抱残守缺，也就是要与时俱进。但是我要声明一下，因为昆曲它已经有很长的传统——六百年，它有一套非常严谨的、很精确的表演程序。它的四功五法不好随便去动它、拆它，那个要保存的，那才叫作昆曲。但是呈现的方式，比如舞台的呈现，服装设计、灯光设计、舞台设计、剧本的改变，这些东西我们可以做。我觉得我也是这样做的，可以来考虑现代剧场的审美观。因为我们不是明清时代了，客观的演出场地都不同了。现在的灯光是计算机控制的，所以一切可以用，但是用得要非常小心。昆曲是表演艺术，完全是表演为主，所以一切设计都要为表演服务，不好去喧宾夺主。

昆曲的美学是虚拟、抽象的，它是抒情的、写意的、诗化的，是诗的意境，这几个重要的美学不好去脱离它。比如说在舞台设计的时候，它的表演方式是虚拟的，是象征性的，不需要实景的，所以不需要一台的道具、布景，这样反而妨碍了这个表演了。昆曲的表演常常是空台的，这是它厉害的地方，这是了不起的地方。有时候一个独角戏、一个空台，像《牡丹亭》的《寻梦》那一折，半个小时空台表演，要抓住观众半个小时，最高境界就在这里。这么复杂的情绪，这么复杂的意境，它要在半个小时里表现出来，要把观众抓住。我们在美国、在英国表演的时候，开始还有人担心，说外国观众看半小时的空台会不会坐不住。恰恰相反，他们西方人有点背景的，他们懂得欣赏，反而非常佩服中国戏曲的表演方式原来可以这样高超，这么抽象、虚拟的方式可以表现那么复杂的情感。这是昆曲很了不得的地方。所以，怎么把传统跟现代连接起来，这是最大的挑战。在制作《牡丹亭》时，以及后来的《玉簪记》，我们都在考虑这个连接点，这个分寸如何拿捏，学问就在这里了。我们开了无数次会，也不是一步到位的。

任：现在还有一种文化现象，就是我们找不到文化的根。有时候自己不自信了，可能就会失去祖先遗留下的那些瑰宝、文化、艺术，甚至到了不屑的地步。我觉得这是非常危险的，也是很不幸的一件事。我有种感悟，不知道对不对：凡是经典的东西，它最可贵的一点，就是可以让我们的心灵不死。

白：您谈到很重要的一个问题，就是对我们的传统文化的基本态度。我觉得应该有一种很虔诚的、很尊敬的态度。像我们改编汤显祖的《牡丹亭》，它经过几百年，经过世世代代还能够感动人心，这就是经典。对这么一个经典，我是持着非常虔诚的、很尊敬的态度来改编汤显祖的这个剧，我一定不能亵渎它，一定不能随便去破坏它。我是抱着很严肃的态度，不是在做一些形式大于内容的东西，不是一些哗众取宠的、媚俗的东西。

任：现在的中国传统文化和昆曲一样，都面临一个传承的问题。您作为中国戏曲的拓荒者，制作了青春版的《牡丹亭》，能不能谈谈，对于我们这样一个泱泱大国，有很多的文化瑰宝，也面临被拯救的问题，您有什么建议？我们怎么才能从一点一滴做起？

白：这是我们现在的文化面临最大的一个问题，就是如何把这么几千年辉煌的传统、这么悠长的历史，把它跟现代的二十一世纪接轨。这恐怕是最大的一个难题，不容易。因为我们中间一下子——像十九世纪到二十世纪——几乎一下子中断了，有些是倒塌下去了。要把它重新扶起来，重新再给它新的意义，重新再做，我相信是一个很艰难、很漫长的工作。第一步可能从教育开始，我们的大学、中学、小学，从教育开始，先要固本，先要对自己的传统文化有一个了解，再思考如何在有几千年文化的基础上，怎么把它搬到二十一世纪来，跟现代的世界接轨。这是很难、很艰巨的工作，但是必须得做，必须现在就开始。我想，对我们来说，二十世纪最大的挑战，可能就是中华的古国文明能不能复兴，能不能再恢复从前的、过往的那种光荣。这个时机是关键的，也是我们最大的一个机会，失去这个机会，可能就难了。而现在面对的是，不光是传统和现代，还有西方，还有世界国际上面的整个形势的变化。如果要寻找一条文化重建的道路，必须是古今中外这些元素通通考虑进来，缺一不可。怎么融合？怎么再创造一个新的文化？这是很艰巨的工作。我觉得，我们几千年的文明，到这个时候应该重新评估。有那么多的出土文物，那么多。我们的传统文化中，一定有很多很多的东西，我们要重新去认识它、亲近它，昆曲就是其中一个——昆曲的艺术成就可能是我们的表演艺术中最高的一个。所以联合国第一次就把这个列为“人类口述和非物质文化遗产”代表作。的确，因为昆曲在明中叶、晚明到乾嘉两百多年曾经独霸中国剧坛，是那个时候的“京剧”，是许许多多的文人、表演艺术家一起打磨出来的这样的一个表演艺术，是非常精致、精确、精微的这么一种艺术。我们应该重新来认识它，重新来打磨它，重新来保存它。昆曲跟其他很多中国古代文化，也是濒临着一个断层的危机，现在要抢救。我自己有点不自量力，我是个人的，我也不是昆曲界的，只是现在觉得非常焦虑，如果不快点做点事情，昆曲可能就断层了，流失了。所以我就希望很多人出来，努力地把这块文化保存起来。比如说元杂剧，元朝是戏曲高峰的时候。因为没有保存下来，记谱方式没有记下来，所以现在元杂剧整个失传，对中国整个的表演艺术、整个文化是一个大损失。如果我们今天不好好把昆曲保存起来，很可能这个也就消失掉了，因为这种表演艺术是代代相传，手把手这么教出来的，如果老师傅们不能教了、走掉了，他们一身的绝活就带走了。所以现在应该抢救，把它快点留下来。像日本的能剧、能乐，就是政府尽全力去把它保存住的，给它很高的地位。我们对昆曲的态度，也应该这样看，要保留昆曲，相当于要保存我们的青铜器、我们的秦俑、我们宋元的瓷器。要持有这种态度来保留这么重要的文化瑰宝，而不是娱乐界的一个演艺，我想不是这回事。不能让它自生自灭，可能政府方面更多地与民间结合起来，把它保存起来。

任：有一位戏曲专家廖奔，他对青春版《牡丹亭》有一个总结，说得特别好。他说，水会再流，艺术会传下去，昆曲也会永远美好地传下去。希望您继续保持您的青春活力，为我们的传统戏曲文化，带给我们更多的文化盛宴，让我们共同来分享祖国的文明。

白：我尽量努力，谢谢。

任：好，谢谢。

到“五四”一百年，再来一场“文艺复兴”

余秋雨、白先勇谈话录

二〇一七年三月十二日，著名文学家白先勇人生八十之际，凤凰文化联合目宿媒体及理想国，携白先勇传记电影《姹紫嫣红开遍》跨海而来，首度与大陆的观众见面。活动现场，白先勇落座观众席，与现场四百名观众共同观看影片，一起分享了“姹紫嫣红开遍”的人生体悟。

凤凰文化还特邀白先勇的三十年知交好友余秋雨到场，共话“一个人的‘文艺复兴’”的赤子情深。以下为对谈实录。

相交三十年：白先勇曾以记者身份采访余秋雨

白先勇（以下简称“白”）：今天特别要谢谢我的朋友余秋雨先生从上海特别飞来。时间过得真快，我跟余先生结缘快三十年了。我还记得你讲过一次，其实我一九八七年第一次回上海看《长生殿》的时候，你也在那儿。

余秋雨（以下简称“余”）：对，在厕所门口。白先生不知道我是谁，但是我知道白先生是谁，我读过你的小说，向你问好，你非常热情地跟我聊天。没想到过了不多久，就是白先生的小说《游园惊梦》改成了剧本，上海的导演胡伟明先生要在大陆演这出剧，他想出了一个很隆重的班子，让从来没有演过话剧的昆曲演员华文漪来演主角，当时俞振飞先生还健在，做昆曲顾问，让我做文学顾问。

白：余先生当我们文学顾问，等于是把上海戏剧学院带进来了。

余：当时我在做上海戏剧学院院长，我们在广州排戏期间的交往就很多了。在这过程中，我产生了一个巨大的冲动，想要了解一个白先生很重要的概念。大家知道白先生有着非常的政治背景，谁都知道他父亲是谁，但是我们在他身上一丝一毫也看不到那种贵胄的余风，他只是一个纯粹地投入到文化、艺术里，并且对中国传统艺术如此痴迷的人，这是两个极端。过去搞文化的人，无论是在大陆还是在台湾，要上升的好像都要去碰政治，没有在政治领域发言，好像地位就比较低。白先生太有资格谈政治了，但是他没有，完全不在乎这些。当然他后来也写，但是他个人的立足点纯粹在艺术上。这一点我在广州的感觉非常强烈，我把白先生看成一种非常奇特的文化现象。接下来的事情就更好玩了，我们认识了，他也看到了我的文章。

白：是，《游园惊梦》在演的时候，余先生写了剧评，我一看剧评大吃一惊，那个文采像星火一样在迸。据我了解，大陆的评论文章，像余先生那样子的文采，那样深厚的思想——我感觉是完全脱出意识形态的，《游园惊梦》这篇小说其实牵扯的蛮多的，我看到余先生对文化的深刻了解。这么一个作者，能够为我的小说写这么一篇东西，我非常非常感动，感觉碰到了知音。作家最在乎什么？读者突然了解你，你写的是什么他知道。这个是作为作者最高兴的一种共鸣，一种心灵上的共鸣，精神上的共鸣。有这么一个读者，那样地兴奋。那是我第一次看到你的文章。

余：《游园惊梦》很震撼，小说不长，但我从他这个小说里边看到几个东西。

一个是从内容看起来——一般评论者都说——他写出了历史的兴亡感，这是很快可以感觉得到的。但是他并没有去写和兴亡直接有关的那些政治人物，而是写了一些我们看起来很不重要的姨太太。他们本身完全没有出场的一次聚会，时间也不长，但是这里边有两个东西让我很震撼：

第一个就是他小说中的文笔。最重要的几个段落完全是《红楼梦》的风格，如此细腻，那种场景的文学美感，那种细节的颤动力；但是就在你感到《红楼梦》的时候，不对，西方现代艺术的意识流强烈地出现了，意识流和《红楼梦》紧紧地融合在一起。纯粹的中国传统古典技法和非常娴熟的西方现代风格，又是写一个历史变迁中的沧桑感，这三种概念连在一起，我觉得这是一个了不起的作品。

之后白先生不小心还看到我的一篇论文，我当时已经在研究世界戏剧学了，要面对一个问题：在全世界，按照接受美学，最深入人心的剧种，是哪个国家哪个民族的哪个剧种？我得出的结论是昆曲，连中国人都感到很惊讶。昆曲给人的感觉是前代遗音，但我认为按照现代戏剧学的接受美学的观点，它是人类戏剧史上最深入人心的一个剧种，因为它被痴迷的时间之长有二百多年，痴迷的程度之深，痴迷的等级之高，加在一起，它是最高的。白先生看了以后，就觉得很同意。

白：这一下子，我跟余先生又拉近了一大步。我一直认为昆曲是我们的表演艺术中美学成就最高的。我自己不在昆曲界，也没有研究戏剧，只是很感兴趣，上戏的院长讲这个话，我一看到就完全同意。而且，他指出昆曲作为国剧有二百多年辉煌的历史，这个是对我的鼓励，其实那时我还没有开始推广青春版《牡丹亭》。

余：接下来就是你那个大动作了，邀请我到台北参加一个国际性质的昆曲研讨会。

白：之前我在广州，看了你的杰作《文化苦旅》，我想中国大陆有这样的作家，真是惊艳。散文里对自己文化的各种观察、观点、反省，都是非常独特的见解，这是第一，是理性方面的；除此以外，他文字的表现里，有理性跟感性的结合，文字艺术与叙述内容的结合；这个名字取得也好，“文化苦旅”。我们的文化在十九、二十世纪以来真的是长期苦旅，我跟他心有戚戚，我一直对文化有焦虑。所以我就把这本书拿回去，推荐给尔雅出版社的隐地——我在台湾的出版人之一。印出来以后，在台湾引起了一阵轰动。更重要的是，余先生这本《文化苦旅》（后来也写了《新文化苦旅》），成为了中学的课外读物，这个影响非常大。

余：我要接下去讲了。尔雅出版社版的《文化苦旅》翻开第一页就是：白先勇先生认为写得最好的一本书。这句话对台湾读者的吸引力太大，他的文化素养和文化成就等于是一个巨大的推动力。所以这本书在台湾造成的奇迹是难以想象的，后来我在台湾的每次演讲都是几千人。因为台湾毕竟人不是那么多，而且好多老兵都不知道这块土地的文化怎么样了。有一次马英九先生主持我的演讲会，门口好多老兵牙齿都掉了，还要进来听。我的读者群里还有好多小孩。因为他们课本里面有《文化苦旅》里的文章，他们很惊讶课本里面的作者怎么还活着，要来看活着的写课本的人，所以人更多了。这都是白先生的功劳。我后来的每一次写作都在想，不要让白先生后悔说了这句话，白先生也说没后悔没后悔，这个蛮有意思的，这就可见白先生的推广之力了。

刚才这个片子放完的时候，出现了好多名字，我就笑了。为什么呢？这个名单里有几个人。白先生当时介绍我到台北昆曲研讨会，有两个报社在打架，当时名义上是《联合报》请我了，但《中国时报》也非常想采访我，《联合报》不让。这互不相让的两方的名字，在今天这个片子里都出现了。白先生是非常宽厚的，希望大家一起做文化。当时我已经被《联合报》藏起来了，有人专门监视着我，把我招待得非常好，就是不能和《中国时报》接触。白先生他们就宣布，有一个非常重要的特约记者要采访你，晚上要有录像，这个记者就叫白先勇。他自己以《中国时报》特约记者的身份来采访我，谈关于昆曲，关于传统文化，关于中华文明。

白：那是我第一次做记者，第一次去访问。

余：我相信也是最后一次。第二天《中国时报》登出来采访余秋雨，特约记者白先勇，这让我很感动。他在文学、在戏剧方面有那么大的名声，但为了把一件事情做成，他完全不在乎自己的名号和等级。

一个人的“文艺复兴”：
古典文化，现代观念，感性艺术推动历史

白：那天晚上我们谈了中国的“文艺复兴”这个重要的

问题。我们的古文化有几千年，有那么辉煌的传统，如果要把它复兴起来，当然是非常艰巨的一个工程，但是不能不做，非做不可。

余：对。

白：怎么做呢？我推广昆曲，其实是在拿昆曲做实验：像昆曲这么古老的剧种，又是我们文化的精髓之一，能不能把有快六百年的历史搬到现在的舞台上面，让它重放光芒呢？如果这个把现代跟古典成功地连接起来的话，从此推广，把现代跟传统结合起来，产生一种有传统的基础、现代的面貌的新文化。

余：我们今天对谈的主题叫"一个人的'文艺复兴'"，关于白先生所做的事情，我要讲几句概括性的话。

我认为欧洲文艺复兴走的路也许是对的，要把古希腊和古罗马的传统里最辉煌的地方挖掘出来，跳过漫长的中世纪，在意大利复兴起来——一定要凭借古典范本，所以叫"复兴"。这一点和白先生的思路是一样的，不是白手起家，不是完全从零开始。有一个古典范本，这是第一点。

紧接着第二点，要用现代观点来面对古典。欧洲文艺复兴的时候，他们并不完全是学究式地把古希腊和古罗马搬过来，如果是这样的话，就没有欧洲的文艺复兴了。大家都是用当代的观点来重新发现。维纳斯的雕像在古希腊是个神像，但是到了文艺复兴的时候，就成为了个人价值的一个典范性的造型，成为了白种女性形体美的标准。人是多么地美，那么地重要，人是世界的中心——这不是维纳斯的雕塑者的思维，文艺复兴给了它新的思维，所以文艺复兴是人给古典以现代生命。青春版《牡丹亭》用现代的美学观念，把一个古典艺术的可能性大大地发挥了出来，变成了一个当代青年都喜欢的作品，里面有现代的审美意识，这就跨越时代了。我觉得白先生所做的事情，恰恰是“文艺复兴”式的，凭借着古代艺术,又贯穿着现代人的审美观念。尽管“一个人的‘文艺复兴’”可能把事情讲大了，但是他这个模型是对的，我们现在也可以做很多这样的模型。有时我们的创造者过于在意从零开始，却不知道我们有过非常美丽的传统美，但也有一些人过于强调他想象中的传统，完全不知道用现代的审美观念把它激活，让它重新变成一个现代美学。而青春版《牡丹亭》不论出现在哪儿,都是当晚这座城市的当代美,在香港、台北、上海、北京都是这样，看的人是当代人，呈现的也是当代人喜闻乐见的美学，这一点是文艺复兴的本质。

第三点，对中国理论界有一点帮助。我们讲社会大推动，总是在想每一次历史转折时，涌现的很多思想和流派；但是文艺复兴这个改变了欧洲甚至人类的大运动，说到现在也还是几个艺术家。就是说，艺术家和艺术作品，比那些理念重要得多。米开朗基罗、拉斐尔、达·芬奇，都是形象艺术家，他们没有留下多少理论。文艺复兴传到英国的时候是莎士比亚，莎士比亚有论文没有？没有。就是这些感性的艺术家，完成了欧洲历史上最大的一次大革命，也完成了人类历史上最大的革命——它带动了科技，带动了宗教，包括带动了后来社会改革。我们这一点要向白先生学习，他懂得自己的本位，他有太多的理由参与政治，但他让自己变成了一个纯粹的艺术家。

这就是"一个人的'文艺复兴'"的三点，一是要凭借古典，二是要用现代的思维，第三就是坚守感性艺术来推动社会往前走。

感动世界的文化形象，是国家崛起的重要力量

余：我们中国崛起，国外不是很理解，大家都以为是国外嫉妒，其实我认为完全不如此。我在北大讲中国文化史，学生站起来问我，是不是和我们缺少一个让全世界感动的文化美有关？我说，对了。当年英国的船来来去去，大家感觉它背后有一个莎士比亚的魅力；后来德国在两次世界大战里都失败，但尊严还在，因为这是一个贝多芬、巴赫和歌德的民族；美国有时挺嚣张的，但是好莱坞电影把全世界都感动了。感动世界的文化形象，是一个国家崛起的非常重要的力量，也是"文艺复兴"的非常重要的力量。这一点上，白先

生做出了非常杰出的东西。我们有没有可能按照这样的方式，让更多人知道中国传统文化的美？让中华民族的文化形象感动世界？这是可能的，白先生其实做到了。

有一件事情一直很刺痛我，就是德国大诗人歌德在魏玛，他整天讲中国，讲孔夫子，所以大家叫他“魏玛的孔夫子”。有一天晚上，歌德突然看到了中国的一本小说，他说：我终于了解中国人了，他们的喜怒哀乐，他们的象征感，他们看到月亮会想到什么。就在那天晚上，他提出了“世界文学”这个概念。我一直想了解他看的是一本什么小说？很遗憾，经过复杂的考证，我们知道歌德那天看的是传教士翻译的《好逑传》，这是一本等级很低的小说；但是尽管是这样，这个了解中国古代经典的大学者也很震撼。我一直在想，如果歌德看到的是《红楼梦》，那就更好了。所以，真正能够打动人、感动人的，不是宣言，不是声明，不是一二三四五六条，而是我们的艺术形象。艺术形象的力量超乎我们预计。白先生在这方面做了非常好的贡献，所以“一个人的‘文艺复兴’”，就是他一个人的行为，带给我们全方位的启示。

白：我也感觉到艺术作品本身的这种感染力，人类的理论当然会因时而异，但艺术是永恒的。刚刚是从艺术角度讲文艺复兴，文学方面像但丁的一部《神曲》，影响整个欧洲。英国的文艺复兴靠的是戏剧运动，后来到了爱尔兰也是戏剧。戏剧的力量很大，现在加上电影的力量，就更大了。回到中国的“文艺复兴”，还是可以借鉴欧洲的文艺复兴。《牡丹亭》是几百年来一直在舞台上的艺术作品，有着非常深的感染力，但是到了二十一世纪，我们的审美观都不一样了，如果在传统基础上把它重新改装，这样子出来一个二十一世纪的艺术品，又牵动着多年以来的昆曲美学，会给现代的青年人很多的启示。昆曲就两个字，一个是“情”，一个是“美”。我觉得，昆曲是中国的艺术作品，是一种以最美的形式表现出中国人最深刻的感情的艺术。

我最近在台湾大学教了一年半的《红楼梦》，把那些讲义出版了，《白先勇细说红楼梦》。关于《红楼梦》，两三百年来也是众说纷纭，二十一世纪的时候，可能又有了新的看法。《红楼梦》完全可以给我们一些“文艺复兴”式的灵感。我的一生里，有两本书对我影响最大，一本是《牡丹亭》，一本是《红楼梦》，我也很高兴有机会替汤显祖、替曹雪芹做了一些事情：《牡丹亭》又叫《还魂记》，我们在二十一世纪看到《牡丹亭》又“还魂”了一次，《红楼梦》我也下了新的注解。中国戏剧上最了不得的就是《牡丹亭》，最伟大的小说是《红楼梦》，我希望这两本书可以成为未来“文艺复兴”的两根台柱，也希望青年朋友们看看这两本经典，对你们也会有很多很多的启发。

文学和历史：从父亲的马背到儿子的艺术

余：刚才的片子看完以后，我想到白先生的父亲，另外一位白先生，就又想起美国的第二任总统亚当斯，他说："我们这代人不得不骑在马背上，搞军事和政治，是为了让儿子这一代能够搞科学和哲学，是为了让孙子这一代能够搞艺术。"这个层次是这样的，但结构不是真的，只是一个比喻，说明人类的最后的实现方式是艺术。

白先生和父亲告别，好像是一九六三年一月份在松山机场，非常明白地体现了这种从马背到艺术的交接。

由于这段话我想起前些年国民党荣誉主席连战先生的破冰之旅，他太太方瑀写了一本书来记录这个过程，结尾写到了上海，他们吃饭的一个餐厅是白先勇先生原来的家，她在梧桐树下的院子里想起了尹雪艳。这本书完成以后由连战先生写序，但是他们又坐立不安，说光是连战写序言还不行，还得前面加一个序言，前面这个序言居然叫我来写。开头是文化人，结论是尹雪艳，包围着一个很大的政治行为，由此证明了亚当斯的话。

白先勇先生身上就完成了这样了一场一个人的小小的"文艺复兴"，他做得很完满。他刚才讲到《红楼梦》，讲到《牡丹亭》——看起来只是一个艺术家，只是一个作品，但时代的分量就在这儿。我后来在北京大学讲课，问整个清代最高的分量是什么？在我的诱导下，很多人投了《红楼梦》，这是对的。

这里插个闲话，为什么世界读书日是四月二十三号？因为一六一六年四月二十三号，西班牙的大作家塞万提斯去世，这恰恰也是莎士比亚去世的那一天。很多人不知道，汤显祖也是在那一年去世，是七月二十九号，差了三个月。所以我写了一篇文章，说一六一六年地球失重，三个人一起去世了。为什么说是地球失重呢？德国的海涅也认为，世界上最重要的就是这些人。很多皇帝当时很嚣张，最后历史学家评他，只能说他和塞万提斯是同时代，或者和莎士比亚相差几年，所以这个非常重要，在我看来就是地球的分量。民族的价值，文明的价值，和我们的艺术真的有关，千万不要把它看轻了，艺术很重要。另外，艺术也要传达一个民族的灵魂和精神价值，要用美的方式，而不是骂人的方式，这个也是白先生对我们的启示。

白：前两年要英国人选他们认为最伟大的人是谁？都投莎士比亚。莎士比亚对英国来说，是英国精神的代表，所以对他们来说比什么都重要。只要有莎士比亚，他们就觉得很骄傲。不能想象英国人没有莎士比亚，我们也不能想象中国人没有曹雪芹，如果没有曹雪芹，清朝整个的文化会缺一大块，艺术的确非常要紧。

刚刚提到我父亲，我讲一个小故事。我读的中学算是台湾的重点中学，毕业时功课还不错，保送到台大可以自己选系。我那时有一个不知天高地厚的想法，我看地理书上面讲，中国三峡水坝如果起好的话，中国就会强起来，我就想去学水利替中国建个水坝。后来填志愿，台大没有水利系，我就去改了保送到成大。念了一年，数学、物理还不错，可设计工程不行，我想我只能当一个二流的工程师。所以我心中的文学细胞就在发烧了，第二年就转考了台大外文系，没有告诉我父亲，因为保送是我自己转的，现在又要重考。那时我大概十九岁，考取了台大外文系，我回去跟父亲讲，父亲当然很不高兴，但他说如果我能讲出一番道理来，他还是听的，我就讲了一大堆，最后说人各有志。我父亲也没有勉强我，你学文就学文好了。还好父亲当年没有阻止我学文，如果逼着我学工程的话，就没有人替他写传记了。

余：你刚刚讲到父亲没有阻止你学文，恐怕他做梦也没有想到，从来没有一个军事家、政治家的后代，有那么高的文化品位，把他父亲的图片、脚印放在那样一个等级，让大家都知道。我刚刚讲的都是文学、艺术对人类历史的宏观作用，如果从微观来说，它其实是在用一种最人性、最温和、最平静的方式去表达历史，有时比历史学家更重要。我相信你父亲的在天之灵一定很满意这两本书，这是任何一个政治人物都比不上的。

白：后来我写完《白崇禧将军身影集》以后，回头看看

《台北人》，自己也不能理解。有时创作是下意识的。那时我才二十几岁，写的是七、八十岁人的感受。我想这两本书其实是有关联的，互相对应的。可以这么讲，《台北人》是《白崇禧将军身影集》的文学注解，《白崇禧将军身影集》是《台北人》的历史架构。

余：你为中国现代史留下了既艺术又历史的篇章，历史对你的成果要表示感谢。不管是《台北人》，不管是《白崇禧将军身影集》，都带有极高的文化品位，是能够留存于世的，让我们对中国现代史的把握，有一种压抑不住的文化的温馨。这个观点和立场没关系，和党派也没有关系。黑格尔讲过，什么叫留得下去的文化？就是说，历史像一堆残灰，但是这个残灰伸出手摸下去就是余温，这个余温就是文化的余温。黑格尔认为，我们要找到的就是这个余温，历史已经是残灰了，但历史学家还可以在灰里做文章。但是作为文学家的白先勇先生，他去摸历史的时候，不仅摸到了灰烬深处的余温，而且能用自己的体温和这个余温对应起来，然后加在一起传达给别的生命。

白：回头想来，西方人的小说来源是他们的史诗，中国的小说源头是史书，是从《史记》、《资治通鉴》那边来的，所以中国人的历史感特别重。我们最伟大的诗人杜甫有“诗史”之称，我想杜甫的历史感特别深厚，正好处在兴衰转折点的时候，这是中国文学的特点，所以中国人的“文艺复兴”，绝对脱不了整个大传统、对于历史的回顾。中国有文字记载历史，这个其实不多的，印度就没有。

余：印度缺少司马迁这样的人物。我到印度去，看到好多景点，旁边树了一块牌子，用英文和当地文写着：这个地方应该是什么。他们没有自己的历史学家，凭着公元七世纪中国旅行家玄奘的一本游记，来断定自己的历史起点。历史感是中国文化的特殊素养，这个素养是由司马迁建立的，中国人都有历史意识。但是文学家有一个好处，就是他可以对历史进行解构。原来的历史有一个最大的问题，很多都是由下一代的朝廷史官写的，所以历史在中国既是非常重要、又是需要被解构的。谁的解构最好呢？一般人说新一代历史学家最好，但我认为能够解构它的是文学家。其实司马迁本身也是个大文学家，他本身的文学素养非常高。因为到司马迁的时候，过去的历史对他来说也是遥远的传说了，他需要用文学的情怀来判断这个人，所以《史记》可以作为历史读物，也可以作为文学来读。

白：《史记》是非常伟大的小说。

余：所以你用文学家的角度，来写你和父亲有关的历史，又重新激活了这个传统。我们重视历史，但是要用文学的方式来解构，用人心自然的逻辑来理解历史人物，让心底的良知感受历史的风浪，这都是文学家才会有的。我觉得文学比历史重要得多，历史上发生的事情可能就过去了，这个是非很难说。我曾经讲过这么一个话——有的朋友可能不同意——譬如赤壁之战到底在哪里打的？争议很多，现在大家喜欢的是苏东坡写的那个地方，但是苏东坡肯定是写错了（我专门研究苏东坡，他肯定是写错了）；但写错了不要紧，我开玩笑说，如果周瑜和诸葛亮知道多少年以后有一个苏东坡要写这么一个诗的话，他们肯定说：咱们换到苏东坡的地方去打吧，因为文学的分量更重。在《三国演义》和苏东坡之前，赤壁那一仗其实不太重要，不像昆仑山大捷，但被文学渲染以后，它就显得重要了。随着历史的兴亡，其实留不下多少实实在在的东西，但是留在人心上的东西特别有价值，这个人心是由文学、艺术来塑造的。

白：文学跟历史的关系还是蛮复杂的，而且蛮吊诡的。文学的小说是虚构的，历史是真实的，可是文学往往是利用一个历史故事来重新创造的。我想，文学家写历史，是经过他自己的眼光折射，是自己作为史官诠释成这样子的。《三国演义》里非常有名的一节就是曹操横槊赋诗，写《短歌行》，非常悲凉、非常声势壮大的一个场景。其实《短歌行》也许不是他那时做的，罗贯中在那个场景里非常巧妙地利用了《短歌行》，整个的文学气氛马上就提高了。

图像与历史：看到父亲的老照片就像回到了历史现场

余：我们在讲文学的时候，一直缺少图像。为什么白先生那两本书重要？因为有照片。这个照片太重要了，因为文学很难说明真实性，但一张照片比千言万语更重要。图像的感染力无与伦比，这不仅是对历史，对人的感受也无与伦比。

有了照片以后，我们就进入了一个特殊的文学世纪，我当时起名叫"黑白世纪"。黑白世纪出现以后，中国历史完全出现另外一个风貌，好多我们不知道的角落，照片的好多小细节其实非常重要，这非常感人。不仅是感动人，历史也会出现另外一个风貌。司马迁没法想象后边会出现一个图像时代，静态的和动态的组合在一起，可以震撼人的视觉系统，感染人。在五官系统当中，对审美最有影响力的是视觉，所以文学和电影、图片是连在一起的。

白：没错，《白崇禧将军身影集》那本书，其实开始全是用文字的，我写了好多年，好多稿子。后来一边写，一边就收集了九百多张我父亲的照片，看到那些照片以后，我就完全回到历史的现场了。这一本书里面大概有五百多张照片，大部分在大陆从来没有出现过，在台湾也很少见，有些照片的确定格在历史的那一刻，非常非常珍贵。

我讲一个历史事件，就是北伐，一九二六年开始，一九二八年完成。北伐是我父亲最后完成的，他那时是东路军前地总指挥，带了第四集团军一直打上来。北洋政府在北京，我父亲是第一个带军进北京的，一直打到山海关。他进北京以后有一张照片很有意思，在《北洋画报》上面找到的，他站在故宫崇禧门拍了一张照片，暗含了我父亲的名字。北京像在欢迎他似的，那张照片给人的印象非常深刻，那是很关键的历史时刻。

我有六篇小说改成了电影，还有几部电视剧，还有舞台剧，都是改编的。那些导演为什么要选我呢？好像人物比较鲜明，容易拍成电影。导演谢晋拍的《最后的贵族》是从我的一篇小说《谪仙记》改编的。我是在一九八七年，过了三十九年后重新回到上海，谢导演就来找我，他决定要拍《谪仙记》，我说有相当的困难，因为那个牵扯到美国，最后到威尼斯的场景很多。女主角本来是要请林青霞演的，她也答应了，还飞到上海电影厂来试镜，但是两岸刚开放，我想林青霞也有一些顾虑，就没有演了。后来第一女主角是潘虹演的，她是很好的演员，最后那段演得很好。我记得，我跟谢导在上海，他把我关在兴国宾馆，我们在里边住了两个礼拜，天天磨剧本。甚至于我回美国了，他在开机之前还飞到美国去，跟我最后对一次——因为女主角李彤喜欢喝曼哈顿的一个鸡尾酒，谢导去那里，说你点那个酒给我喝，他要尝尝那个酒的味道是怎么样的。后来谢导到美国拍戏，我去探班，他最后拍得最好，没有对话的，就看潘虹一个人孤独的影子在走，影子就要有戏，所以那个不好演，我想那是谢晋拍得最好的一场。这个是相当抒情的，他以前拍的都是比较史诗，这个是比较小品式的，可是我觉得也是他相当好的一个电影。

余：白先生给我们看了一个文学的白先勇，看了一个教师的白先勇，又看了一个昆曲的白先勇，最后看了电影的白先勇，所以我觉得非常有价值。

读者：白老师，您笔下的女性写得活灵活现，《金大班的最后一夜》，《玉卿嫂》，《孤恋花》，不同风格、各种女性的形象。您认为不同时代女性之间的共性和个性是怎样的？在创作上如何呈现时代的特点？

白：虽然我写的是不同时代的女性，但很重要的是，别忘了她们都是“人”，最重要的还是要写出她们共同的人性，喜怒哀乐这些基本的感情，大部分人都是相同的，可能不同的背景、不同的时代里表现的方式不同。譬如女性对感情诉求的表现方式不太一样，上个世纪还常常写情书，这个世纪按一下电钮就过去了。

余：我们好多从事艺术的朋友容易注意表象，强调性别和年龄，“八〇后”、“九〇后”这样。白先生讲出这一点，搞艺术的人能不能在“人”字上多停留一会儿？慢慢再到具体的风格、具体的特征，这是比较容易写的，不是人们想象的那么难。但是能够把人性之常的深度挖深，这个难度很大。白先生的作品好就好在这儿了。你看他是色彩烂漫，好多好多女性，为什么能感动人？为什么好多电影艺术家想来拍呢？非常关键一点，是把“人”这一点写透了，我觉得这个概念非常重要。好多人讲，这个人是唐代的，有三个特征，这个人是汉代的，有五个特征。我看这些特征其实都不是非常重要，关键是“人”。我又要讲黑格尔，无论女性、男性、什么年龄、什么时代，都叫“历史外在现象的个别定性”，都不是很重要，重要的是整体意义上的“人”。

读者：请白老师谈一谈创作《花桥荣记》的感受和心得。

白：实际上《花桥荣记》那一篇的主题是乡愁。我的乡愁基础就是在桂林米粉上，一个实在的东西。《花桥荣记》讲的是一群在台湾的广西人，他们因为很思念家乡，所以开了一个米粉店，事实上是讲背井离乡之后，人的漂泊感。因为主角的童年时代有未婚妻，有一段爱情在那里，所以最有意义、最美的生活在大陆那一段，那种向往是这个小说的基调，也是整个《台北人》的基调——对过去的失落，对过去的追念，对自己青春爱情的追念。这篇小说也改成了电影，谢晋的儿子谢衍拍的，他们两父子跟我很有缘。余先生替我写了一篇序，也提到我这个乡愁的意义，更进一步说是世界性的、文化上的乡愁。

余：文化乡愁是文化感悟的一个重要内容，我觉得这个写得最好的还是白先生，写得最大气的是《台北人》。乡愁不完全是指一个地方，余光中先生写过一首诗叫《乡愁》，很多人都把他拉来拉去，希望他讲一句话：我的乡愁和你们这儿有关，这是福建，这是浙江，这是南京。每一次余光中先生都讲，我的乡愁是中国文化，不是你这个地方。乡愁的终点是中国文化，并不一定是一个非常具体的地名。

读者：白老师好，我在创作上一直有困惑，您写的这些人物丰富多彩，但是我们年轻学生创作时，人生的历练不够丰富，怎么创作出比较有生活气息的文章呢？

白：我是这么想的，经历多当然对创作有帮助。但很多人经过风浪，也不一定能写出很多东西来；有的人不见得生活上丰富多彩，也写得很好。我举一个例子，英国的女作家简·奥斯汀，她一辈子住在乡下，没有结婚，也没有经验。她写的是什么呢？写的就是女孩子找丈夫。

经验当然重要，但不是必要条件。你自己经验不够，可以看到很多你周围的——你的父母，你的祖父母，他们的经验也很多；而且周围的亲戚，大家都经历过生离死别。还是要看对人生的感悟敏不敏感，如果你的观察力很不错，你就很会写的。

我写的《金大班的最后一夜》，人家以为我是个老舞客，其实我只去过舞厅一次，刚好碰到一个像金大班的人。她的确以前是百乐门的舞女，派头很好，我看了两下子，就编故事了。所以《金大班的最后一夜》是我编出来的，就是看到那么一个人以后，给我一个灵感。所以我觉得作家的观察力是要紧的。

余：我加一句。你的父亲一定比你的生活经历更丰富，但是在表现上你一定远远超过他，如果他来写的话，一定写不好，这是毫无疑问。这就牵扯到我们刚才反复讲到一个人叫莎士比亚。

莎士比亚其实是乡下来的，没读过大学，完全和皇宫没有关系，他为什么对皇宫那么了解？但你看他写了那么多宫廷里的故事。他说，三、四十里以外，有一个皇家的仪式，他作为小孩远远地看到过，其他都不知道。所以这里边有几个非常重要的东西：一个叫天赋，天赋很神秘，我觉得白先生也有天赋，这和你的积累关系不是很大，我们太注重生活体验为积累，不是这样；第二个叫想象，想象和天赋也有关系；第三个是表现能力。天赋、想象和表现能力，这个组合在一起构成了艺术。

好多经历非常丰富的人，写得一塌糊涂，完全写不出来。所以，不要在乎自己年纪太轻、阅历太少，不能这么看。白先生写《台北人》的时候，也是一个翩翩少年，你难以想象这么一个头发长长的、瘦瘦的、帅帅的年轻人，居然在写着上海各种各样的女人的心理活动。怎么可能？这里边天赋、想象、表现能力组合在一起，就变成了艺术作品。生活积累、生活体验，这个需要有，但不是那么重要。

白：余先生讲的想象力很要紧的，文学作品都是想象出来的，但是文字的驾驭很要紧。

读者：传统戏曲里的现代题材创作，在当代如何成为经典？关键在哪里？

白：我只能讲昆曲，其他的剧种我不是那么熟悉。我觉得昆曲创新的可能性不大。

第一，昆曲唱段都是曲牌，曲牌要古典诗词的。但是现代的人，像场上那种的古典诗词的修养很少，古诗词作成那样子的很少。如果不用古诗来写，用大白话，就不是昆曲的本子了。

第二个，昆曲很讲究音韵，现在懂得那些套路的人也不多了，所以要创造一个新的剧本很难很难。我看了一些资料，现在传奇本子起码还有两百多种，现在要改编古典剧本已经不得了了，要创造新的经典——以昨天刚刚演完的《白罗衫》为例，本来那个剧本蛮粗糙的，也不是很有名，可是我想重新给它创造，赋予它新的生命，给它新的写实，但还是按它昆曲的格式。这个是可行的。余先生不知道有什么想法？

余：白先生刚才讲的话，就是我们的艺术要有一个分工，就这个剧种主要是搞这样一个美学风味，主要讲那个历史阶段的。他们非常希望能够给我们的传统故事——已经有过的剧本、有过的格律，把它改编成一种比较靠近现代审美意识的故事，不是说一定要变成现代人。

我始终这么认为，讲现代故事、现代人，完全可以用另外一种音乐剧的方式，为什么一定要用这个戏剧剧种呢？这个完全没有必要。而且我们剧种也不是万能的，什么题材都能表现。当时我们的山水画也是这样，能不能出现好多高压电线？包括山水画里边那些水库？其实可以用另外一种画来画，如果纯粹用宋代画院或者元代风格，最好不要去画电线。艺术是有非常明确的分工和定位的，可以创造，但创造的时候，不一定要把它已经比较稳定的东西完全打破了，叫它做这个做那个，就很勉强了。就像我们老一辈的家人，穿了各种各样的奇怪的衣服上街反而不适合，他穿了自己的衣服做自己的事情，比较得体，作为一个现代公民已经可以了，不要强迫他必须怎么样，那不必要。

白：我再接着讲。把一些经典的作品现代化，有时候真的很危险。可能古典中有一些敏感，可以用另外一种形式表现出来，这可能的。我举个例子，像《罗密欧与朱丽叶》，他们拿来改造了好多不同的形式，《西城故事》把它改成一个音乐剧也非常成功。它不是舞台剧了，不是话剧了，是个音乐剧，而且是现代的纽约故事，可是它那个精神还是《罗密欧与朱丽叶》的，是以另外一个完全不同的形式表现出来的，那个是成功的。如果还是要把莎士比亚舞台上的东西变成现代人的衣服，就把莎士比亚破坏掉了，也不会成功。像《牡丹亭》吧，据我晓得，有一些剧院把《牡丹亭》改得现代一点，“惊梦”的时候，幽会要宽衣解带，真的脱衣服。那不行的，昆曲不容许真的把衣服扒下来。你可以用《牡丹亭》这个灵感和故事，以另外一种完全不同的形式表现出来。

读者：您在改编青春版《牡丹亭》的时候，将原来的五十五折删成了二十九折，却能够不减原先的审美意象。您是怎么把握去留的？

白：这个学问蛮大的。我是改编剧组的召集人，我们有四位专家在那里。专家在一起有一点麻烦，他懂得太多了。你一讲就告诉你哪一页，哪一折，来驳你很容易的。还好我们有一个共识，五十五折怎么样定主题？它先讲的是“情”，我们就围绕着这个主题来下功夫，在挑选的时候，就尽量把这些比较抒情的片段留下来；有一些不是这个，就尽量把它删去。

因为那个传奇的原来的形态和结构是很宽松的，它有很多枝节出去，我们在编的时候有点像电影剪辑。电影不论你改得再多再好，最要紧就是那一刀下去，你剪的哪个地方，最后出来就是哪个。所以我们在剪辑的时候很小心，反反复复大概五个多月，开了N次会，完了以后还不做准，只是案头，就是文学本。大家都知道，案头跟现场是两回事，那个片段很美，但唱得太长、太拖拉也不行。要试过，所谓的“捏戏”，像汪世瑜和张继青试过说不行，退回来，我们就又开会，来来去去好几个月才把它磨成了。一个编剧是这个剧的灵魂，编剧编不好，那个剧演不好的。

余：对，我在香港看青春版《牡丹亭》，没有让现代观众厌倦的地方。时代不同，最大的麻烦，就是有一些段落大家就厌倦了，这个他们都删掉了，删得很好。还有一些不仅是厌倦，按照现代社会的生活方式，已经是不妥帖了，也删得很好，这个还是要删的。删有各种方式，他们做得很好，如果现在更大胆地删掉一些，如果大家没有三个晚上来看，只看简缩版也可以。白先生在这个问题上比较小心翼翼，他不是很赞成大幅度地把一个已经很凝练的、比较优秀的传统美给彻底解构，他舍不得，得把它留着。所以说，我们现代艺术创造什么都可以，尽量不要碰已经极其精致的、已经凝练下来的、还没有被很多人享受的那个东西，先不要把它彻底打散了。你可以和其他元素自由组合，像刚才讲的《西城故事》这样，而不是把传统艺术搞成非常奇怪的题材，其实缩手缩脚的。干吗要困在这个剧种？完全可以用丰富的艺术手段。既然白先生做这个东西的时候已经达到宽幅了，我们在组合上可以自由，艺术的天地是自由的天地，完全没有问题的。

白：我们改的原则，是只删不改，这什么意思呢？因为那些曲牌的词，汤显祖写得太美了，我们把词改掉，这个不可能，自己填也不可能。但是，我们把它的场次调动了：原著的第一折，柳梦梅出来那场，调到后面去了；“惊梦”的时候，梦中情人这个真实人物再出来，这个场次调动很厉害，我们非常注意这个，所以每一个过场戏都非常有趣，不倦怠。而且我们前后颠倒，这个衔接怎么顺下来，也蛮讲究的。

分成看三天的戏，第一天的主题叫做“梦中情”，最重要的一折是梦中情人相会；第二天是“人鬼情”，杜丽娘死了，变成鬼魂以后，再回来跟恋人柳梦梅人鬼之间谈恋爱；第三天是“人间情”，杜丽娘还魂了以后，跟柳梦梅最后成婚，大团圆。三个不同的主题，三个不同的氛围，甚至于中间休息的什么点，我们也很注意。第一天演完了以后，给一个悬疑似的，第二天你还会来看，这些都蛮要紧的，剧场很微妙的，那个情绪上的起伏，常常要掌握到剧场心理。

余：这个我补充一句，我在《观众心理学》这本书里面，非常大的一个段落在讲接受者的心理厌倦。这一点非常非常重要，好多剧本和电影其实都是不错了，但是他没有解决这一关。

读者：请问余先生，戏剧跟电影在叙事结构上的最大区别是什么？

余：这是课堂要讲的课，太复杂了。其实现在的电影也可能戏剧化，戏剧也可以电影化，这个时代是非常自由的时代，所以不要非常强硬地去做这个区别。这里边好多事情和工具有关——我们掌握了什么工具？掌握了什么方式？现在这方面的工具还在不断往前走，不停留在某些概念上。

也可以讲出很多例子来，在这个问题上给大家拦断一下，不要给自己定下很多方位。过去在文学上经常有人问我："余老师，散文和小说的区别在何处？"有人问司马迁："你的历史和文学的区别在哪里？"这个区别不要太在乎，因为有时可以调皮地跨越，有时可以故意地跨越，有时可以革命性地跨越，都可以无所谓的，不要太在乎。要人家感觉你这不是地道的电影，或者这不是地道的舞台剧。地道的其实就不好了，太地道可能会产生心理厌倦。刚才白先生说过场很重要，为什么呢？这是古人要解决心理厌倦的办法，所以不能长了，让几个人上来愉快愉快就行了。所以一定要采取这个方法，这个很重要。至于这个形式和那个形式，都是名义上的，我们不以名义活着，它叫什么都可以改变，是叫舞台剧还是什么都可以，不太重要。

今年是白先生八十大寿，我曾经讲过这样的话，由于孔子的原因，中国对年龄有个经典的划分，比如三十而立、四十而不惑，孔子只活到七十多岁，没法想象八十岁怎么回事（孔子有一点像白先生，他的父亲是个将军，太健康了，居然可以把一个城的闸门，用自己的手推上去）。听说八十岁在当时给人感觉有点太奇特，因为七十已经古来稀了。但是创造了那么多作品的白先生，已经有八十岁了。

有一点我非常惊叹的是，我曾经讲到文学的白先勇、课堂的白先勇、昆曲的白先勇、电影的白先勇，但关键一点，每一个都做到了这个领域的顶点，这一点非常重要。我们的年轻人，这儿碰碰，那儿碰碰，这个可能性很多的，但要在每一个领域里都做到顶点不容易。所以，白先生这一点，我一方面佩服他，一方面也祝贺他。他一开始怀疑自己能不能做制作人——这是个实务啊，他有好长时间在大陆做这些事情，不断问我和我太太马兰，有好多细节问题，很辛苦。做的过程当中，他突然发觉，自己虽然是一生搞文化艺术的人，但心底确实有父亲骑在马背上的智慧和素质。大家请注意，你们有好多潜能，其实是自己不知道的。他发现有这个潜能了，结果他的制作也是一流，每一个东西都做到一流。大家都知道，我现在是一个完全不上传媒的人，但今天一定要来，白先生八十大寿，尽管他中间也有过开刀，有过什么事，但我觉得他是非常健康的。刚才的谈话，包括他的笑容，包括对每一件事情的判断，还处于极其健康的状态，古人不能想象八十岁还是这样子的。

白先生非常注重“树和人”的生命的关系，有好几篇文章都是这样的。台湾有一个“桂冠文学奖”，一开始他们说，余老师您评上了“桂冠文学奖”。我不很在乎，因为评上我的奖还蛮多。他们说，我们创办几十年只评上过四个。这我就重视了，我说评上谁啊？白先勇，还有一个是高行健，还有两个已经去世了。那我很高兴，白先生在那儿好。“桂冠文学奖”从巴西真的买了桂树，捧着走很远的路，旁边的人去铲，那儿有个亭子，亭子下面有白先生种的树，有块石头有白先生的签名，现在也有我的一棵树，一共有五棵树了。白先生，我得奖的那一次你没去，我想告诉你，你的那棵树郁郁葱葱，非常茂盛。我当时就觉得，白先生会一直健康地活到非常灿烂的岁月。一定是这样的！祝贺他！祝贺白先生！

一个人的“文艺复兴”[1]

《十三邀》访谈白先勇

他是白崇禧的第八个孩子，是当代华文世界最杰出的小说家之一，他公开表明自己的同志身份，早年出版《台北人》即受到关注，然而此后文学创作逐渐减少，近年却致力于推广昆曲……同时,他还是一位年逾八旬的老者。这便是《十三邀》（第一季）最后一期的嘉宾——白先勇。

许知远与白先勇的对话地点，选在始建于一八六三年、历经岁月沧桑的天津利顺德大饭店。白先勇与许知远漫步在酒店白色的维多利亚式长廊中，走过长廊，也仿佛共同步入时光隧道——李鸿章、伊藤博文、梁启超都曾经是这里的房客，随着二人走入一九二四年孙中山最后一次北上在天津下榻的客房（现在叫“孙中山客房”），一张张历史照片展现在

1 访谈地点为天津利顺德大饭店，播出时间为 2017 年 4 月 25 日。

眼前，面目模糊的过去，与白先勇年轻时的经历，真实地连接在一起。

在中国文学史上，“五四”是个岔路

白先勇出生于一九三七年，这一年抗战爆发，之后国民党战败，他和家人赴台湾生活。

白先勇所代表的那一代知识分子，出生、成长于“五四”、“后五四”时期，又赴香港、台湾生活，身上蕴藏着很多共同的情感特征，他们对于中国传统文化、“五四”精神、中国的现代化，往往有着和一直生长于内地的知识分子不同的观察。

这期《十三邀》中，许知远便对应着《红楼梦》中的大观园文化，直接发问：“‘五四’最喜欢批判封闭的东西，您怎么看？”

“他们批判坏了，所以他们写不好。”白先勇进一步解释，“他们一来就是封建家庭，骂一顿。你整天就骂那些东西，怎么会真正了解呢？”

“所以，您年轻的时候对‘五四’就是这种感觉？还是后来慢慢发生变化？”许知远接着问。

“一向这样子。”白先勇笃定地说，“中国人很在乎这个

‘情’字，中国一切的麻烦，也是这个来的，扯不清……”

白先勇七岁罹患肺病，被迫与家人隔离，家运随风云变幻而起伏。他漂泊各地，与父亲聚少离多，“孤独”成了他的人生底色。代表家庭权威的父亲与离经叛道的白先勇，特别能够理解“封建家庭”中父子相互排斥又相互理解的微妙关系。

逃往台湾的白崇禧，因为与蒋介石的政见不和，备受冷落，不但有职无权还时刻被监控，一九五四年三月更被提案弹劾。一九六三年，白先勇远去美国留学，父亲在机场送行，这是他们父子最后一次会面。

“那个（传统文化中的糟粕）我知道的，但不能全部毁掉，能够生存了几千年，一定有它的道理，我们年轻时对孔子不太理解，很烦他那一套。现在想想，把孔夫子抽掉不行的，他教你做人的基本。我想，孔子、孟子很近人性的。对人的尊重，对感情的尊重，对美的尊重，我想这很需要。”

许知远接着问：“所以，比如说‘五四’那一代的知识分子、思想家，他们觉得中国人应该变成现代人，他们最想做的是变成个体的，摆脱家庭，这种努力是基本不可能的？”

“难啊，这都是人性啊，中国人一向不都是这样？到现在也都这样子，没改过，改不了。当然，西方人经历过文艺复兴，努力挣扎出自己的独立思想。在二十世纪，中国一直在学习西方，但是太自由也不行，他们（西方人）有他们的一大堆问题，诉苦没人听的，美国有很多疯子。”

“您是不是对‘五四’的遗产评价不高？”许知远打算从另一个角度理解白先勇。

白先勇思考了片刻，郑重地说：“‘五四’的精神，有的，我们的求新望变，不受传统的拘束。但对于‘五四’的新文学，我想有一种选择批评的，不要迷信。我们十九世纪就衰下去了，二十世纪有这个‘五四’运动起来，我们自己称为一个小型的‘文艺复兴’。可是你回头一看，到了世纪末回头一看，成就也不高，我们整个二十世纪的文化，在世界文化这一块还是没有发言权。”

“您觉得二十世纪最优秀的中文小说家是谁呢？”许知远问。

“你要让我选一个真的很难选。”白先勇大笑，接着说，“张爱玲的小说写得很好，第一是被她的文字迷住，第二是她越过了‘五四’，她直接从《金瓶梅》、《红楼梦》那里来。你要把中国文学史拉长一点，可能她（张爱玲）还是正统。”

许知远深深地点头，表示赞同：“‘五四’可能是个例外。”

“‘五四’还是个岔路。”白先勇重复地肯定道。

一九六二年，白先勇母亲马佩璋过世，他写道：“母亲下葬后，按回教仪式我走了四十天的坟，第四十一天，便出国飞美了。”

在旅美那段岁月里，面对并不能真切理解中国传统文化的外国人，白先勇教授了三十多年的《红楼梦》，言语中充满了寂寞和失落。

如此颠沛流离的一生，目睹了中国近一个甲子的激荡，白先勇说，他们这一代人灵魂上有一种漂泊感，而他要肩负的是寻找那一条已经被切断的归家的路。他的故乡不是桂林、台北等任何地名，让他魂牵梦绕的故乡是中国传统文化。

《红楼梦》是天下第一书

"我说《红楼梦》是天下第一书，我现在八十岁了，才敢讲这样的话。"

"这么伟大的一本书……所有伟大的东西，它都存在某种缺陷，那您觉得《红楼梦》的缺陷在哪里？"许知远问。

白先勇思索了一会儿，叹了口气："《红楼梦》写得太好了！"

"白老师您不能这样！"许知远玩笑道。

在白先勇的心中，《牡丹亭》和《红楼梦》，将是中国"文艺复兴"起到关键作用的两部"巨作"。他说："我希望现在的年轻人，对我们的传统文化中的精髓，那些很美的、很重要的、影响我们整个审美观、影响我们整个思想的那种经典，能够让她'还魂'。"

但在商业浪潮席卷全球的情况下，从何而谈“文艺复兴”？这是否是另一种堂·吉诃德？

“所以喽，我最着急了，我就觉得，还能替这个做什么？像我做昆曲也好，《红楼梦》什么也好，在这里最能做的是文化上的潜移默化，而且我们的历史那么悠久。”

白先勇的新书《白先勇细说红楼梦》刚刚出版，其中凝结着他从二十几岁赴美，教一群连姑表亲都分不清的洋学生读《红楼梦》，到年纪渐长，一生对于这部名作的理解。许知远捧起桌子上的这本新书，饶有兴趣地说：“看了这本书，我就感觉特别好，它让我产生了对《红楼梦》的兴趣，我要重新去读读《红楼梦》。”

“在乾隆时代，前面唐诗、宋词、元曲下来，然后明朝的小说，《牡丹亭》也出来了，《金瓶梅》也出来了，才轮到《红楼梦》。《红楼梦》这么讲吧，它是《牡丹亭》跟《金瓶梅》合起来产生的。曹雪芹继承了中国文学的大传统，而曹雪芹哲学上的高度，《金瓶梅》没有。”白先勇评价这部作品。

他喝了口茶接着说：“但是乾隆盛世，也就是中华文明衰落的起点。你看《红楼梦》以后，就没有一本书，连达到它一半的高度都没有。我们整个民族的创造力突然就衰竭了，不光是文学，所有领域统统往下走。所以，我觉得曹雪芹他看得见乾隆表面的那种繁荣，《红楼梦》等于是一首史诗式的挽歌，是哀婉的、动人的。”

许知远继续问："那么您觉得《红楼梦》这么伟大的一部经典，同莎士比亚或者塞万提斯这些不同地方的经典相比，高在哪里？"

"以小说来说，它的最高最难的地方，它能达到雅俗共赏（的境界）。《红楼梦》有儒家、佛家、道家这些非常深刻的思想，有很复杂的结构，它那些神话、预言、象征……不得了，说都说不完，它那个结构的复杂。它有一点跟别的还不一样的，它好看。很俗的东西他也会写，也写得好看；很高的，像宝玉出家那种他也会写。拔得那么高，降得那么低，他（曹雪芹）来去自如，这个在西方小说还不大做得到。我最敬佩的几本东西，像《战争与和平》讲的那个，安德烈要死了看天空，一大堆哲学的东西，多少页，烦啊。"

许知远补充说："开始说教。"

"《卡拉马助夫兄弟》也是真了不得，惊天动地的一本东西，可是你能随随便便看吗？不行的，正襟危坐，吃力死了，看完了一身汗，很深刻。不像是《红楼梦》，这么琐琐碎碎、平平常常的生活。百万字写的东西，它好看，这个难。"

对于自己的新书，白先勇说："只是替《红楼梦》做一个注脚，可能上天就让我搞这个。"

《红楼梦》中有白先勇的"命"，也有中国人的命运，他解释道："中国人年轻的时候是儒家，争取功名就是儒家的变相；到了中年，有些人被斗掉了，要么贪污被抓了……这时道家来了，退隐了，喝普洱茶，去弹古琴去了；到了晚年，人生好了，佛家来了……都在《红楼梦》里头。如果没有这些思想，这本书撑不起来的。……”

一个人的“文艺复兴”

白先勇说《红楼梦》最后一回，“贾宝玉出家”一幕：“大斗篷，光头，赤足，拜了四下，宝玉脸上似悲似喜，他旁边一僧一道说‘俗缘已了’，夹着他就走了。贾政就去追他们，那时候下雪，白茫茫一片雪地，追得喘吁吁，最后没有影子，只落下白茫茫一片大地真干净。这个雪掩盖了所有的人生，一切统统刷掉了、盖掉了。”

这是白先勇最喜爱的一回：“我觉得，他（贾宝玉）出家不是逃避。林妹妹死了，看破了，不止如此。贾宝玉穿的是红的斗篷，‘红’在中国代表一种热情，红尘滚滚。他那个‘红’，是很沉重地背在身上的，我想他负担了人世间一切的情，整个世间的情和痛苦，他背在身上走的，替世人背负了这个东西。”

“那个大红袍就相当于十字架是不是？”许知远恍然。

“就是，担负了人世间痛苦罪恶。”

“我真是第一次这么想到这个解释，如果您背的话，会背着什么走呢？”许知远问。

“哎哟，我背不动，我不会背个大斗篷，”白先勇笑着道，“那个太重。”

“或者您希望看到白茫茫一片，这个东西吸引您吗？”许知远换了一种方式说。

“吸引的，我觉得那一段是中国文学里面的喜马拉雅山峰。”

一九六〇年，二十三岁的白先勇和同学们在台湾创办了《现代文学》杂志，他相信文化的影响力更加久远。一九七一年他的小说集《台北人》出版，名列“五四”以来中文小说一百强第七名，但从这之后，他的文学创作几乎停滞。因为对昆曲艺术的一往情深，白先勇做了二十年推广昆曲的“义工”。近年来更是花费了大量时间精力向年轻一代介绍昆曲。

“那您现在还有强烈的写作欲望吗？”许知远问道。

“有的，如果还可以写的话，我想把人类心灵中无言的痛楚转化成文字，用文学写人性人情，这就是一个作家神圣的使命了。”

我所有的准备，都是为了中国的“文艺复兴”[1]

刘俊访谈白先勇

刘俊（以下简称“刘”）：白老师您好！今天很高兴能采访您。我想先从“青春”入手。我觉得“青春”是认识您的一个关键词。我想请您谈谈您为什么一直执著于对于“青春”的思考，而且这个思考贯穿了您从青年时代一直到今天。

白先勇（以下简称“白”）：可能在我的心灵里有这么一块地方，它是永远不老的，永远是青春状态的。我发现自己蛮矛盾的，一方面我有那种老灵魂，很早就有那种人世沧桑的感觉；另外一方面，对青春生命的那种焕发，我也有强烈的感受，一直到今天。事实上，这是我生命中的一种动力吧。就像我现在一直在推广文化，《牡丹亭》也好，《红楼梦》也好，我总是希望我们的文艺能够复兴——就是文艺回春。我们的

1　访谈时间为 2017 年 6 月 4 日，访谈地点为上海茂悦大酒店。

文化老了，我们这个民族也蛮老了——可是中国这个民族也很奇怪的，其他民族有的摔了也就摔了，起不起来了；我们这个民族很奇怪，你看那么古老的民族，看她那么老了，一翻身，又以一个很青春的生命回来了。其实我们的文化也是这样，在古老的生命里头，不断有着青春重生的能力。

在我的心里，在我的作品里，老灵魂和青春的矛盾，也是存在的。我制作昆曲《牡丹亭》，就是给古老的《牡丹亭》回春，所以叫“青春版”嘛，是不是？现在我推广《红楼梦》，也是希望所有的年轻学生、年轻人都来看这本书，了悟青春里面的生命。你讲的“青春”的概念，在我的个人创作和我的生命中，还有我对《牡丹亭》和《红楼梦》的推广，我想都是一脉相承的。其实对于青春以及对失去青春的追念，应该说是普世的，你看《浮士德》，出卖灵魂去取得青春；还有托马斯·曼的小说《威尼斯之死》，也是这个主题，所以我的许多作品，以及我对古老的中国文化的推广，跟这个是有关的。

刘：青春容易失去，无法追回，但是对于青春，您是不是觉得要努力抓住它？

白：我想是的。因为青春总是绚烂的，也是短暂的。花最美的时候，是开得最盛的时候；人最美的时候，是年轻的时候，然而我们说“彩云易散琉璃脆”，美的东西是不长久的。说到底，美是很容易就失去的。不止是我一个人，中国文学里面，许多都是在悼念这种青春的流逝，悼念生命中美好的流逝。花开之时，是世界最美之时，可是花憔悴了以后，总是令人惆怅的、令人惋惜的，因为美的东西不见了。

刘：您在阐发《红楼梦》大观园里青春世界的时候，您寄托的是悲壮、是沧桑、还是凄凉？您是要“知其不可而为之”地对青春进行挽留吗？

白：《红楼梦》的主题，在某种意义上讲，也是对青春的悲悼。《红楼梦》的大观园里，孩子们一点一点地长大了，青春慢慢不见了，大观园也就崩溃了。我想，大观园是曹雪芹的一个理想世界，寄托了他的理想。那个理想世界开始的时候，春花绽放，女孩子们和贾宝玉，一朵朵的“花”在里头，开得那么美，可是后来慢慢地都会凋谢掉，花凋谢了，大观园也就崩溃了。《红楼梦》所以令人惋惜，就在于青春的生命，青春的这个园地，很快就不在了。在某方面讲，大观园是人间的太虚幻境。在天上的太虚幻境里面，时间是停顿的，所以春花常开，人也永久不变，那些仙子们可以永生。可是在人间的太虚幻境大观园里，不但有春夏秋冬，而且会花开花落，时间最后会改变一切，我想这个就是青春的宿命——不长久。

刘：青春除了这种“时间”的呈现以外，是不是也跟情感、美都关联在一起？

白：是的。你看年轻时，最动人的青春就是爱情，我们永久怀念的，就是这样的美呀。我讲过一句话，美到极致时，总是有点凄凉的，因为很快就要没了，也就是“姹紫嫣红开遍，似这般都付与断井颓垣”。有时候，青春不光是人物身上的外在美，精神上的、过去的、年轻的、强烈的生命力，或者是有些人最辉煌的事业，或者女性最美的爱情、最美丽的年轻时光，那都是一种美好的“青春”。你看看那些女孩、女人、女性，尤其是长得美的，到了某个年纪，“哎”——都会无限感慨地叹口气“想当年”，怀念“从前的时候”，一定的。大概每个人都希望自己能永葆青春，但那是不可能的嘛。

刘：所以您作品中的悲剧性，是不是很多就是因为青春难以停留而产生？

白：说到底还是人生无常！你看《红楼梦》里面，林黛玉还那么年轻，才十几岁，她就写《葬花词》，她知道，很快就会有一天，她的青春、生命就没有了。“人生无常”这种佛家观念，讲的就是人生的道理，人生本来就是很无常的。

我开始写小说的时候，大概都是这种青春主题。《台北人》里很多都是怀念过去，《孽子》里面也是讲他们的青春，那些“青春鸟”。当然，我的作品也没有完全局限在这个“青春”上面，可是这个主题有相当的一贯性。后来写《纽约客》，里面最后几篇小说虽然表面上写的是艾滋病，艾滋病这个灾祸来的时候对人的死亡威胁，可是里面还是有对青春生命的惋惜，一种哀挽。

刘 :“青春”这样一个维度的形成，在您是自觉的还是不自觉的?

白 :当初写东西时，大概是不自觉的，可是在制作青春版《牡丹亭》和现在推广《红楼梦》的时候,那就是很自觉的了。我认为，古老的昆曲本身，就有非常青春的生命。我刚才提到让《牡丹亭》“回春”，制作青春版《牡丹亭》，就是一出“还魂记”，让昆曲青春的灵魂，再“还”回来！我们的传统文化需要“回春”，需要恢复它青春的生命。

刘 :您重“情”爱“美”，在您看来，“情”与“美”和青春的关系是怎样的?

白:其实我想,有时“美”不一定就是“青春”。我想,“美”就是情感真，很真的情感就是美。这种情感的“真”，有时发生在年轻人之间，有时发生在老人对年轻人，或者老人跟老人之间，只要感情很真，那就是“美”。当然，我这里所说的“真”，不是说它一定是真情，而是要忠于人生、忠于人性的“真”。忠于人生，忠于人性，写得好，它就美。写个坏人，写得很真，也会很美的。雕塑一个圣母，雕得很好固然很美，雕一个妓女，雕得很好也很美。

刘:您在作品中对“情”和“真”的表现,有没有倾向性?您写的好像都是至情、至真。

白:我也写过人虚伪的、假的、背叛的一面,像《游园惊梦》里的钱夫人，不是也被她的爱情、爱人背叛了吗？她自己很执著她的爱情，是非常真诚的，她的爱人对她就没那么执著真诚，所以她才那么痛苦。对于人性中的那种虚伪、奸恶，我想我也懂吧，我也看得到啊，不过我的兴趣不大。为什么兴趣不大呢？我看人总是看到正面的一面，人性恶的那一面、真的很丑陋的那一面，很多，写不完，我不太感兴趣。可能我受佛教思想的影响大一点，在佛家的思想里面，再恶再坏的人，他也是芸芸众生中的一个，这种思想在有形无形中会影响到我。我对人、对人性，说得好听一点，就是比较宽容吧。

我比较感兴趣的，最能感动我的，还是像《牡丹亭》、《红楼梦》这样的作品，（它们）写的就是至情至性的东西，所以被它们感动嘛。曾经有人问我为什么写作，我说："我写作，是因为我想把人类心灵中无言的痛楚转换成文字。"所以看到人家心中的那种讲不出来的痛楚，那也是埋在最深的心里头的痛楚，等于我是在替这些人讲这些话，（那种痛楚）一般人是说不出来的，不晓得怎么去说它，这个比较能打动我。譬如说《金大班的最后一夜》，（金大班）这么一个世俗的女人，她也很现实，最后嫁给了一个有钱的老头，可是她有她说不出的痛楚——她年轻时的第一个爱人。她心中的那个痛楚，谁也不知道的。她心中的那块地方，最后是投射在一个年轻人的身上。最后跳舞的时候，她一定心中很痛的，那种痛我来替她写。我写那种东西，我对那个比较感兴趣，比较会写那些，像钱夫人，一样的；年轻的朱青，也是这样的；

像《那片血一般红的杜鹃花》中的那个老兵王雄，他内心的痛，也一样。人为情伤，王雄因为他失去了他心中“情”的理想，当那个“情”死掉，他就变得几乎像野兽似的这么一个人了。“情”这个字，它正面的时候带给人多少的温暖、快乐，然而它一旦走岔，它的毁灭性非常恐怖，毁人毁己。

刘：您对《红楼梦》中贾宝玉的“情”是怎么看的？

白：我想我对贾宝玉这个人物，越来越了解、越来越理解。曹雪芹写贾宝玉，我想他对《佛陀传》里的佛陀生平一定很熟，有心无心、有意无意的下意识里，他把贾宝玉写成了一个像佛陀一样的悉达多太子——佛陀前传。这种人物产生大慈大悲之心，他看到世间所有这些人一起都被“情”所伤，所以我觉得贾宝玉最后出家，真的是背负了一个“情”的十字架——《红楼梦》也叫《情僧录》嘛，他背了所有被情所伤的分量、重量走了，所以他是情僧啊。“情”和“僧”本来是两个对立的概念，根本就不成立的，有“情”不能成“僧”，成“僧”就一定要斩断“情”，这是很矛盾的啊。可是“情僧”指的就是贾宝玉，贾宝玉终究就是“情”，他的信仰就是“情”，最后他背着那个是“情”的十字架、人间的那个“情”出家的。看上去他好像逃避俗世，我想不是，他的出家有点像悉达多太子，那种勘破了生老病死之后成佛，看穿、享尽了繁华这个美“色”以后，有种超脱的境界了。

刘：有人说您既是“现代文学的传灯人”，也是“传统戏曲的传教士”。您大学念的是外文系，学外国文学出身，现在却成了一个中国传统文化的布道者。对于这种转型，您是怎么想的？

白：现在回头看，我一步一步走来，去振兴昆曲，制作《牡丹亭》，推广《红楼梦》，我想前面都是准备工作。我念外文系，从某方面讲也是准备做这个工作。我对于西方文学的研究毫无贡献，从来没有真的花时间去研究他们的作品，只是阅读他们的作品。其实我念西方文学，等于是替我后来做这些工作，开了一扇窗，扩大了视野，让我有了国际性、现代的眼光，有了这个眼光，再来看传统文化，的确不一样。如果我是念中文系的，没有接触西方的文学、文化，可能我对《牡丹亭》和《红楼梦》的看法又不太一样了。有了这个西方的视野，我就跳脱了这些传统制式。所以，讲起来蛮矛盾的，一方面我恢复传统这些东西，一方面又去破坏它，剪掉它那些枝枝叉叉的拘束。我之所以能够做这些，跟我在西方的训练是有关系的。当然我要讲，我曾经一度非常沉湎于西方文学和西方文化，现在还是非常尊敬它，人家取得了那么了不起的成就嘛；但是我们自己的文化要复兴的话，必须先从固本开始。“五四”时代我们刚开始接触到西方东西，去学人家，那是对的，可是从那时到现在，也有一个世纪的接触了，对于西方文化怎么看法、怎么吸收，现在应该要有比较成熟的眼光了。

刘：您这个想法是什么时候形成的？

白：大概是在七十年代就开始了。我看西方文化，他们是了不得的成就，可是你要去学人家的东西，我们自己大多是向人家拷贝（copy）来的。不是说声乐学了以后，受了西方文化的深入浸淫以后，自己跳出来再创作，我们只是拷贝过来了，所以这是比较肤浅的。我深深地觉得他们的东西是无法抄袭的，我们有的东西，他们也是无法抄袭的，西方人、西方文化，他们也没办法真正地把我们的文化直接拿过去。譬如说我们的书法，西方人写的只是他的自创一格，写到像我们的那种地步，我看不大可能，因为我们书法的那个传统太深厚了，太深远了。他们也是，你说西洋画吧，我去卢浮宫看过，看巴黎奥赛博物馆、现代博物馆，这几个博物馆看了以后，就知道西方人的绘画有多悠久，他们的油画，你去拷贝它们，只能学他的皮毛，再也没办法超越他们的。你可能油画画得很好，画得不错，即使你有中国的那个特色，还是跟他们第一流的大师不能比。我们学西画、学西洋音乐学了一个多世纪了，要出一个西洋音乐的大师，我想也还是不容易。中国自己的文化要立起来，要重新自己创造出了不得的艺术、了不得的文学，不能去抄袭西方，有的地方可以借鉴，可以受它影响，但没办法一下子把它抄袭过来。我们有不少很好的西方音乐的演奏家，无论是钢琴、小提琴，可你再好也还是演奏家，不是作曲的，不是作出伟大的西洋音乐的原创者。西方文化，它的感受、它的感性、它的整个的文化背景，跟我们是不一样的，也许你能在技巧上学它，可它真正的精神，那种东西到底不一样。我在七十年代初很早就意识到了。你会发觉一点，我的文字风格，是尽量避免欧化的调调，我从一开始就注意避免这个。我念“五四”时代、三十年代的有些作品，好像翻译过来似的，欧化的句子，翻译体。就拿有些对话来讲，有些话听起来比较文艺腔，中国人不是这样讲话的，外国人这么讲，中国人不是这么讲的，那这么写就不真了嘛。因为写小说，我对小说的语言，尤其是对话的语言，特别注重，一定要真实。有的人想要在西方发展，在西方成名，用英文写作，我很早就发现那是不可能的，英文不是我的母语，没有那个必要，我还是用我自己的文字来写比较好。我在爱荷华时，像《香港——一九六〇》那篇，我是先写英文的，然后我再写中文，那时我就发现，一个中国人用英文写作，怎么写也写不过人家，用英文写作好像用左手写字一样，所以我还是希望用中国的文字来写作。回到你的问题，我其实很早就意识到，我们要有原创的文化、原创的文学，还是要回到自己的传统中来。

刘：近年来您这么注重对传统文化的推广、介绍、推动，是不是有意识地想建立一种新的中国文化观？

白：我对中国传统文化的式微一直耿耿于怀！我们这个民族曾经产生过《牡丹亭》，产生过《红楼梦》，我们的绘画，北宋、南宋、元、明，产生过那么多伟大的画家。譬如说戏剧，既然有过辉煌的过去，这么悠长的传统，我不相信，我们就不回头去看。十九、二十世纪我们被打昏头了，一直学人家，往前奔，没有回头看，二十一世纪应该是我们最好的机会，失去这个机会以后就不知道了。我想，承平几十年，经济条件也有了，大家慢慢地对自己的传统文化也有一种觉醒了，我好早就在提倡，我个人的悲愿，是希望在二十一世纪，来一个中国式的“文艺复兴”，类似欧洲的文艺复兴。但这是很难的，牵扯到政治、经济、教育等各种的问题，不过至少要有一些文化标杆性的作品——像《牡丹亭》、《红楼梦》这些应该把它们重新竖立起来，变为我们新的文化标杆。我们戏剧从《牡丹亭》那个传统传下来，我想不会错，应该从这个方向来。从昆曲，其实是从昆曲的一种美学、中国文化的美学，传下去。《红楼梦》不止是本小说，它也是一种美学，而且是一种文化的指标，这两个标杆先竖起来。西方的文艺复兴，也是从它的源头古希腊那些经典、那些东西得到鼓励，得到一些灵感，这样子来的。我们的“文艺复兴”，必然也是从过去的东西出发，然后有了新的视野、新的看法，现在是二十一世纪，我们要用二十一世纪中国的眼光去看待、发现传统。我们现在的“文艺复兴”，必然受西方影响的，西方文化我们已经吸收这么多了，以后也就是四个字吧：古今中外，是一种混合体。我希望一个新的文化起来，这个文化骨子里是中国的、是传统的，又是创新的，是中国式前卫的、现代的、文化的东西。

刘：中国文化有没有可能在未来引领世界潮流，影响别人？

白：当然有了！我们很多的艺术，不说别的，就拿我们的书法来讲，就是最高的抽象画，在台湾的书法家像董阳孜他们，她的草书自成一格，而且变为书画不分了，那就是纯粹的线条美。我们的文化可以讲是线条文化，从我们的书法开始，什么都是线条；我们的音乐也是这样子的；我们的建筑，你看很美的，九曲桥，建筑的飞檐，这些东西，也是线条的；我们的青铜器，它的线条美吧，不得了的——那么早的时候，对线条的掌握、形的掌握，就达到那种高度、那种水平，那么美。看看西方那些抽象画，其实我们的书法，我们的草书，早就是最高的抽象画了。

刘：您制作青春版《牡丹亭》和推广《红楼梦》，您的内在动因是什么？

白：这么说吧，有人称我们这个青春版《牡丹亭》是一种新古典主义，也对。其实我在某方面是恢复它传统的根基，但是很谨慎地注入了现代的因素。我们尊重传统，但不因循传统；我们利用现代，但不滥用现代，在传统的基础上，把现代的一些元素很谨慎地注入进去，这是我们的大原则。昆曲属于雅部，所以回归雅部。你看过我们的《玉簪记》吧？（刘：

看过，看过两次）我相信你看过，就是那次我们在北京开会嘛。（刘：对）你去了，那次北京开会，晚上就放《玉簪记》嘛，你看了。它的背景、水墨画，还有书法，《秋江》那一折的书法，还有古琴——我们配古琴，那把唐琴，专门找了一把很名贵的唐琴。所以你看，整个琴、曲、书、画这些最雅的东西，我们都放进去了。这个戏本来演得很俗了，我们把它提高，把它变成一个水墨世界，而且用古琴伴奏，整个的美学很有禅意，整个提得很高。我们中国雅文化非常高雅的。我觉得，现在的毛病之一就是雅俗不分，混到一起了，辨不出来了。其实雅文化是雅文化，俗文化是俗文化，两个是平行的。所以让昆曲回归雅部，我觉得蛮要紧的。现在想想，我们推广昆曲算是成功的。

现在推广《红楼梦》，我想这样讲吧：对于昆曲《牡丹亭》，我替它作了一出“还魂记”；对《红楼梦》呢？我替它写了一个新的注解。我的希望就是，一个“文艺复兴”，它总有一些文化上的指标的，所以像《牡丹亭》，绝对是一个戏剧上的指标，《红楼梦》在文学上也一定是个指标。先把这些指标立起来，扩大它们的影响，《红楼梦》、《牡丹亭》这些中国非常雅的、很有美学的东西，我希望它们能影响大众的美学品味。有了这个美学的熏陶以后，也许我们能蹦出大天才来，他们受了《牡丹亭》、《红楼梦》还有很多其他的中国文学、文化的陶冶，创造出一些新的东西来。西方之所以很有成就，别抽象地看他们的环境，那也是因为浸在那个环境里面，才能出现那种艺术品、作品。有人说我是“一个人的‘文艺复兴’”，这怎么可能？不过至少我觉得我该做的事情差不多了，我有几件心事已经了了：一个是昆曲的推广、《红楼梦》的推广，一个是我父亲的传记历史，写了两本了。

刘：您说您的一切准备，都是为了来推广中华文化，为了中国的“文艺复兴”，令人感动。

白：我觉得很奇怪，冥冥之中，一切好像都是上天安排好了的。像《牡丹亭》吧，其实根本轮不到我来推广昆曲的，但我从小就接触到《游园惊梦》这一折，梅兰芳、俞振飞在上海演的，这是不是命运的提示？后来我又把它改成话剧，又进一步了。再推一步，我来大陆，刚好看到上昆的《长生殿》，非常感动，我以为“文革”以后没有昆曲了——的确是，“文革”十年没有昆曲，“文革”完了以后昆曲才回过神来。我看的时候，上昆是第一次把《长生殿》排出来。我看完的时候，感动得不得了，站起来拍手，人家跑了我还在拍。那时我就心中动念，我们中国这么了不得的艺术，决不能让它式微下去。那时就那么想，八字还不见一撇呢，可是冥冥中，我又到南京，又去看了张继青的“三梦”。这些都是累积起来的因缘机遇。慢慢、慢慢去做《牡丹亭》，好像上天铺好了路，让我去做。《红楼梦》也是，我从小就看《红楼梦》，然后又去教《红楼梦》，在美国教了那么多年；这次台大又给我个机会，讲了一年半的《红楼梦》，我才有《细说红楼梦》这本书；这样我才发觉，原来中国大陆这边，程乙本基本上是销声匿迹了，被边缘化了，我又让它“还魂”。这么重要的一个版本，怎么可以让它销声匿迹？至少应该拿出来与流行的庚辰本做个比较，要不然的话，大陆的读者只有一“梦”，其实还有另外的“梦”——因为它是我们最伟大的小说，别忘了。庚辰本拿来作为研究本，它是非常重要，很了不得的。现在要推广普及本，有很多问题先要厘清，才能够推出普及本。一些学者，他们的理论就是说因为庚辰本年岁早，它是乾隆二十五年（一七六〇年）的本子——那时曹雪芹还没死呢——流传出来的，其实庚辰本也不是庚辰那一年的，现在流传的是后人又拷贝过来的，所以手抄本不完全靠得住的，抄错了或者是改了改，这种地方我觉得应该拿版本来比较了。我的看法是，从小说艺术上、从逻辑上，哪个版本写得最好，就用哪个版本。譬如讲吧，一幅画，有人说这不是某个大画家的真迹，这是临摹的或者是伪作；如果这幅伪作从艺术观上比那个真迹还好，那它同样也是艺术也伟大，可能比那个真迹更好更伟大，它的艺术价值最要紧。所以我以一个作家的立场，去理解、去看《牡丹亭》和《红楼梦》这两个作品，算是汤显祖和曹雪芹的知音吧，为它们演了一出“还魂记”。这次广西师范大学出版社把台湾的桂冠版程乙本拿过来出大陆版，我相信这会产生很大影响。像北京高考他们指定了几本经典要考的，第一本是《红楼梦》，你看这影响多大？北京的中学生都要看《红楼梦》，所以我的书出来也是恰逢其时。

刘：您说“一个伟大的作品不可能由两个人来合作完成”，因此您不相信《红楼梦》后四十回是高鹗续作，而认为后四十回有曹雪芹的底稿。

白：对呀！不可能的呀！比如说抄家那一回，写得不是太长，可是写得精彩得不得了，如果没有被抄家过，写不出来的。曹家被抄家时，曹雪芹已经十三岁了，看到了，懂事了。他们说是高鹗续的，高鹗的身世跟曹雪芹那么不一样，后四十回写不出来的，想象不出来的。你也看了我那本《细说红楼梦》，很多细腻的地方、小的地方，前后对应、人物的口气，最难得，没有经历过不可能写出来的。我不是讲嘛，第一，世界上的名著，我强调名著；第二，经典，名著和经典，没有一本是两个人写的。中国也没有啊，《三国演义》、《水浒传》、《儒林外史》、《金瓶梅》，都不是两个人写的啊；如果有人后续去改一改，像《金瓶梅》有很多版本，改一改弄一弄，那有的，可是两个人合起来写，那不打架了嘛。如果两个作家是一样厉害的，那我为什么托你的名字呢？还有，如果真的是高鹗写的，最后四十回是他续的，为什么他不自己署名呢？哎，程伟元和高鹗写的序和引言里面，讲得很明了，说是从收藏家那边收得了二十多卷，又在鼓担上发现了十几卷，凑起来刚好后四十回，但有很多漶漫残缺，他们去修补的，“截长补短，抄成全部”。我在想，好，你说他们俩讲谎话，但你要有铁证，到现在为止，只是旁证。台湾的红学家高阳有个说法，我觉得相当可信，他说后四十回写到贾府抄家，那么曹家的历史，雍正时曹家被抄过，而且雍正即位后的前六年间，文字狱很厉害的，他说其实曹雪芹写完了《红楼梦》，但后四十回牵扯到抄家，他不敢拿出来，收起来了，手抄本不外传了，怕杀头啊。那时你去写皇帝抄你的家的事情，那还了得？而且他讲，这里头多少还牵涉到了当时其他几个亲王，有两家亲王他们的后代可能有的事情，那两家王府给了曹雪芹很大的压力，不准他出版，曹雪芹受到很大的压力的。高阳考证出来的，一讲抄家就不得了，不敢讲了。所以我觉得《红楼梦》后四十回是有所本的嘛，也许后来流出来的，也不一定，以现在的眼光来讲，非常合理。这个后四十回写得好，宝玉出家写得多好啊！而且笔调、人物的口气，这个最难！我自己写作，我知道。讲后四十回是曹雪芹写的，那不是我一个人，很多，高阳也这么讲，还有好几个人。现在渐渐的，这个理论慢慢地建立起来了。

刘：您对《红楼梦》的解读，您的《白先勇细说红楼梦》，更多是以一个作家的立场，从文学创作的角度，从文本出发，去细读 / 细说《红楼梦》，这与一般的红学研究，侧重点明显有所不同。

白：是的。那些曹学、红学当然对了解《红楼梦》都有帮助，但是对阐发《红楼梦》的艺术成就，可能并没有太大帮助。你说大观园是在南京还是在北京，跟它有什么关系？花那么多时间去找，曹雪芹旧居在哪里，这个对理解这部小说，不见得有太大帮助。现在我们的版本是这个程乙本了，所以只有拿现在这个文本来细读。我看《红楼梦》有些不太一样的地方：为什么这个东西写得这么好？这部小说高明在什么地方？我就是注意这些。曹雪芹为什么这么写？我常常在琢磨。我是这么看的：一个作品，它变成经典或者它写得很成功，那个作家或者那个艺术家，他一定找到了他要表现的艺术内容，以及呈现艺术内容的最佳表达方式，那个形式不能取代的，他找到的是最合适的那个形式。《红楼梦》的高明，你看我的那本《细说红楼梦》里讲的那个“黛玉出场”，她是第一女主角，最重要的一个人。哎，曹雪芹怪得很，第一次提到林黛玉的时候，他三言两语就写过去了，为什么呢？他是从贾雨村的口中讲林黛玉，贾雨村是林黛玉的老师，这个人很俗气的，心术也不端，从他的眼光，一定看不出林黛玉的灵气在哪里，对林黛玉他不理解，所以他眼中的林黛玉“年纪幼小，身体又弱”，就是这么几句话，可是他看的这样子也是对的。我们要一直等、等、等，等到贾宝玉出现，从宝玉的眼光看林黛玉，那就是这个林黛玉的形象了。如果是一个比较没有什么经验的作家，林黛玉一出场，啊啊啊，写了，那你写了半天以后，贾宝玉再看她，这怎么办呢？再怎么超过？那就没有惊喜了。曹雪芹厉害的地方，先点一下林黛玉这个人，然后慢慢地等着这个人出来，用宝玉的眼光看林黛玉，所以我就说《红楼梦》里面的“观点”（point of view），的“观点”用得很好的，这个时候这个人出来，那个时候那个人出来，“观点”用得很好。因为我自己写作，我晓得，人物怎么上场、怎么说话，很多研究者他不是从文学观点、从小说“观点”来看。

我对《红楼梦》的看法，我希望这首先是一部小说，把它当作小说来看。西方的学者，也是把它当作小说来看，不过他们就是选一个题目或者是讲了《红楼梦》以后来研究。我的《细说红楼梦》这个书有一个特点，就是它是一本导读，从第一回讲到一百二十回，一回一回分析。我就希望那些中学大学的学生读《红楼梦》，有些是初读者，有些是没读全的，对他们有帮助。不然的话，他们很难，尤其年轻男孩子，不耐烦，觉得《红楼梦》看起来婆婆妈妈，其实不是，这本小说的背后有很多深意的。一方面，中国人的人情世故，通的不得了，把中国人写足了；但另一方面，它还有超越的一面，还有形而上的一层东西，它其实非常完整的。《红楼梦》那本东西，又大又复杂，它好像是一个拼图，一块一块的，其实每一块跟主题都有关系，它整个拼图拼起来，就是很完整的一个图，这是很厉害的地方，它有它的架构。你看它一开头，是甄士隐与贾雨村，到了结尾，两个人又碰到了，本来两个人就是非常象征性的，一个出世，一个入世，最后又把他们两个在结尾“框”起来。这类的例子，很多很多。《红楼梦》的结构非常严谨的，那是一部很伟大的小说，小说人物那么多，那些人物怎么写得这么有个性，每个人物都栩栩如生，这不是容易的。十二金钗写完了，十二个女孩子都很有个性，哎，他又写红楼二尤，这两个。我昨天还在上海图书馆作了演讲，有上千人来听，我就着重谈为什么要推程乙本，他们也请了一些红学家来听，大概也不服我讲，那很好，引起一些争论，大家更加注意这个版本。我听他们讲，好像一下子程乙本刚刚出来，好像在亚马逊还是在什么网上，已经排名排到预购了，已经断货了，所有书综合类的排名，不光是文学，居然排到第四名了，可见这本东西引起注意了。我希望程乙本引起注意，希望看到这个版本能够产生影响。我在我的那个《细说红楼梦》里都讲了，庚辰本有好多错误的，好多问题的，问题不小。《红楼梦》里面有很多粗口，我想曹雪芹是雅俗都有的，他不避俗的，可是讲粗口的那个人的身份，又是与他的语言非常贴切的，什么人讲什么话。有一回祖母带了所有大观园的丫鬟、亲戚，到一个道观去做法事，好多丫鬟女眷都去了，那道士当然是要回避的了，有个小道士来不及跑，王熙凤打了他一个耳光。庚辰本里用了一句粗话，粗得我不好意思讲，她骂道观里面的那个小道士，而贾母就坐在那边，骂的话那么粗俗，这怎么可能呢？贾府的少奶奶在道观里面骂的这个粗口，那个绝对不是王熙凤的身份。程乙本里是“小野杂种”，这个可以接受的，那个不行。庚辰本里还有好多粗口，我说不对的，不能那么讲的，不是那个人的身份，这些我猜是抄书人抄得起劲了，很可能自己加上去的。我想曹雪芹绝对不会让王熙凤讲这么一个粗口，这个程乙本翻了过来。当然还有其他的例子，像尤三姐啊，这些写偏了的东西，很多了。我这里也讲了，某方面说，我也替程乙本《红楼梦》还了魂。我在想，如果不趁这次推出来，可能程乙本就消沉掉了，淹没掉了，遮蔽掉了。因为我很吃惊，我在南师大演讲的时候，大概也有六七百人、七八百人的样子，我就问了，我说你们哪一个看过程乙本的？一个人举手，我吃一惊，有些还是老师，也没看过。我在先锋书店，好多人，也好几百人，我说有没有看过程乙本的，三个！可惜这个本子被埋没掉了，好久了，几十年了。以前也出过，像以前五几年时出过，后来也出过。

刘：《红楼梦》的版本演变，非常复杂，您为什么特别看好程乙本呢？

白：五几年的时候，大陆出过程乙本，启功注的。后来冯其庸他们用庚辰本为底本，还是启功注的，这个庚辰本一九八二年出了之后，程乙本慢慢就不见了。程乙本怎么会不见了呢，就是一九五四年批判胡适以后，大家不敢碰这个了，因为程乙本是胡适写的序，程乙本是胡适推出的。这个是怎么回事呢，胡适自己收藏了一个程乙本，一七九二年的，活字木刻本，本来上海的亚东图书馆在一九二一年印了一个程甲本，程甲本那个版本，风行了六年，出了很多版了。亚东负责人汪原放，他发现胡适藏了一个程乙本，胡适就推荐程乙本，程乙本是程甲本的修正本，有些错误修正过来了，所以汪原放又把程乙本重刻，胡适又写了一篇序——程甲本也有序，程乙本也有序，程甲本的序叫作《〈红楼梦〉考证》，很重要的一篇文字。胡适算是新红学，他考证出来最重要的是《红楼梦》的作者是曹雪芹，这个是胡适最重要的贡献，他也成为新红学的开山鼻祖，程乙本有了胡适的加持以后，风行海内外几十年。到了台湾之后呢，远东图书公司，其他好多出版社，出的《红楼梦》都是胡适这个亚东本子的翻印本，没有注的。一直到一九八三年，桂冠图书出版公司出了程乙本，这个就是我们现在的本子。这个程乙本，它用启功当年的注为底，加上另外唐敏等一群人的注，把这两个注合起来了，注得非常详细。然后还把诗词翻成白话。而且它在校的时候，参考了七个本子，五个刻本两个手抄本，它参考了庚辰本，也参考了另外一个有正本（刘按：有正书局石印戚序本），以及其他的刻本，综合各家。它的好处是什么呢？校书时，比如觉得这个本子跟程乙本不一样的地方，采用哪个本子，或者不采用哪个本子，因为很多不一样的，就留存一本，有些其他不一样的疑问，就放在每一回的后面——校记，让你参考，让你自己看，自己判断。如果发现程乙本有问题的那几个字，和其他的本子都一样的，就用其他的本子，也告诉你，所以你统统晓得，版本多得不得了。不知你记不记得，我前面请你买给我的，从大陆买给我的（刘：不是我买的），哦，那可能是托广西师范大学出版社他们买的《红楼梦》，哎，我一看，是俞平伯校注的，它也不是程乙本，它的校注是有正本，另外一个抄本。总之后来那个程乙本没人敢碰，因为胡适写过序，又推崇这一本，批判胡适你还去搞它？连俞平伯都挨了批，所以在大陆就消失了。（刘：那台湾为什么没有延续？）哎，一直到二十一世纪，不是桂冠图书公司一九八三年出了嘛，我在美国教书，都是用那个本子的，其他的前面也用台湾的程乙本，后来桂冠出来以后，我就用桂冠的本子，它做得好，对学生有用，一直到它二〇〇四年断版了。台湾也跟风，桂冠不出了，其他的像里仁书局，都是用人民文学出版社的冯其庸的这个庚辰本，所以在台湾也买不到程乙本。我在教《红楼梦》的时候，是用的庚辰本教，所以我才有机会重新对着程乙本看，每回都对，对得很仔细，不同的地方都挑出来了。我备课、上课，讲了一年半的《红楼梦》，还搞出作品来。我常常熬夜备课的，讲《红楼梦》，老教授也不能随便讲的，而且他们还录音，录下来，不能随便讲的。所以这么弄下来，给我一个机会，从第一回对到最后一回，要不然平常没有这个时间，没有这个精力。我两个版本都看，每一回，我这边看，那边看，我本来对《红楼梦》也熟。我看了庚辰本，一看，有一个字不同，我马上知道，然后再看那边，把它统统弄了出来，算是做了一次校对的工作，挑出它们的不同来。《红楼梦》这本书我看得熟，对它的理解，的确有我自己的看法，而且我有那个信心说后四十回好，怎么好我写出来了。他们把后四十回骂的，大家不敢出声，我替它辩护，有些人听说干脆后四十回不要看，我拨乱反正，也蛮多人赞同我的看法的。叶嘉莹先生有篇短短的文章（刘按：指《〈白先勇细说红楼梦〉读后小言》），她写得很好，她是专家啦，写过一本评王静安王国维的《〈红楼梦〉评论》，她也是蛮讲义理，不是考据的。有叶嘉莹先生的加持，我蛮高兴，以她的修养，以她看的东西，她不随便讲的。

刘：对于《红楼梦》后四十回，张爱玲认为高鹗的续作“不好看”，觉得“八十回后，一个个人物都语言无味，面目可憎起来”，这一点看法和您完全不同啊。

白：张爱玲说人生三大恨，第三条是“《红楼梦》未完”。她说一看第八十一回，是天昏地暗，她很有偏见。张爱玲受《红楼梦》的影响很深的，你看她的那个《金锁记》，还有《第一炉香》，很多都有《红楼梦》的影子。但是你发觉没有，张爱玲的小说里头，没有宗教情怀的，她对佛教冷淡的，她不相信佛道这些东西，所以我猜她看到的宝玉出家——宝玉出家写得那么好——我猜她没有同感，她不相信这个东西。

她看后四十回，如果她没有这种情怀，她没有对佛道这个完全的感知——那当然她觉得没有什么好，不精彩。《红楼梦》对我影响也很大，我对佛教的那种思想、对佛教的那种感情、对人生的看法，很多是受《红楼梦》的影响，《红楼梦》的佛道的思想，其实像暗流一样，一直在它的书底下的，我很早看到的。人可能有你讲的，对佛有佛缘也不一定，可能我很早就特别有这个天性，我相信天性。张爱玲当然跟她的身世也有关系，她跟她父母的关系都处得不是很融洽，她与母亲的关系对她有影响的。我记得她写的那个《小团圆》，传记式的小说嘛，里面那个女主角就是写她自己嘛，她跟她母亲的关系，后来她母亲养她养了很久啊，这么多年母亲花了多少钱，她跟女儿算账，女儿后来把那个钱还给她，母女关系到这个地步，可见得亲情之间的确是蛮紧张的。后母对张爱玲也不好。她母亲俩姑嫂去留学，当时的那种行为也是新女性，非常新颖，非常独特。我记得好像她弟弟也想逃出来，她妈妈讲我养不起，让他回去。张爱玲的几个散文写得蛮动人的。不过我和她好像对《红楼梦》看法不一样，可能跟这个有关系。

刘：您在美国教《红楼梦》，面对那些洋学生，和在台湾、大陆讲《红楼梦》，有什么不同？

白：在美国跟洋学生讲《红楼梦》，到底是有文化的阻隔，对于东方社会，他们连姑表姨表都分不清，都是一个“cousin”，还搞不清楚哪个重哪个轻，那么我跟他们讲的，都是大概的历史背景、情节故事，整个的意义在哪里，粗线条地讲，不能讲细节，美国学生有的半懂不懂，但也有几个蛮灵的，也懂的。有一个男孩子蛮好玩，他跟我讲他真的很喜欢这本小说，他说我就是贾宝玉，因为他追中国女孩子，娶了中国太太，离了婚，又娶还是中国的；另外一组是华裔的，从大陆从台湾来美国，那我讲得比较细一点了，但因为是一学期的课，也只能重点讲，不能很细地一回一回讲的。这次在台湾大学讲的，那倒是真正给我发挥了，对《红楼梦》全盘地讲，大概也很少人能够有我这个机会，一年半讲一本书。大陆这边讲《红楼梦》也一定有的吧？（刘：也有的，以选修课为主）所以我发觉我要讲一百个钟头，才讲得完，我一回一回地细讲，希望这本书能当做一个导读一样，尤其是对大学生，大学生他们要选这门课，选课的时候，这个我希望能帮助他们，现在北京中学要考试的，我希望他们看《红楼梦》时也看这本东西，有所帮助。研究《红楼梦》的人多了，各式各样的理论，各式各样的东西。我是对着一回一回地讲，（刘：有时甚至是一句一句地抠），大致是这样，这个工作倒没有浪费掉，我觉得很好，他们录下来了，录下来了就可以把它整理出来，蛮好的。（刘：都是珍贵的音像资料）所以，你看，《牡丹亭》这些年我做完了，了了一个昆曲方面的心事；《红楼梦》也推动了，这些都是跟我们的文学、跟我们的艺术有牵连的。

这些东西，都是一些有价值的、有永恒性的东西。真的，我的晚年，能够做出青春版《牡丹亭》，把《红楼梦》程乙本还魂，我心里面也蛮满足的，可以说在文化上，实现了我的梦想。

刘：您做的这一切，可以说也是您“青春”不老的体现！谢谢白老师接受我的采访！非常感谢！

（代后记）闻弦歌而知雅意

从昆曲青春版《牡丹亭》开始的文艺复兴

黎湘萍

孔子周游列国，看似爱玩，其实意在政治，不在观光。据说他到了武城，听到了弦歌之声，便莞尔一笑，说：“割鸡焉用牛刀！”这没头没脑的话，不了解孔子的人，听了会觉得莫名其妙，不知所云。但武城的父母官，却是孔子的学生言偃（子游），他知道孔子是在笑他治理这么一个小地方，竟然也用礼乐大道。想当年，武城不过区区小城，并无赫赫政绩，如今却弦歌之声，达于四境，如此气象，向来倡导礼乐教化的孔子非但不称道，反而说风凉话！因此，子游方才雄起自辩，说：“我过去听您说过的，君子学道则爱人，小人学道则易使。”孔子听了，连忙对随从的人说：“言偃的话是对的，我刚才不过是开玩笑罢了。”

这事记在《论语·阳货》。能从武城的弦歌之声，听出子游以礼乐大道教化民众的雅意来，孔子对于音乐的妙赏，可见一斑。孔子不仅是个乐迷，曾因闻韶乐而三月不知肉味，并且很善于从音乐中听出政治、文化的味道来。不过，善于闻“弦歌”而知“雅意”的，孔子并不是第一人。在孔子刚六岁左右的时候（公元前544年），吴国的公子季札到鲁国观周乐，鲁国的乐工为他一一演奏各国的民歌（国风）、雅歌和颂诗，季札每闻一曲，或赞或叹，或评或议，由音乐诗歌而体验人心向背和人情之喜怒哀乐。音声感物动人，而在季札耳里，美哉美哉的乐声之中，莫不呈现治乱之微。这事记在《春秋左传·鲁襄公二十九年》。

历史记载的这类“知音”故事，像伯牙与钟子期的高山流水，像嵇康的《广陵散》的曲尽人散，令人感慨不已。而小说中，就更多。其中有一则看似无意的“闲笔”，最令人难忘。那是曹雪芹《红楼梦》第二十三回“西厢记妙词通戏语，牡丹亭艳曲警芳心”的最后一段文字。小说写林黛玉正欲回房，刚走到梨香院里角上，“只听见墙内笛韵悠扬，歌声婉转”，原来是戏班子的十二个女孩子在演习戏文。林黛玉平常不太喜欢看戏文，便不留心，只管往前走，这时，“偶然两句吹到耳朵内，明明白白一字不落道：‘原来是姹紫嫣红开遍，似这般，都付与断井颓垣……’林黛玉听了，倒也十分感慨缠绵，便止步侧耳细听，又唱道是：‘良辰美景奈何天，赏心乐事谁家院……’听了这两句，不觉点头自叹，心下自思：‘原来戏上也有好文章，可惜世人只知看戏，未必能领略其中的趣味。'想毕，又后悔不该胡想，耽误了听曲子。再听时，恰唱道：'只为你如花美眷，似水流年……'黛玉听了这两句，不觉心动神摇。又听道："你在幽闺自怜……"等句，越发如醉如痴，站立不住，便一蹲身坐在一块山子石上，细嚼'如花美眷，似水流年'八个字的滋味。忽又想起前日见古人诗中，有'水流花谢两无情'之句；再词中又有'流水落花春去也，天上人间'之句；又兼方才所见《西厢记》中'花落水流红，闲愁万种'之句，都一时想起来，凑聚在一处，仔细忖度，不觉心痛神驰，眼中落泪。"

这一"闲笔"，牵出多少千古心事！闻弦歌而感慨缠绵，而如醉如痴，而心痛神驰，林黛玉也可谓善知音乐者，不过，她倒没有政治的敏感，也不关心文化的使命，但她听出了随着笛声歌声婉转起伏一往情深的生命的律动，听出了汤显祖写于一百五十多年前的戏文里所表现的繁华易歇的落寞。这偶尔一"听"，满园春光的美的热闹和寂静，游园人青春的亮丽气息和妙赏自然的态度，浮生如梦，人生无常，时间流逝，青春不再的无奈和苍凉，全都呼之欲出。黛玉听出了从"有"到"无"的无形的变化，更听出了写戏人通过唱戏人"表演"出来的对于这变化不羁的无限天机的爱恋、惋惜、感叹和凭吊，这才是林黛玉所领略到的戏文的真正趣味。汤显祖曾说："人生而有情。思欢怒愁，感于幽微，流乎啸歌，形诸动摇。

或一往而尽，或积日而不能自休。”[1]他的杜丽娘，不正是如此吗？是在黛玉心痛神驰，眼中落泪的 那间，笛声和歌声，把汤显祖和曹雪芹之间，或者杜丽娘与林黛玉之间，那种千古相通的心事，勾连了起来。

这一“闲笔”，又牵出多少千古记忆！是林黛玉对杜丽娘的记忆，曹雪芹对汤显祖的记忆，汤显祖对“天机”从而对描写了“天机”的庄子、列子的记忆，而所谓“天机”，乃是对人与自然的最真实最活泼泼状态的顿悟和审美化的描述，如汤显祖说：“列子庄生，最喜天机。天机者，马之所以千里，而人之所以深深。机深则安，机浅则危，性命之光，相为延息。”[2]对“性命之光”的这些记忆，恰是对追逐物色的最俗常的竞奔的日常生活的抵抗，是截断众流之后的自由，是随波逐流的突然终止，而重新找回清闲自然的“自我”。二十世纪初以来的中国，或因外患，或因内乱，或因忙于追逐西方式现代生活方式，大多数掌握着文化传承与创新命脉的知识分子却早就丧失了这一部分的文化记忆了。

汤显祖断没有料到，《牡丹亭》问世一百五十六年后出现的曹雪芹的这一“闲笔”，竟牵出了三百六十八年后白先

---

1 汤显祖：《宜黄县戏神清源师庙记》，《汤显祖全集》第二册，“诗文卷”三十四，第 11188 页，北京古籍出版社，1999 年初版。

2 汤显祖：《寄王弘阳冏卿》，《汤显祖全集》第二册，“诗文卷”四十四，第 1,308 页。

勇的《游园惊梦》[1]。白先勇的“闻弦歌”，是在他九岁那年(1946年)，偶然间闻梅兰芳的昆曲《游园惊梦》，便也像林黛玉一样，对于那悠扬的笛声，婉转的歌声，那背后蕴涵多少沧桑心事的戏文，再也无法释怀，终于蚌病成珠，写成小说《游园惊梦》。1979 年 8 月，根据这篇小说改编的首部舞台剧开始在香港上演，这激发了白先勇改编著作的兴趣，果然不久，1982、1988 年，白先勇亲自参与改编的《游园惊梦》舞台剧分别在台湾和大陆上演。渐渐地，小说人物钱夫人（蓝田玉）曾清唱的昆曲《皂罗袍》，开始脱离了钱夫人命运的轨迹，而成为读者进入昆曲世界，了解中国传统艺术精华的“捷径”。以 1992 年在台北制作的华文漪版《牡丹亭》为标志，白先勇的意兴，转而放在昆曲《牡丹亭》的制作上。但这些艺术传承的工作，还是局限在“昆迷”的“圈子”内部，鲜为社会所周知。一直到 2003 年制作、2004 年问世的青春版《牡丹亭》，才真正在以青年人为主体的校园内，掀起了一场欣赏昆曲的高潮。

白先勇是如何成功地把年轻人带进了昆曲剧场的？仅仅有“让年轻一代分享我们传统中最美的艺术”的理想就够了

1 《牡丹亭》问世于明万历二十六年，即公元 1598 年，《红楼梦》甲戌本问世于乾隆十九年，即公元 1754 年，两者相距一百五十六年。白先勇的《游园惊梦》发表于 1966 年，距《牡丹亭》三百六十八年，距《红楼梦》二百一十二年。白先勇《〈红楼梦〉对〈游园惊梦〉》的影响一文曾谈及两者的关系，见白先勇《蓦然回首》(上)，文汇出版社，1999 年版。

吗？他依靠什么去劝说这些现代、后现代的年轻人去欣赏和接受这样一个古老的传统艺术？他九岁时在上海美琪大戏院听到的梅兰芳的《游园惊梦》能打动他的心，但能打动这一代年轻人的心吗？VCD里梅兰芳饰演的杜丽娘，俞振飞饰演的柳梦梅，垂垂老矣。他们的昆曲不论多么动听，化妆掩饰不了的老态，只会让年轻人看伤了心。让遗老遗少去自得其乐地欣赏昆曲吧，让懂得昆曲的专家去责备年轻人的耳朵粗糙吧，他们确实喜欢好莱坞电影，喜欢摇滚，喜欢快节奏生活化的连续剧。那又怎么样？

谁又能说现在的年轻人不懂古典文学？在中学大学课堂，教文学课的老师们，早已把汤显祖、曹雪芹讲得头头是道，《牡丹亭》、《红楼梦》的故事“老掉牙”了，谁不耳熟能详？白先勇试图用年轻人所陌生而轻视的昆曲所讲述的“老掉牙”的“浪漫故事”来吸引年轻人回到剧场，静静地欣赏昆曲，简直是天方夜谭。文化部领导下的多少昆剧团，这么多年做了多少工作都做不到的事情，白先勇如何做到！

很奇怪，白先勇做到了！但这也不奇怪，因为白先勇复兴昆曲，犹如言偃治武城，怀抱有大的文化使命，其目的都在使弦歌之声，达于四境。他率领大陆、台湾、香港最优秀的专业人才精心打造出来的“正宗、正统、正派”的青春版《牡丹亭》，就是实现他的理想的最佳途径。杜丽娘为了梦中的柳梦梅一往情深的古老的浪漫故事，正是靠了优美绝伦的昆曲，把大学里的年轻人吸引到剧场来足足坐了无怨无悔的三个晚上九个小时！人们在青春版《牡丹亭》里遭遇昆曲，遭遇汤显祖四百多年前所描写的“为情所苦”的浩叹。不可思议的是，青春版《牡丹亭》竟在年轻人当中成为一种流行时尚。也许，他们如当年娄江女俞二娘一样，“闻弦歌而知雅意”，幽思苦韵，为之情伤：“画烛摇金阁，真珠泣绣窗。如何伤此曲，偏只在娄江！”（汤显祖《哭娄江女子二首》之一），也许，他们只是在追赶时尚，对于昆曲和《牡丹亭》，竟都莫知所云，如汤显祖当年所感慨的那样：“玉茗堂开春翠屏，新词传唱牡丹亭。伤心拍遍无人会，自掐檀痕教小伶。”（汤显祖《七夕醉答君东》）但是假如一部经典能成为“时尚”，犹如历史学家陈寅恪的著作竟能流行一时，对“经典”的真实意义，究竟真知道，还是不知道，似乎又不是太重要了。

这或许真的会像歌剧《猫》那样成为一种流行的时尚，但其意义远非“时尚”所能概括。白先勇多次在关于青春版《牡丹亭》的演说中，提到他的“人文教育”的理念。事实上，我更倾向于把青春版《牡丹亭》看作他和他的团队的一次“文艺复兴”之旅。这是带有文化使命感的漫长的旅途。对白先勇来讲，也许早在他六十年代创办《现代文学》时期就开始了。只不过那时候，白先勇和那些大学才子们更乐于引进西方的圣火，驱赶冷战时代的寒意、黑暗和他们内心的寂寞，因而反传统的“现代主义”会成为那一代人思想和艺术的启蒙。

但即使在六、七十年代创作的高峰期，白先勇的作品都一直保持着与中国传统艺术的内在呼应，即使是最现代的“意识流”技巧的运用，所呈现的都是最道地的现代中国人的经验；而现在，当全球化迎来的以西方为标准的现代社会日益显现出它的弊端时，重新回到中国古典文化的世界去寻找新的当代文化赖以更新的资源，就成了几乎是所有有识之士的选择。在这一点上，白先勇又走在前列，他与众不同的地方，还在于他的“文艺复兴”的理念，不仅仅是理论的论述和“呼吁”，更重要的是具体的“复兴”的实践。

文化复兴或文艺复兴，从“五四”以来就成为知识者最关心的现代问题之一。“五四”知识者用以复兴中国文化的方式，不是“继承”和“发展”的方式，而是“断裂”和“引进”的方式：即截断我们固有的人文传统，而从异域输入有活力的“异质”的文化。然而，经过了将近一个世纪的实践，我们终于发现，西方的东西虽然是可爱可学的“时尚”，却随时流转变化，始终未能转化为中国民间的“习俗”，并成为知识者新的“思想传统”。因此，所谓“文艺复兴”，不再可能是亦步亦趋地复兴西方的文艺和文化，而应是重新认识、反省、批判性地复兴内在于我们血肉的文化与文艺传统。

从戏剧入手，是文艺复兴的有效手段。西欧历史上的文艺复兴，何尝不是凭借戏剧的力量使文艺复兴的重要理念深入民间？白先勇如子游一样，志在“礼乐”大道，却从小处入手。子游治武城，白先勇打造青春版《牡丹亭》，手法不同，目标一致，都是以“现代”再造“古典”，以弦歌之声，再现“生命之光”。让“昆曲”这样的精致艺术重新陶冶被西方“物化”价值观弄得日益粗糙的心灵，是白先勇追求的目标。昆剧青春版《牡丹亭》超乎“时尚”的意义就在这里。

从演出的效果看，青春版《牡丹亭》成功刷新了我们对中国传统思想与艺术的认识。其价值至少有三：

第一，青春版《牡丹亭》最根本的价值在于关于“人”或“个人”的价值的思考。汤显祖关于“人”或“个人”价值的这个思考，以往都放在“反礼教”的层面去评估。但我却觉得，“礼教”、“政治”、“理”、“道”，这些看似“概念性”的东西，恰是中国人所生活于其中的“人世风景”的重要组成部分。这个戏一开场，杜宝夫妇的相敬如宾，杜宝希望女儿“多晓诗书”，他日嫁一人家，“不枉了谈吐相称”，这理想，与杜丽娘希望嫁一个体贴多情的英俊才子，不能说有什么深刻的矛盾。杜丽娘在春光明媚的时光，为父母进三爵之觞，就是在“离魂”一场，杜丽娘临终嘱托春香、拜别母亲的一幕，感人肺腑，这中国人世人情的礼乐风景，一直维持着，并未构成戏剧性的冲突，反而是增加杜丽娘之动人美丽的重要细节。“硬拷”的冲突，与其说是杜宝反对女儿私奔，不如说是反对柳梦梅“掘坟”（此举根据习惯法是违情逆理的），因为人死不能复生，这是杜宝认定的“死理”。这“死理”却敌不过汤显祖的“情至”，因情至、情深、情真方能死而复生，“情有者理必无，理有者情必无。”（汤显祖《寄达观》）这才是汤显祖最想通过《牡丹亭》说出来的话。杜丽娘、柳梦梅所追求的，不过是把父母为他们所安排的一切，变为自己来安排罢了。而杜丽娘最深刻的痛苦，不是来自父母和礼教的压迫，而是因春伤情，为情所苦。在这个意义上，《牡丹亭》是审美的、哲学的，而不是政治的、社会的，它为人们呈现了全新的时间观：这是属于个人的时间观，它彻底排除了把个人时间依附在家国时间上的可能性。杜丽娘的郁郁而终，象征着以“死”来中断现存的空间，重新找到属于她自己的时间，只有这样，她才能摆脱“情苦”的桎梏。

在《牡丹亭》中，“礼教”并不构成“压抑”人性的迫害力量（贼王李全夫妇尚且遵守其夫妇之礼），相反，汤显祖通过《牡丹亭》是让我们意识到，在所有“礼教”、“政治”、“理”、“道”所构成的人世风景里，最不能缺少、最关键、最核心的部分，乃是“情”，是“情”让所有的礼乐、政治、理和道，都变得生动起来，活跃起来，亲切起来。没有“情”的“礼教”、“政治”、“理”、“道”，都会变得“空洞化”。因此，整个《牡丹亭》，似乎并非鼓吹反“礼教”、反“政治”（中国式的政治即奠定在“礼乐制度”之上）、怀疑“理”和“天道”，而是揭示了人的最深的痛苦乃是“情苦”，人的最高的价值，乃是情深、情至、情真，情是最个人化的、最根本的价值，所有的“礼教”、政治、理、道，都以这个根本的价值为基础。这是汤显祖最伟大的思想所在。在这个意义上，汤显祖是明代的中国式“宗教革命”——这是对于程朱“理学”的“革命”——的重要人物之一。“五四”以来，所有关于《牡丹亭》的诠释都站在“反礼教”的立场去解读汤显祖，是对汤显祖的最大的误读。把汤显祖的本意凸现出来，这是白先勇青春版《牡丹亭》在当代重现的最大的意义所在。

其次，青春版《牡丹亭》是以中国最精致优美的艺术方式——昆剧——来表现的。戏曲史家周贻白先生曾说：“往昔论剧者，审音斠律，辨章析句，所论几皆为曲而非剧。”又说，“盖戏剧本为上演而设，非奏之场上不为工。不比其他文体，仅供案头欣赏而已足。是则场上重于案头，不言可喻。”[1]从青春版《牡丹亭》的演出，可知周贻白的论断的确是至论。青春版《牡丹亭》，似乎应该分为两个层次去分析：一是“曲”的层次，一是“剧”的层次。前者需要“听”，后者需要“看”。昆曲自然是核心，但对大多数当代的观众来说，欣赏《牡丹亭》，是不太能像昆曲专家那样闭着眼睛、仅靠“听”去审音斠律的。我们不仅要“听”，还要“看”，正是通过“听”、“看”并重，我们才有可能真正领略中国艺术的纯粹的美。这种美，以写意、抽象、简约而丰富的美感，

---

1 周贻白:《中国戏剧史长编》“自序”，第1页，上海书店出版社，2004年初版。

通过演员的唱、念、做（身段表现），表现了中国最优美的抒情诗，最优美的音乐，最优美的舞蹈和书法。在“曲”的层面，我们欣赏到传统昆曲的唱段，这些唱段，如“皂罗袍”、“山坡羊”等，令人荡气回肠，缠绵难解，因此，“听”曲似乎可以超越舞台的局限，但如果只有“曲”的表现，没有“剧”的呈现，我们恐也无法完整感受汤显祖及其世界的丰富性。因为正因有“剧”的因素，舞台、剧情的发展、演员在现场的表演所营造的气氛，才能把昆曲“无歌不舞”的特色发挥得淋漓尽致，让这部以纯美表现纯情的诗剧臻于完美。青春版《牡丹亭》最令人印象深刻难忘之处，就在年轻演员们的表演上，特别是饰演杜丽娘的沈丰英和饰演柳梦梅的俞玖林和其他配角的默契配合，服装、舞蹈、灯光、音乐的运用，相当完美圆熟地把中国人情和美学的精微之处，演绎得令人意乱情迷。也许观众可以忽略演员们可能还不太成熟的“曲”（对我这样的外行而言，俞玖林的浑厚悠扬和沈丰英的清丽婉转，几乎已是完美），但却深深陶醉于他们的“剧”的表演之中，这是这部作品终于成为年轻大学生们最喜欢的“时尚”的理由之一。

第三，青春版《牡丹亭》被看作“高雅”的“精英”的艺术，这应该是不错的，但何以对昆曲所知甚少的普通观众，都如此喜爱这个版本的《牡丹亭》呢？它受欢迎的程度，如白先勇所说，正好说明它不是“曲高和寡”，而是“曲高和众”。

这似乎可以从这个版本浓厚的青春气息得到解释，也可以从名人效应得到解释。但更重要的，还是它所蕴涵的内在精神，启动了、唤醒了沉睡在人们内心深处的生命渴望，这种生命渴望恰与文人参与创作“传奇”和对昆曲的改造有密切的关系。文人的参与，使传奇或戏曲，不再仅仅是自发的民间社会的娱乐形式，而且构成前媒体时代所特有的自觉的“公共空间”。明清传奇的一大特征，就是文人创作。由于文人的加入，才使得扎根于民间的“戏曲”成为非常重要的沟通“士”(精英阶层及其所代表的“上层文化”）和“民”的世界（民俗礼乐世界)的重要的媒介和“公共领域”。穿越于“士”和“民”之间的文人，扮演了塑造新的精英文化和民俗文化的重要角色。中国文化中最具特色的家国历史沧桑之感往往与少男少女的怀春悲秋、民夫民妇的柴米油盐悲欢离合融合在一起，可亲可感。这是中国知识分子的很大的特色：身处庙堂之中则忧其君，退处江湖之上则忧其民，无论在朝在野，他们都是“民”的一员。这种身份，事实上很难用“阶级”观点去做僵硬地分析硬套。

中国人谈论“文艺复兴”已经有一个多世纪了。但回过头来看，“五四”时代的“文艺复兴”，不过是拿过西方的观念和文化（例如“科学”与“民主”），来做启蒙的工作；抗战和战后，都有过“文艺复兴”的呼吁和实践，当时倒是把“文艺复兴”作为“抗战建国”的重要的工作来对待，但中国的内忧外患环境不可能使“复兴”的梦想实现；弦歌之声，很难兴与乱世。六十年代的台湾，也有新一轮的“文艺复兴”的运动，然而，西化的自由主义（它也是某种意义上的西方思潮在中国的复兴），实际上遮盖了中国“文艺复兴”的呼声。现在，昆曲已成为“世界非物质文化遗产”，通过它，我们可以上探唐宋，下观明清，从“义取崇雅，情在写真”的《长生殿》到“借离合之情，写兴亡之感”的《桃花扇》，从“微词奥旨，未易窥测”的《西厢记》到“生者可以死，死可以生”的《牡丹亭》，我们有可能回到数百年前甚至数千年前，从那个时代的艺术世界，了解其社会生活、政治生活和精神生活，重新找回曾经丢失或被遗忘的人文遗产，这不是复古，而是如孔子之改制，如子游之行礼乐大道，如白先勇之治《牡丹亭》，是挖掘那些仍有活力的至大至美的精神资源，转为当代之用。我想，只有作为“活”的遗产，“昆曲”才能发挥现代艺术的陶冶教育作用，实现文化复兴的功能。为此，应该让它成为生活中的时尚，而不是放在冰冷的博物馆里。

经常会怀着奇异的心情，想着曹雪芹在《红楼梦》里的那一“闲笔”。这也可以看作《红楼梦》的点睛之笔，它赋予《红楼梦》大观园以真切的弦歌之声，但这弦歌之声，却不是世俗的礼乐教化之声，而是天籁之声，它会穿透市声进入人心而流传久远。现在，这天籁之声，已从白先勇那里扩散到一些校园，化为一些新的声音。有时候，一条古老而新颖的文艺传统，就是这样，从“闲笔”中诞生，并从此悠远流长。这是传统中的故事新编，“新”和“故”，从来都难解难分。而所谓“文艺复兴”，其实也就是各种形式的“故事新编”吧？

二〇〇五年八月十八日